UWE KLAUSNER
Walküre-Alarm

SIPPENHÄFTLINGE West-Berlin, Montag, 15. August 1966. In der Gedenkstätte Plötzensee im Berliner Bezirk Charlottenburg wird der erhängte Leichnam eines älteren Mannes entdeckt. Kurz darauf ereignet sich der nächste Mord, dem ein 55-jähriger Schönheitschirurg aus dem Stadtteil Grunewald zum Opfer fällt. Wieder handelt es sich beim ihm um ein ehemaliges Mitglied des Volksgerichtshofes, das die unter dem Vorsitz von Roland Freisler gefällten Terror-Urteile gegen Beteiligte an der Verschwörung des 20. Juli zu verantworten hat, und wieder wird bei ihm die Abschrift eines Todesurteils vom 15. August 1944 gefunden. Hauptkommissar Tom Sydow steht zunächst vor einem Rätsel. Anscheinend hat er es mit einem Serientäter zu tun, der es sich zum Ziel gesetzt hat, sämtliche Mitglieder des Freisler-Tribunals zur Strecke zu bringen. Doch wo soll er mit der Suche beginnen, wenn der Täter so gut wie keine Spuren hinterlässt? Ein verzweifelter Wettlauf gegen die Zeit beginnt, bei dem Sydow keine guten Karten zu haben scheint …

Uwe Klausner, geboren und aufgewachsen in Heidelberg, hat Geschichte und Anglistik studiert und lebt mit seiner Familie in Bad Mergentheim. Neben seiner Tätigkeit als Autor hat er bereits mehrere Theaterstücke verfasst.

Bisherige Veröffentlichungen im Gmeiner-Verlag:
Stasi-Konzern (2014)
Eichmann-Syndikat (2012)
Kennedy-Syndrom (2011)
Bernstein-Connection (2011)
Odessa-Komplott (2010)
Walhalla-Code (2009)

Die Fährte der Wölfe (2015)
Die Stunde der Gladiatoren (2013)
Engel der Rache (2012)
Die Bräute des Satans (2010)
Pilger des Zorns (2009)
Die Kiliansverschwörung (2009)
Die Pforten der Hölle (2007)

UWE KLAUSNER
Walküre-Alarm

Tom Sydows siebter Fall

Original

GMEINER

Besuchen Sie uns im Internet:
www.gmeiner-verlag.de

© 2014 – Gmeiner-Verlag GmbH
Im Ehnried 5, 88605 Meßkirch
Telefon 07575 / 2095-0
info@gmeiner-verlag.de
Alle Rechte vorbehalten
2. Auflage 2014

Lektorat: Claudia Senghaas, Kirchardt
Herstellung: Mirjam Hecht
Umschlaggestaltung: U.O.R.G. Lutz Eberle, Stuttgart
unter Verwendung eines Fotos von: © ullstein bild – Fritz Eschen
Druck: GGP Media GmbH, Pößneck
Printed in Germany
ISBN 978-3-8392-1622-4

Mit Ausnahme der in der ersten Szene des Prologs auftretenden Personen sind sämtliche Charaktere des Romans frei erfunden. Das Gleiche gilt für die Handlung des Romans. Ähnlichkeiten mit lebenden oder toten Personen sind zufällig und nicht beabsichtigt.

Im Gedenken an die Frauen und Männer des 20. Juli 1944

REALE HAUPTFIGUREN

(in der Reihenfolge des Erscheinens)

Albrecht Ritter Mertz von Quirnheim, 39, Chef des Stabes im Allgemeinen Heeresamt in Berlin

Claus Schenk Graf von Stauffenberg, 36, Stabschef beim Befehlshaber des Ersatzheeres und Kopf des militärischen Widerstandes gegen Hitler

Roland Freisler, 51, Präsident des Volksgerichtshofes von 1942 – 1945

FIKTIVE HAUPTFIGUREN

(in der Reihenfolge des Erscheinens)

Maximilian Freiherr von Hardenberg, 36, Major im Generalstab

Helene, 30, seine Frau

Harro Schultze-Eckardt, 56, Jura-Professor an der FU Berlin

Melissa Gutberleit, 21, Jura-Studentin

Tom Sydow, 53, Hauptkommissar der Kripo Berlin

Lea, 51, seine Frau

Hermann Gisevius, 55, Arzt für Allgemeinmedizin

Heribert Peters, 50, Leiter des Gerichtsmedizinischen Instituts

Eduard Krokowski, Kriminalkommissar und Sydows Partner

Meinrad Cramer, Kurator

Erich Wischulke, Rentner

Adalbert Mertens, Leiter der Spurensicherung

Erna Schwiers, Verkäuferin im KaDeWe

Leon Weisskirch, Jura-Student

Sven Waldenmaier, Kriminalassistent

Edeltraut Hamm, Sprechstundenhilfe

Frederick Verhoeven, Redakteur

Hans-Dietrich Lahnstein, Stellvertretender Innensenator

Sven Berthold, Wachtmeister

Heinz Gutberleit, Melissas Adoptivvater

Marlies Gutberleit, seine Frau

Anneliese Mollig, Sydows Sekretärin

Harald Janowitz, Pastor

Justus von Hardenberg, Sydows Jugendfreund

Lina Pommerenke, Küsterin

Elfriede Lehmann, Rentnerin

SCHAUPLÄTZE

Prolog (S. 18):
Berlin-Tiergarten, Allgemeines Heeresamt – Berlin-Tiergarten, Hotel Esplanade am Potsdamer Platz – Berlin-Schöneberg, Kammergericht in der Elßholzstraße

Erstes Kapitel (S. 41):
Berlin-Charlottenburg, Gelände des Strafgefängnisses Plötzensee – Berlin-Schöneberg, Sydows Wohnung in der Grunewaldstraße – Berlin-Grunewald, Koenigsallee – Berlin-Charlottenburg, Gedenkstätte Plötzensee

Zweites Kapitel (S. 102):
Berlin-Charlottenburg, Kaufhaus des Westens in der Tauentzienstraße – Berlin-Charlottenburg, Kolonie Emser Platz – Berlin-Grunewald, Koenigsallee – Berlin-Westend, Ebereschenallee – Berlin-Spandau, Möllentordamm – Berlin-Westend, Ebereschenallee

Drittes Kapitel (S. 172):
Ost-Berlin, Bezirk Lichtenberg – Berlin-Schöneberg, Polizeipräsidium in der Gothaer Straße – Berlin-Moabit, Pfarrhaus der Sankt Johanniskirche in Alt-Moabit 23-25 – Berlin-Charlottenburg, Café Kranzler am Kurfürstendamm

Viertes Kapitel (S. 218):
Berlin-Schöneberg, Polizeipräsidium in der Gothaer Straße – Berlin-Moabit, Pfarrhaus der Sankt Johanniskirche in Alt-Moabit 23-25 – Berlin-Schöneberg, Sydows Wohnung in der Grunewaldstraße

Fünftes Kapitel (S. 246):
Berlin-Westend, Friedhof Heerstraße

Epilog (S. 258):
Eckkneipe ›Zur Quelle‹ in Alt-Moabit

Postskriptum (S. 267)

Auswahlbibliografie (S. 268)

Anhang (S. 271)

Glossar (S. 279)

VERSCHWÖRUNG

›Anfang September (1943, der Autor) machten sich Tresckow* und Stauffenberg daran, genaue Pläne für einen Staatsstreich und die Zeit danach auszuarbeiten. Dabei kam es darauf an, den Putsch nicht nur in seiner Vorbereitungsphase, sondern vor allem auch während der Durchführung als »legal« zu tarnen. Ideales Instrument hierfür war das Ersatzheer. Schon im Frühjahr 1942 waren von Olbrichts** Stab Pläne für den Einsatz des Ersatzheeres zur Küstensicherung oder im Fall der Landung feindlicher Fallschirmjäger unter dem Decknamen »Walküre« erarbeitet worden. Im Falle »innerer Unruhen im Reichsgebiet«, etwa durch die Millionen Kriegsgefangenen und Fremdarbeiter, sollten Kampfgruppen aus den Ersatz- und Ausbildungstruppenteilen bereitgestellt werden. In der ersten Stufe des »Walküre«-Befehls mussten die einzelnen Einheiten innerhalb von sechs Stunden Einsatzbereitschaft herstellen. In der zweiten Stufe hatte dann die »schnellste Zusammenfassung« dieser Einheiten »unter Anwendung aller verfügbaren Mittel« zu erfolgen. Bei Auslösung des »Walküre«-Befehls sollten die Wehrkreiskommandos sofortige Maßnahmen treffen, um wichtige Objekte wie Brücken, Kraftwerke oder Kommunikationseinrichtungen zu sichern. Die »Walküre«-Planung sah also die Bekämpfung von Regimegegnern vor. Sie für ihre Zwecke zu instrumentalisieren und zu modifizieren, war ein

---
* Henning von Tresckow (1901 – 1944), Generalmajor der Wehrmacht und einer der entschiedensten Verfechter eines Attentats auf Hitler
** Friedrich Olbricht (1888 – 1944), General der Infanterie und Leiter des Allgemeinen Heeresamtes bzw. des Wehrersatzamtes beim OKW

geradezu genialer Schachzug der Verschwörer. Wie von selbst erhielten die Staatsstreichvorbereitungen dadurch einen legalen Anstrich, eine komplizierte Tarnung war nicht mehr notwendig.‹

(Aus: Guido Knopp, *Stauffenberg. Die wahre Geschichte*, München 2008, S. 142–143)

DER 20. JULI 1944 – STENOGRAMM EINES MISSGLÜCKTEN STAATSSTREICHS

Führerhauptquartier Wolfsschanze, **12:42 h**: Detonation des von Stauffenberg deponierten Sprengsatzes

Flugplatz Wilhelmsdorf/Ostpreußen, **13:15 h**: Aufbruch Stauffenbergs und seines Adjutanten zum Rückflug nach Berlin

Rangsdorf, **15:45 h**: Ankunft der He 111 und Telefonat mit dem Bendlerblock

Berlin, kurz vor 16:00 h: Auslösung der Alarmmaßnahmen im Rahmen der *Operation Walküre*

Führerhauptquartier Wolfsschanze, **ebenfalls kurz vor 16:00 h**: Aufhebung der Nachrichtensperre

Berlin, **ca. 16:10 h**: Übermittlung des Alarmstichwortes *Deutschland* an das Wachbataillon unter dem Kommando von Major Remer

Berlin, **16:30 h**: Eintreffen Stauffenbergs und Haeftens in der Bendlerstraße

Berlin, **gegen 19:00 h**: telefonischer Befehl Hitlers an Remer, den Putsch gewaltsam zu beenden

Berlin, **21:00 h**: Besetzung des Bendlerblocks von Teilen des Berliner Wachbataillons

Berlin, 00:15 h am 21. Juli 1944: Antreten eines zehnköpfigen Erschießungskommandos im Hof des Bendlerblocks. Exekutiert werden General der Infanterie Friedrich Olbricht, Oberleutnant Werner von Haeften, Oberst i. G. Albrecht Ritter Mertz von Quirnheim und Oberst i. G. Claus Schenk Graf von Stauffenberg. Stauffenberg stirbt mit dem Ausruf: »Es lebe das heilige Deutschland!«

Berlin, **kurz vor** 01:00 h: Rundfunkansprache Hitlers, um die Bevölkerung über die Geschehnisse und das Scheitern des Attentats zu informieren

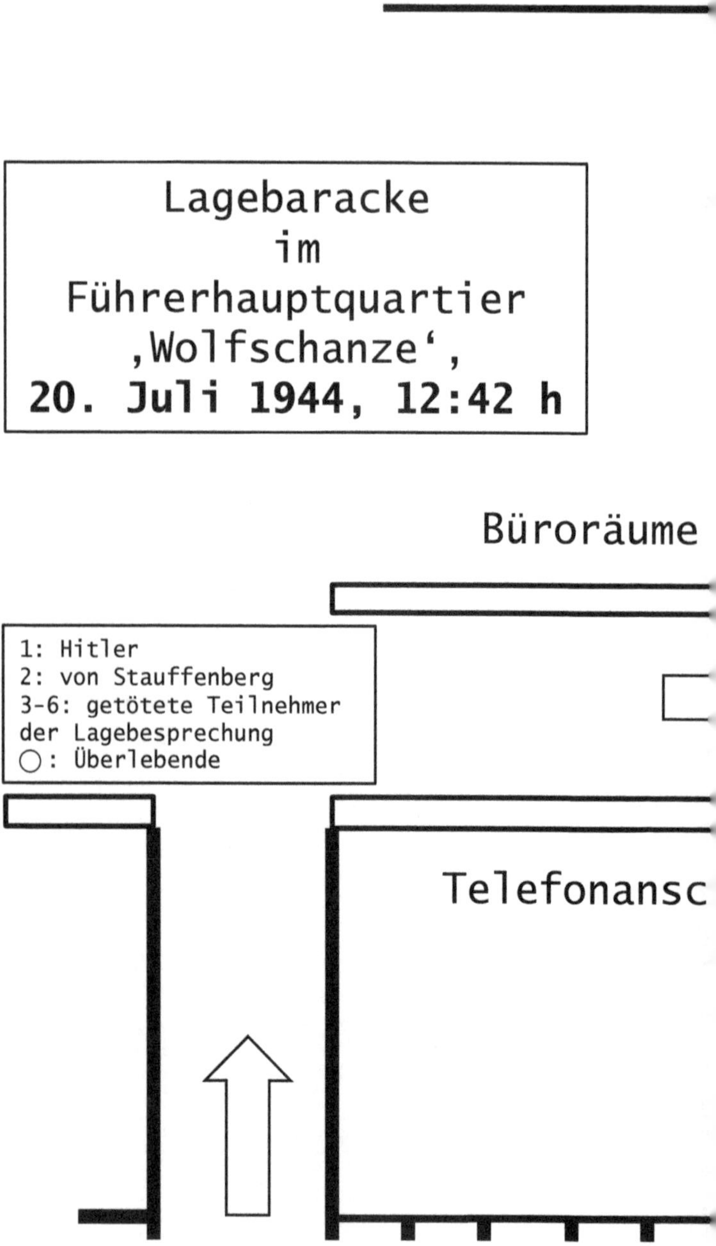

Lagebaracke
im
Führerhauptquartier
‚Wolfschanze',
20. Juli 1944, 12:42 h

Büroräume

1: Hitler
2: von Stauffenberg
3-6: getötete Teilnehmer
der Lagebesprechung
◯: Überlebende

Telefonansc

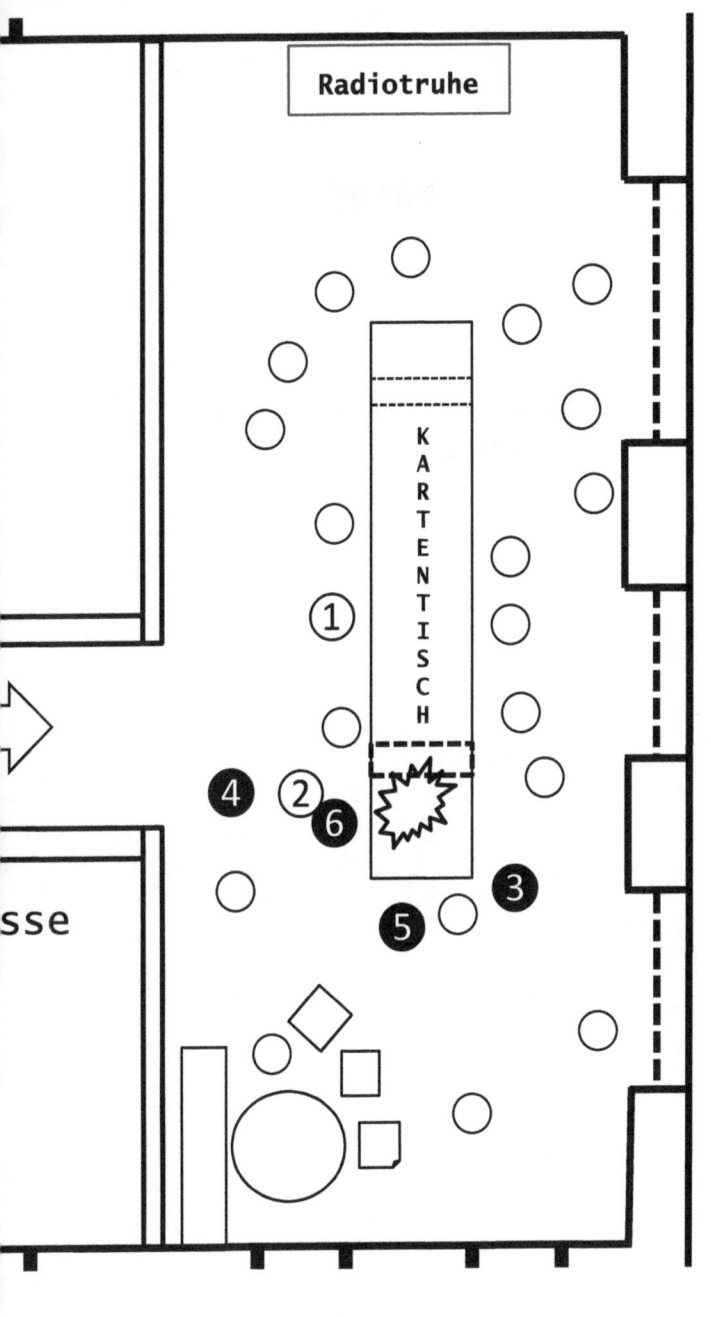

PROLOG

*(Berlin, Donnerstag, 20. Juli 1944 /
Dienstag, 15. August 1944)*

»*Das Attentat muss erfolgen, coûte que coûte. Sollte es nicht gelingen, so muss trotzdem in Berlin gehandelt werden. Denn es kommt nicht mehr auf den praktischen Zweck an, sondern darauf, dass die deutsche Widerstandsbewegung vor der Welt und vor der Geschichte unter Einsatz des Lebens den entscheidenden Wurf gewagt hat. Alles andere ist daneben gleichgültig.*«

(Aus: Bodo Scheurig, *Henning von Tresckow. Ein Preuße gegen Hitler*, Frankfurt/Main · Berlin 1987, S. 210)

1

Berlin-Tiergarten, Allgemeines Heeresamt und Sitz des Oberbefehlshabers des Ersatzheeres (›Bendlerblock‹) in der Bendlerstraße 11-13 | 15:50 h

»Stauffenberg? Na endlich, stellen Sie durch!« Albrecht Ritter Mertz von Quirnheim, gebürtiger Münchner, Oberst und Stabschef im Allgemeinen Heeresamt, hielt es nicht mehr auf seinem Stuhl. »Wurde aber auch Zeit!«, murmelte er, den Hörer am Ohr, aus dem ein durchdringendes Rauschen erklang. Jede Minute zählte, und je länger er tatenlos herumsaß, desto geringer war die Chance auf Erfolg. »Bist du's, Claus?«

»Nein, der Heilige Geist.« Genau das hatte er an Stauffenberg immer bewundert. Selbst in kritischen Situationen, an denen seit Kriegsbeginn kein Mangel geherrscht hatte, war der drei Jahre jüngere Freund stets ruhig und gelassen geblieben. Das war während des Studiums an der Kriegsakademie in Moabit so gewesen und das war heute, wo ihr Schicksal auf Messers Schneide stand, nicht anders. Von Quirnheim, hemdsärmelig, scharfsinnig und Prototyp des zum Sarkasmus neigenden Generalstabsoffiziers, schnitt eine schiefe Grimasse. Das Lachen war ihm mittlerweile vergangen, und wo Stauffenberg seinen Humor hernahm, wussten die Götter. »Melde mich zur Stelle, Herr Oberst!«

»Dreimal kurz gelacht.« Von Quirnheim verrollte die Augen. »Sag mal, wo steckst du eigentlich?«

»In Rangsdorf. Wir sind vor ein paar Minuten gelandet.«

»Und – wie ist es gelaufen?«

»Du kannst beruhigt sein: Er ist tot.«

»Tot?«, entfuhr es dem nahezu kahlköpfigen Brillenträger, rein äußerlich betrachtet ein Typ, der genauso gut als Notar, Privatgelehrter oder Universitätsdozent durchgehen konnte. »Aber … Bist du dir da auch ganz sicher?«

»Jetzt hör mir gut zu, mein Freund«, stieß der Anrufer mit der ihm eigenen Nonchalance hervor, in die sich erste Anzeichen von Ungeduld mischten, »ich habe mit eigenen Augen gesehen, wie der Sprengsatz hochgegangen ist. Die Lagebaracke ist ein Trümmerhaufen. Kein Mensch, der zwei Meter von der Bombe weg ist, kann so etwas überleben.«

»Bist du dir da auch …«

»Zum Mitschreiben, Albrecht: Der Führer lebt nicht mehr. So viel Dusel, die Detonation von 750 Gramm Plastiksprengstoff zu überstehen, hat nicht mal er.«

»Moment mal, hattest du nicht gesagt, es seien eineinhalb Kilo?«

»Ja, Herrgott noch mal! Was kann ich denn dafür, wenn mir dieser Tollpatsch von Oberfeldwebel in die Quere kommt!« Der Anrufer schnappte nach Luft. »Sei's drum: Die Sache ist auch so über die Bühne gegangen. Kopf hoch, alter Junge. Du wirst doch jetzt nicht schlappmachen, oder?«

»Das ist nicht der Punkt, Claus.«

»Sondern?«

»Bei uns kursiert das Gerücht, der Führer sei am Leben.«

»Am Leben? Du bist wohl nicht ganz bei Trost, was?« Das Atmen am anderen Ende der Leitung steigerte sich zu einem Keuchen. »Darf man fragen, welcher Trottel das Gerücht in die Welt gesetzt hat?«

»Keitel.«

»Der lügt, wenn er nur den Mund aufmacht. Selbst schuld, wenn du auf diesen Speichellecker reingefallen bist.«

»Schuld oder nicht – sag mir lieber, was wir jetzt tun sollen!«

»Na, was denn wohl!«, gab Claus Schenk Graf von Stauffenberg kurz angebunden zurück, unüberhörbar in seiner Ehre gekränkt. »Walküre-Alarm geben. Ich muss dir wohl nicht sagen, dass jede Minute kostbar ist.«

Nein, das musste der Freund, mit dem er durch dick und dünn gegangen war, nicht. Wenn er eine Entscheidung fallen musste, dann jetzt. Sonst war es um ihn, Claus und all die anderen, die am Staatsstreich beteiligt waren, geschehen.

»Bist du noch dran, Albrecht?«

»Und was, wenn die Gerüchte stimmen? Hast du dir das schon mal überlegt, Claus? Himmler und die Gestapo und das ganze braune Gesocks warten doch nur darauf, Leute wie uns aus dem Weg zu räumen.«

»Eben. Und genau deswegen wirst du jetzt Walküre-Alarm auslösen. Damit wir den Herrschaften auf die Pelle rücken können, bevor es zu spät ist.« Der Anrufer atmete kräftig durch. »Ich schlage vor, du trommelst jetzt sämtliche Kameraden zusammen und sagst ihnen, was Sache ist. Lass dich nicht irremachen, Albrecht, hörst du? Walküre in Gang setzen und wie geplant vorgehen, egal, welche Gerüchte in Umlauf sind. Wir müssen da durch, Kamerad, um jeden Preis. Jetzt kommt alles darauf an, dass wir einen kühlen Kopf bewahren. Je eher das Wachbataillon und das Ersatzheer mobilisiert werden, desto besser. Komme, was mag: Wir müssen die Nazis vor vollendete Tatsachen stellen, und das bedeutet, dass Goebbels, Himmler und die gesamte braune Prominenz aus dem Verkehr gezogen werden müssen.«

»Und was ist mit Fromm?«

»Na was wohl! Wenn er Zicken macht, müssen wir ihn zu seinem Glück zwingen.« Stauffenberg stieß einen unwirschen Seufzer aus. »Herrje, muss ich denn alles selbst machen?«

Von Quirnheim blieb die Antwort schuldig. Genau das war der wunde Punkt gewesen. Damit das Attentat glatt über die Bühne ging, hätte man die Last auf mehrere Schultern verteilen müssen. Denker, Lenker, Antreiber, Organisator und Attentäter in einer Person, und das, obwohl Claus während des Afrika-Feldzuges das linke Auge, die rechte Hand über dem Gelenk und zwei Finger der linken Hand verloren hatte: So etwas konnte unmöglich gut gehen.

»Was ist los, Herr Oberst? Fracksausen?«

»Wenn ich ehrlich bin: ja.«

»Jetzt mach dir mal nicht ins Hemd, alter Haudegen. Nichts ist so heiß, wie es gekocht wird. Walküre auslösen, Olbricht und den anderen in den Hintern treten, Ämter und Posten wie besprochen verteilen. Mehr ist nicht vonnöten.«

»Na, du hast vielleicht gut re…«

»Von Haeften und ich machen uns jetzt auf die Socken, Albrecht. Gegen halb fünf sind wir da. Dann sehen wir weiter.«

»Und was, wenn etwas schiefgeht, Claus?«

Die Stille, die für Sekundenbruchteile einkehrte, hätte beklemmender nicht sein können. »Was dann passieren wird, fragst du?«, erwiderte von Stauffenberg, vom einen auf den anderen Moment todernst. »Dann, alter Freund, möge uns der Herrgott gnädig sein!«

2

*Berlin-Tiergarten, Hotel Esplanade am Potsdamer Platz
| 20:45 h*

Es war fast wie früher. Wie damals, als die Nazis noch nicht für voll genommen wurden. Trotz strikten Verbots ließ es sich der Barpianist nicht nehmen, Kompositionen von Duke Ellington zu klimpern, und auch sonst hatte man das Gefühl, der Krieg spiele sich auf einem fernen Planeten ab. Am Cognac, ausschließlich für Stammgäste reserviert, war nichts auszusetzen, Prominenz aus Partei, SS oder diversen Ministerien machte sich rar, und obwohl es keinerlei Grund zum Optimismus gab, ließ sich das gute Dutzend betuchter Gäste die Laune nicht verderben. Halb Berlin lag bereits in Trümmern, aber daran, wie an die drohende Niederlage, schien kein Mensch auch nur einen Gedanken zu verschwenden. Es war alles so wie früher, als sich Stars wie Charlie Chaplin oder Greta Garbo die Klinke in die Hand gaben, als der Champagner in Strömen floss, Charleston getanzt wurde und die Nazis einen Bogen um die im Belle-Epoque-Stil errichtete Nobelherberge machten.

Alles so wie früher?

Fehlanzeige.

Nichts war so wie früher. Absolut nichts. Das fing mit der Bruthitze an, gegen die der Ventilator an der Stuckdecke nicht viel ausrichten konnte, setzte sich mit den Wegweisern mit der Aufschrift *Luftschutzraum* fort und gipfelte in den Putschgerüchten, die in Windeseile die Runde gemacht hatten. Es lag etwas in der Luft, was genau, war und blieb Gegenstand hitziger Spekulationen. Wie zum Beweis, dass etwas Außergewöhnliches im Gang war, waren überall im Regierungsviertel Militärfahrzeuge aufgefahren, die meisten vor dem Propagandaministerium, wo Ordonnanzen ein und aus gingen und an Panik grenzende Betriebsamkeit herrschte. Kein Zweifel, dies war kein Tag wie jeder andere.

Ein Tag, über den man noch lange reden würde.

»Bitte nimm doch Platz, Helene.« Maximilian von Hardenberg, Major im Generalstab, war sich dessen mehr als bewusst. Im Gegensatz zu den Nachtschwärmern, die sich trotz Tanzverbots amüsierten, war ihm alles andere als nach Feiern zumute. Dennoch oder gerade deswegen gab er sich betont locker, und sei es nur wegen seiner Frau, die ihn mit besorgter Miene musterte. »Ich habe mit dir zu reden.«

»Da bin ich aber gespannt, Max«, gab die adrette, gertenschlanke, wider jegliche Konventionen rauchende und aus dem Rheinland stammende Fabrikantentochter zurück, drückte ihren Dunhill-Zigarillo aus und ließ das Mundstück in die Handtasche aus Krokodilleder gleiten. »Sag mal, was ist denn eigentlich los? Du rufst mich an, sagst, ich soll meine Siebensachen packen, veranstaltest ein Mordstamtam und machst ein Staatsgeheimnis daraus, worum es geht. Du schuldest mir eine Erklärung, findest du nicht auch?«

Von Hardenberg, Mitte 30, 1,90 Meter groß, dunkelblond, drahtig und blauäugig, trotz Geheimratsecken durchaus nicht unansehnlich, legte den Zeigefinger auf die Lippen und rückte so nah wie möglich an seine knapp 31 Jahre alte Ehefrau heran. »So leid es mir tut, Helene«, erwiderte er in gedämpftem Ton und vergewisserte sich, ob der Kellner, der die Rechnung gebracht hatte, außer Hörweite war. »So leid es mir tut – das … das ist unmöglich.«

»Soll das ein Witz sein, Max?«

»Ich wünschte, es wäre so.« Von Hardenberg, eher scheu und darauf bedacht, die Worte sorgsam zu wählen, geriet ins Stocken. »Versteh doch, Helene, ich … ich tue das bestimmt nicht gern.«

»Was tust du nicht gern, Max?«

Um seine Verlegenheit zu überspielen, trank von Hardenberg seinen Cognac aus, an dem er eher lustlos genippt hatte, richtete den Kragen seiner Uniformjacke und schlug einen geradezu beschwörenden Tonfall an: »So nimm doch Vernunft an, Helene. Je weniger du über meine Aktivitäten weißt, desto größer die Chance, dass du über alle Berge bist, wenn sie uns in die Pfanne hauen.«

Die Reaktion auf die Beschwichtigungsstrategie ließ nicht lange auf sich warten. »Sei so gut und spar dir deine Ausweichmanöver, Max«, erwiderte die gelernte Übersetzerin, nicht gewillt, sich einfach abspeisen zu lassen. »Entweder du vertraust dich mir an, oder ich gehe und du siehst mich so schnell nicht wieder.«

»Nichts lieber als das, Helene«, erwiderte von Hardenberg, ergriff die Hand der Frau, auf die er so sehr fixiert war, dass er sich ein Leben ohne sie nicht vorstellen konnte, und ließ die Linke auf ihrem gepflegten Handrücken ruhen. »Nichts lieber als das.«

»Dann stimmt es also, was man sich erzählt.«

Von Hardenberg wurde aschfahl. »Was immer man sich bei euch im Außenministerium erzählt, Helene«, stieß er in ungewohnt barschem Tonfall hervor, »sieh zu, dass du es für dich behältst. Ich will nicht, dass du für mich den

Kopf hinhalten musst, ist das denn so schwer zu verstehen? Bring dich in Sicherheit, Helene, was mich angeht, mach dir keine Gedanken.«

»Steht es denn so schlimm, Max?«

»Schlimm?« Der Major wich dem Blick der herb anmutenden Schönheit aus. »Wenn ich ehrlich bin, verstehe ich nicht, was du damit ...«

»Bist du aber nicht, Max!«, fuhr Helene von Hardenberg ihrem Mann über den Mund. Und ließ den Befürchtungen, die sie hegte, freien Lauf: »Glaubst du im Ernst, ich habe nicht gemerkt, was da am Laufen ist, Max? Seit Wochen bist du kaum noch ansprechbar, und wenn man Konversation betreiben will, muss man dir die Worte aus der Nase ziehen. Alles, was recht ist, mein Lieber: Um zu erahnen, dass etwas im Busch ist, braucht man kein Hellseher zu sein. Dazu warst du viel zu oft weg, vor allem während der vergangenen acht Tage.«

»Umso besser, dann weißt du ja Bescheid.«

»Kein Grund, eingeschnappt zu sein. Ich mache mir Sorgen, ist das etwa verboten?«

»Stell dir vor, ich auch. Vor allem um dich.«

»Jetzt sag schon, Max: Was geht da drüben im Bendlerblock vor?«

»Na schön, wenn's denn unbedingt sein muss.« Die Stimme des Majors sank zu einem Flüstern herab, und während er sprach, legte sich ein Schatten über das längliche Gesicht. »Jetzt, wo alles den Bach runtergeht, kann ich es dir ja sagen: Stauffenberg hat ein Attentat auf den Führer verübt.« Von Hardenberg wich den Blicken seiner Frau aus. Im Hinblick auf die Rolle, die er dabei gespielt hatte, war dies nicht einmal die halbe Wahrheit, aber darüber wollte der Generalstäbler, der immer noch mit verdeckten

Karten spielte, lieber nicht nachdenken. Schließlich war er es gewesen, der von Quirnheim den Befehl erhalten hatte, Walküre-Alarm auszulösen, ein Befehl, mit dem er selbst schon gar nicht mehr gerechnet hatte. Bereits sehr früh, das heißt kurz vor zwei, war nämlich durchgesickert, dass beim Attentat auf Hitler etwas schiefgelaufen war. Wie es sein konnte, dass der größte Verbrecher aller Zeiten überlebt hatte, war ihm nicht ganz klar, aber darauf kam es jetzt, wo ihnen die Felle davon schwammen, auch nicht an. Beinahe stündlich waren neue Hiobsbotschaften eingetroffen, unter anderem, dass nach Stauffenberg gefahndet wurde. Doch damit nicht genug. Kurz nach sechs, also vor gut zweieinhalb Stunden, war bekannt geworden, dass Himmler zum Befehlshaber des Ersatzheeres ernannt und mit der Untersuchung der Vorgänge in der Bendlerstraße betraut worden sei. Heinrich Himmler, Reichsminister des Inneren, Chef der Deutschen Polizei und Reichsführer-SS: Wer jetzt nicht wusste, was die Stunde geschlagen hatte, dem war wirklich nicht zu helfen. Schon ging nämlich das Gerücht, dass Remer, Kommandant des Wachbataillons, von Goebbels umgedreht worden sei, und wenn das stimmte, war alles Hoffen und Bangen vergebens gewesen. »Und jetzt kommt's: Das Attentat ist fehlgeschlagen.«

»Und was nun, Maximilian?«

Von Hardenberg hatte verstanden. Immer, wenn Helene mit sich, der Welt im Allgemeinen oder ihrem Gatten im Besonderen nicht im Reinen war, schlug sie genau diesen Tonfall an. Ein Tonfall, der nicht nur Unmut, sondern vor allem eins signalisierte: Ratlosigkeit.

»Um deiner selbst willen, Helene: Tu, was ich dir jetzt sage.« Der Major lockerte den Griff, mit dem er die Hand seiner Frau umklammert hielt, griff in die Innentasche seiner Uniformjacke und zog einen sorgsam verschlossenen Umschlag hervor. »Hier«, fügte er hinzu, nicht ohne einen Blick über beide Schultern zu werfen. »Eine Fahrkarte erster Klasse ab Anhalter Bahnhof nach Leipzig. Ich denke, das verschafft dir einen Vorsprung. Bei meiner Cousine bist du fürs Erste sicher. Und nicht vergessen: Sobald du dir ihre Adresse eingeprägt hast, musst du sie vernichten. Mit der Gestapo ist nicht zu spaßen. Die ist schon mit ganz anderen Kunden fertig geworden als mit uns. Tu mir den Gefallen und hör auf mich, Helene. Wenn du in der Prinz-Albrecht-Straße landest, ist es zu spät.«

»Und du, Max? Was wird aus dir?«

»Du erwartest doch nicht, dass du eine Antwort erhältst, oder?«

»Nein, mein Stockpreuße – nicht wirklich.« Wider Willen musste die Frau mit der schwarzen Kostümjacke, dem knielangen Rock aus schwarzem Taft und dem ebenfalls dunklen Pillbox-Hut samt dazugehörigem Schleier lächeln. »Treue, Vaterlandsliebe und Pflichterfüllung bis zum Letzten. Dagegen komme ich nicht an.« Tränen im Gesicht, beugte sich die Tochter aus betuchtem Haus über den Tisch, nahm den Kopf ihres Mannes zwischen die Hände und küsste seine Stirn. »Auf bald, Max – ich hoffe, du weißt, was du tust.«

Die Uniformmütze in der Hand, die er mit geistesabwesender Miene musterte, ging von Hardenberg nicht darauf ein. »Verzeih mir die Bemerkung, Helene«, rückte er nur zögerlich mit der Sprache heraus, aus Angst, ausgerechnet jetzt falsch verstanden zu werden. »Aber ... aber weißt du, was ich sehr bedaure?«

»Dass du mich geheiratet hast?«

Der Blick des Majors trübte sich. »Mir ist nicht nach Frotzeleien zumute, Helene. Ich meine es ernst.«

»War nicht so gemeint, Max. Was wolltest du sagen?«

»Ich wollte dir sagen, wie sehr ich es bedaure, dass wir keine Kinder haben.« Von Hardenberg wusste nicht, wohin mit seinen Blicken. »Wer weiß, vielleicht wäre vieles anders gelaufen.«

Die 31-Jährige, auf der in diesem Moment sämtliche Augenpaare ruhten, erhob sich, umrundete den Tisch und strich ihrem Mann über die Wange. »Tu deine Pflicht, Max«, sagte sie, richtete den Blick zur Tür und stieß einen gequälten Seufzer aus. »Nur darauf kommt es jetzt an. Adieu, alter Kommisskopf – und pass auf dich auf!«

26 TAGE SPÄTER

3

Berlin-Schöneberg, Kammergericht in der Elßholzstraße
| 11.50h

»Eines Tages, Herr Präsident, wird man Sie und Ihresgleichen zur Verantwortung ziehen. Dessen bin ich mir gewiss.«

Alle im Saal hielten den Atem an. Der Wachtmeister rechts von ihm, die sechs Mitangeklagten, der Beisitzer und seine drei Kollegen, der Protokollant, die Verteidiger und das übrige Personal. Sie alle schwiegen, und es war so still, dass man eine Stecknadel hätte fallen hören können.

Der Vorsitzende des Volksgerichtshofes schwieg jedoch nicht. Er tat genau das, was er bei seinen Weggefährten auch getan hatte: Er schrie, dass es im Sitzungssaal von den Wänden widerhallte. »Sie sind ja ein schäbiger Lump! Zerbrechen Sie unter der Gemeinheit – ja oder nein?«

Maximilian von Hardenberg verzog keine Miene. Er war hier, um die Wahrheit zu sagen, und nicht, um sich von dem geifernden, tobenden und sämtliche Gepflogenheiten missachtenden Schreihals in der roten Robe einschüchtern zu lassen. Er war hier, um ein Beispiel zu geben, ganz gleich, was mit ihm geschehen würde.

»Ja oder nein, eine klare Antwort: Zerbrechen Sie darunter?«

»Nein.«

»Sie können auch nicht mehr zerbrechen!«, brüllte Freisler in das Mikrofon, nur eine Armlänge von ihm entfernt und auf volle Lautstärke gestellt. So laut, dass seine

Stimme in den Ohren schmerzte: »Denn Sie sind ja nur noch ein Häufchen Elend, das vor sich keine Achtung mehr hat!«

Von Hardenberg hielt dem Blick des Medusenhauptes stand. Er wusste, dass er auf verlorenem Posten stand, und er wusste auch, dass das Urteil über ihn und seine Weggefährten längst gesprochen war. Hier ging es nicht darum, Recht zu sprechen, sondern darum, das Recht in den Dienst einer Bande von Mördern und Verbrechern zu stellen.

Ein Blick auf die Wand hinter dem Tribunal, und man war im Bilde. Die Hitlerbüste und die drei Hakenkreuzbanner sprachen für sich. »Machen wir es kurz, Sie ekeln mich an, Angeklagter.« Freisler kramte in seinen Papieren, blickte sich Beifall heischend um und herrschte ihn an: »Trifft es zu, dass Sie an dem Komplott vom 20. Juli dieses Jahres beteiligt waren, ja oder nein?«

Ja oder nein. Von Hardenbergs Mundwinkel kräuselten sich. Etwas anderes gab es für diesen Tobsüchtigen anscheinend nicht. Entweder du bist für uns oder gegen uns.

Entscheide dich.

Ob Galgen oder KZ, was ihn betraf, war die Entscheidung längst gefallen. Er würde nicht um Gnade winseln, keine Ausflüchte oder Manöver machen, um die eigene Haut zu retten. Er würde zu dem, was er getan hatte, stehen. Ohne Wenn und Aber. Und wenn es das Letzte war, das er in diesem Leben tat. »Ich habe Sie etwas gefragt, Angeklagter. Waren Sie an der sogenannten Operation Walküre beteiligt, ja oder …?«

»Ja.«

»Lauter, ich kann Sie nicht verstehen.«

Die Hand auf dem Stuhl, vor dem er stand, nahm von Hardenberg die Gehilfen des Blutrichters ins Visier. Wie bei derlei Anlässen üblich, war zu Freislers Linken ein Beisitzer postiert, die drei Laien, einer davon in SS-Uniform und die beiden Kollegen in Zivil, zu seiner Rechten. Der Pflichtverteidiger hatte ihm zugeflüstert, wie sie hießen, eine Information, die keinerlei Bedeutung besaß. Ob SS-Hauptsturmführer, Beisitzer oder die zwei Zivilisten: Sie alle, Freisler mit eingeschlossen, dienten nur einem Zweck, nämlich ihn und die Gefährten, die ihr Leben in die Waagschale geworfen hatten, auszutilgen. Auf dass in Zukunft niemand den Versuch wagen möge, gegen Unrecht und Willkür aufzustehen. »Sind Sie taub, Hardenberg, oder was ist mit Ihnen los? Reden Sie schon, ich habe nicht ewig Zeit!«

»Ich war daran beteiligt, das trifft zu.«

»Trifft es weiterhin zu, dass Sie derjenige waren, der den Alarm ausgelöst hat, um die Maßnahmen zur Mobilisierung des Ersatzheeres einzuleiten?«

»Ja, Herr Vorsitzender.«

»Darf man fragen, was Sie sich dabei gedacht haben? Wie fühlt man sich, wenn man Führer, Volk und den eigenen Kameraden, die in heldenhaftem Abwehrkampf stehen, in den Rücken fällt? Na, was fällt Ihnen dazu ein, Herr Major?«

Abwehrkampf. So konnte man es natürlich auch formulieren. Seit Stalingrad war Rückzug angesagt, nicht nur im Osten, sondern seit gut zwei Monaten auch im Westen, wo die Wehrmacht den Alliierten kaum noch etwas entgegenzusetzen hatte. Rückzug an allen Fronten, und dieses Großmaul redete von Heldentum. Das einzig Vernünftige wäre gewesen, sofort Frieden zu schließen, aber davon wollten Einpeitscher wie dieser Freisler nichts wissen. Mit fliegenden Fahnen in den Untergang, lautete die Parole, egal, wie viele Landser auf der Strecke blieben. Das war nicht nur naiv, das war verbrecherisch.

»Was ist, haben Sie die Sprache verloren?«

»Ich denke, es ist höchste Zeit, Frieden zu schließen. Sonst wird es eine Katastrophe geben, von der wir uns nie wieder ...«

»Wir?«, schrie Freisler und hieb mit der flachen Hand auf den Tisch. »Habe ich eben richtig gehört? Sie wagen es, sich als Teil unserer Volksgemeinschaft zu betrachten? Soll ich Ihnen sagen, was Sie sind? Sie sind der schäbigste Halunke, der mir seit Langem untergekommen ist. Aber damit, Sie Pestbeule, ist jetzt Schluss. Und zwar ein für alle Mal. Sie und Ihresgleichen werden schon sehen, wozu es führt, wenn man Verrat an unserem Führer übt. Das garantiere ich Ihnen. Denken Sie etwa, Sie kommen damit durch?«

»Ob Sie es wahrhaben wollen oder nicht: Der Krieg ist verloren. Je früher Sie die Konsequenzen ziehen, desto besser.«

»Mal ehrlich, Sie Judas: Haben Sie denn überhaupt kein Ehrgefühl im Leib?«

Bitte nicht schon wieder. Nicht schon wieder dieses Gefasel von Ehre, Pflichtgefühl und Opfermut, auf das nicht nur er, sondern Millionen seiner Landsleute hereingefallen waren. Davon hatte er genug, seit geraumer Zeit schon. »Es war mir eine Ehre, meinem Vaterland einen Dienst zu erweisen. Falls es das ist, worauf Sie anspielen.«

»Genug.« Binnen Sekunden war das Gekreische des Vorsitzenden einem drohenden Knurren gewichen, ein untrügliches Zeichen, dass sich die Farce ihrem Ende zuneigte. »Haben Sie noch etwas zu sagen, Angeklagter?«

Von Hardenberg verneinte.

»Na schön, wie Sie wollen.« Wie auf Kommando erhoben sich Freisler und die Mitglieder des Tribunals von ihren Sitzen. Fast gleichzeitig ergriff der Blutrichter das Wort. »Im Namen des Volkes ergeht folgendes Urteil«, hallte es durch den voll besetzten Saal, in dem es niemanden gab, der sich über das Schicksal der Angeklagten Illusionen machte. Am allerwenigsten der Major im Generalstab von Hardenberg, der mit unbewegter Miene vor dem Richtertisch stand. »Bernhard Klamroth, Hans-Georg Klamroth, Egbert Hayessen, Wolf Heinrich Graf Helldorf, Dr. Adam von Trott zu Solz sowie Maximilian Freiherr von Hardenberg werden mit dem Tode bestraft, Verräter an allem, wofür wir leben und kämpfen.«

Verräter. So nannte man das also. Von Hardenberg schlug die Augen nieder, ohne Blick oder Ohren für die Begründung, die der Vorsitzende im Rekordtempo herunterleierte. Was, fragte er sich im Stillen, würde aus seiner Frau werden, aus seinen Eltern, denen untersagt wurde, der Verhandlung beizuwohnen? Mutter würde es das Herz brechen, umso mehr, da sein jüngerer Bruder an der Ostfront als vermisst gemeldet worden war. Und Helene? Von ihr, die er vor knapp drei Wochen zum letzten Mal gesehen hatte, fehlte jede Spur. So zumindest berichtete sein Vater, dem das Kunststück geglückt war, eine Besuchserlaubnis in Tegel zu erhalten.

Von Hardenbergs Atem ging rascher, und während er sich die Zusammenkunft mit ihr vergegenwärtigte, krampfte sich dem 36-jährigen Generalstäbler das Herz zusammen. Ob es ihr gelungen war, irgendwo unterzutauchen, war mehr als ungewiss, und wenn es etwas gab, das ihn quälte, dann die Frage, welches Schicksal sie erleiden würde. »Ihr Vermögen verfällt dem Reich.«

Schluss, aus, vorbei. Das war es also gewesen. Die Hand des Wachtmeisters auf der Schulter, stierte von Hardenberg ins Leere. Jetzt hieß es Haltung zeigen, mochte es angesichts dessen, was ihm bevorstand, auch noch so schwer erscheinen. In ein paar Stunden, womöglich auch Tagen, würde alles vorbei sein.

Endstation Plötzensee.

Und was kam danach?

# 22 JAHRE SPÄTER

ERSTES KAPITEL

(Dienstag, 16. August 1966)

»Es lebe das heilige Deutschland!«

(Ausruf Stauffenbergs kurz vor seiner Exekution im Hof des Bendlerblocks in der Nacht vom 20. auf den 21. Juli 1944)

4

Berlin-Charlottenburg, Gelände des Strafgefängnisses
Plötzensee | 05:20h

»Alles, was recht ist, Süße: Allmählich habe ich die Faxen dicke.«

»Aber, aber, wer wird denn hier gleich eingeschnappt sein.« Die Adressatin der Unmutsäußerung, eine Femme fatale Anfang 20, ließ sich nicht aus der Ruhe bringen. Nein, so hatten sie nicht gewettet. Ganz bestimmt nicht. Wenige Meter vor dem Ziel würde sie sich nicht die Butter vom Brot nehmen lassen. Das war sie sich und all jenen, die dieser Möchtegern-Playboy auf dem Gewissen hatte, schuldig. »So kenne ich dich ja gar nicht.«

Armer alter Mann!, dachte sie, stieß ein lasziver Kichern aus, um ihre Beute in Sicherheit zu wiegen, und schloss die Tür des lang gestreckten Schuppens auf, an dem auf den ersten Blick nichts Auffälliges war. Außenmauern aus rotem Ziegelstein, ein nur mäßig geneigtes Dach und eine Reihe von vergitterten Bogenfenstern. Das war es dann auch schon. Gebäude von dieser Bauart gab es wie Sand am Meer, und wenn nicht hier, hätte die Halle auch woanders stehen können.

Dass der Schein trog, war der jungen Frau bewusst. Hier waren Dinge geschehen, die niemals hätten geschehen dürfen. Gräuel, die sie bis in den Schlaf verfolgten, schweißüberströmt aufwachen und an der gesamten Menschheit verzweifeln ließen. Schandtaten, die ihrem Leben eine unerwartete Wendung gegeben und dafür gesorgt hatten, dass nichts mehr so war wie vor ein paar Monaten.

Damals, kurz vor ihrem 21. Geburtstag, war sie noch eine ganz normale junge Frau gewesen. Na ja, so normal nun auch wieder nicht. Immerhin hatte sie bereits an einer Vietnamdemo teilgenommen, wodurch sie sich eine Menge Ärger eingehandelt hatte. Davon abgesehen war ihr Leben in geordneten Bahnen verlaufen, und sie hatte alle Hände voll zu tun gehabt, um ihr Jura-Studium an der FU zu finanzieren. Dank eines Jobs bei Siemens, wo sie 20 Stunden pro Woche am Fließband stand, war ihr dies auch gelungen. Kurzum, sie hatte sich durchgebissen, ohne fremde Hilfe.

Damals, als sie ihr Leben noch im Griff und sie das Gefühl gehabt hatte, nichts könne sie aus der Bahn werfen.

Genau das aber war vor vier Monaten und drei Tagen geschehen. Und das Schicksal wollte es, dass das Dreckschwein, das nur eine Armlänge von ihr an der Mauer lehnte, maßgeblichen Anteil daran besaß.

Der Grund, weshalb sie Vergeltung üben würde. Beherrscht, kühl und kaltherzig. All jene, die er auf dem Gewissen hatte, stets vor Augen.

Das Urteil lautete auf schuldig.

Schuldig im Sinne der Anklage.

Anders als der Henker, der weiland 3.000 Reichsmark im Jahr verdient und für jede Hinrichtung 80 Mark Prämie kassiert oder Sonderrationen in Form von Zigaretten eingestrichen hatte, waren ihre Motive gänzlich anderer Natur. Sie war hier, um Rache zu üben, Rache für das, was all jenen angetan wurde, die den Schergen von damals zum Opfer gefallen waren. Dabei war sie sich bewusst, dass ihr Leben vom heutigen Tag an in Scherben liegen würde, aber das machte ihr jetzt, da sie ihren Plan in die Tat umsetzte, nichts aus. Nichts, weder Skrupel noch Vernunftgründe oder die Angst vor den unausweichlichen Konsequenzen, würden sie von der geplanten Tat abhalten.

Der Casanova, der ihr auf den Leim gegangen war, würde seine Strafe bekommen.

Ohne Wenn und Aber.

»Was ... was soll der Quatsch?«, drang es aus der Dunkelheit an ihr Ohr, während sie die Tür aufsperrte, ins Innere des Schuppens trat und die Wand nach dem Lichtschalter abzutasten begann. »Ich hab die Faxen dicke, und zwar endgültig. Entweder du sagst mir, was das Blinde-Kuh-Spiel soll, oder ...«

»Oder was?«, gurrte sie, gänzlich unbeeindruckt vom Ton des mehr als doppelt so alten Begleiters, der sich einbildete, die Damenwelt liege ihm zu Füßen. »Hab ich dir nicht gesagt, ich hätte eine Überraschung parat?«

»Ja, hast du«, lautete die Antwort, die mit jedem Wort, das der 56-Jährige hervorstieß, immer mehr in ein unartikuliertes Lallen mündete. »Aber ... aber langsam gehen mir deine Fisimatenten auf die Nerven. Weißt du was, Süße? Auf Überraschungen der besonderen Art kann ich verzichten.«

»Auf einmal? Selbst dann, wenn du auf deine Kosten kommst?« Sie hasste es, einen auf Lolita, Unschuld vom Lande oder blutjunge Verführerin zu machen. Genau darauf lief das Ganze jedoch hinaus. Laut ihren Kommilitoninnen stand Herr Professor Dr. jur. Schultze-Eckardt nämlich darauf, wenn man ihm schöne Augen machte. Oder, besser noch, wenn man so tat, als gäbe es nichts Aufregenderes, als mit ihm ins Bett zu steigen und allerhand neckische Spielchen mit Requisiten aus dem Fundus des Marquis de Sade zu veranstalten. Der Zweck heiligte eben die Mittel, so der Tenor der meisten Damen, welche die Aufmerksamkeit des notorischen Schürzenjägers erregt hatten. Oder anders ausgedrückt: Das Examen kam bestimmt. »Jetzt komm, ich weiß doch genau, dass du auf so etwas stehst.«

»Aber nur, weil du es bist, Melissa.«

Noch etwas, das sie hasste. Sie konnte es nicht ausstehen, wenn er sie mit dem Vornamen anredete. Vertraulichkeiten waren nicht ihr Ding, weder an der Uni, wo sie zu den Jahrgangsbesten zählte, noch im Kreis ihrer Mitbewohner in einem Zehlendorfer Studentenwohnheim. Namentlich die Männer, allen voran ihre Kommilitonen, schreckte dies natürlich ab. Obendrein pfiff sie auf Konventionen, teilte aus, wenn sie es für nötig hielt, und legte keinen Wert darauf, wie die nächste Miss Germany auszusehen.

Der heutige Tag, an dem sie sich in Schale geworfen hatte, natürlich ausgenommen.

»Sag mal, hörst du mir überhaupt zu?«

Aber natürlich hörte sie ihm zu. Die Hand auf dem Lichtschalter, drehte sich die 21-Jährige mit der Audrey-Hepburn-Figur zu ihrem ahnungslosen Opfer um. Armer Harro!, dachte sie bei sich, ein Lächeln im Gesicht, in dem sich Genugtuung und Abscheu mischten. Mit deinen Amouren und andauernden Affären ist es jetzt vorbei. Der Tag, an dem du für alles bezahlen musst, ist gekommen.

Der Tag, auf den nicht nur ich lange gewartet habe.

»Nimm mir gefälligst die Augenbinde und die Handschellen ab, hörst du, sonst …«

»Sonst was? Ich denke, du stehst auf neckische Spielchen, oder?« Die angehende Juristin, mit sorgsam zurechtgestutztem Pagenschnitt und wider sonstige Gewohnheiten mit Lackstiefeln, Dior-Kostüm, ellbogenlangen Handschuhen, dunklen Nylons und durchsichtiger Bluse bekleidet, drückte auf den Lichtschalter, stolzierte auf den alternden Salonlöwen zu und hakte sich bei ihm unter. Schultze-Eckardt strahlte. »Na also, warum nicht gleich!«, schnurrte die junge Frau, der die Freude, die sie erfüllte, ins Gesicht geschrieben stand. »Nur noch ein paar Meter, und dann sind wir da.«

»Eins muss dir der Neid lassen: Du verstehst es, mich auf die Folter zu spannen.«

»Wenn wir gerade bei Folter sind, Liebling: Wie sieht es eigentlich mit deiner Vergangenheit aus?«

In der Mitte des Raumes angekommen, hielt Schultze-Eckardt abrupt inne. »Ich wüsste nicht, wen das interessiert!«, blaffte er, spürbar auf der Hut. »Was geht hier vor, du hinterlistiges Biest – raus mit der Sprache!«

»Das beantwortet nicht meine Frage, Herr Professor«, flötete die junge Frau, ließ ihren Begleiter stehen und entfernte sich ein paar Meter, um sich geraume Zeit später umzudrehen. »Ich will wissen, was du während des Krieges getan hast, kapiert?«

»Soll das etwa ein Verhör werden?«

»Du hast es erfasst, Bel-ami!«, spottete Melissa Gutberleit und trat bis auf Armlänge an Schultze-Eckardt heran, während das Geräusch ihrer Absätze von den Wänden widerhallte. »Anders als damals, jedoch mit vertauschten Rollen.«

»Wo … wo haben Sie mich hingebracht?«, stammelte der düpierte Galan, dessen Schatten so lang war, dass er bis an die Schmalseite des Raumes reichte. Dort, zwischen den vergitterten Bogenfenstern, durch die das Licht der

Morgendämmerung hindurchschimmerte, befand sich ein Podest, auf den Zentimeter genau unter der Trägerstange, die mit fünf gusseisernen Haken versehen war. »Wo Sie mich hingebracht haben, will ich wissen, und zwar sofort!«

»Warum so förmlich, Herr Volksgerichtsrat?«, ging der Racheengel im Dior-Kostüm über die Frage hinweg, schaute nach, ob die Augenbinde noch saß und setzte ihre Wanderung durch den Hinrichtungsschuppen fort. »Oder sollte ich lieber ›Herr Richter‹ sagen?«

»Halt die Klappe, du mieses Luder, sonst …«

»Hätten Sie wohl gern, Herr Richter, was? Tut mir leid: Was Ihr Ansinnen betrifft, muss ich Sie enttäuschen.«

»Wo wir sind, habe ich gefragt!«

Die Angesprochene lächelte gequält. »Ich wusste gar nicht, dass Sie so begriffsstutzig sind«, spottete sie, trat ans Fenster und hüllte sich geraume Zeit in Schweigen. Dann fragte sie: »Haben Sie gewusst, dass es damals Sonderrationen gab?«

»Keine Ahnung, wovon Sie sprechen.«

»Das, mein Lieber, können Sie Ihrer Großmutter erzählen.« Die junge Frau drehte sich auf dem Absatz um, das Gesicht starr wie eine Maske. »Wie gesagt: Damals gab es Sonderrationen, sowohl für den Henker als auch für seine Gehilfen, die so viel zu tun hatten, dass sie des Öfteren Sonderschichten schieben mussten.« Die Studentin und angehende Doktorandin legte eine Pause ein. »Davon abgesehen lief jede Hinrichtung nach dem gleichen Schema ab. Zwei Wachtmeister eskortierten die Todeskandidaten vom sogenannten Haus III, wo sie die letzten Stunden vor der Exekution verbrachten, zum Hinrichtungsschuppen. Genau der Ort, an dem wir uns derzeit befinden. Frage beantwortet?«

Schultze-Eckardt hüllte sich in trotziges Schweigen.

»Wie schön, dass der Groschen gefallen ist.« Melissa Gutberleit rührte sich nicht von der Stelle. »Stellen wir uns doch einfach vor, Sie, Herr Professor, wären unter den Todeskandidaten gewesen. Dann hätte das zur Folge gehabt, dass Sie am Vorabend im Beisein des Staatsanwalts über Ihr Schicksal in Kenntnis gesetzt werden mussten. So wollte es das Gesetz. Es geht doch nichts über deutsche Gründlichkeit, oder? Bei Tagesanbruch, sagen wir mal am 16. August 1944, geht es dann hierher, einzeln, in Holzschuhen und Gefängnismontur. Unter der Aufsicht von zwei Wachtmeistern, von denen jeder acht Zigaretten bekommt. Vater Staat denkt doch wirklich an alles. Apropos: Der Zufall will es, dass Sie genau dort stehen, wo das Urteil verlesen wird, bevor einer der beiden Geistlichen in Aktion treten darf. Aber nur nicht zu lang, die Nächsten warten bereits. 186 Morde, und das in einer einzigen Nacht des Jahres 1943. Das macht den Nazis so schnell keiner nach. Aber bleiben wir beim Thema. Nachdem das Sprachrohr Gottes auf Erden seine Schuldigkeit getan hat, treten der Henker und seine Gehilfen in Aktion. Mit deutscher Gründlichkeit und bis zu acht Delinquenten gleichzeitig. Ach so, bevor ich es vergesse: Wie viele Unschuldige Leute Ihres Schlages auf dem Gewissen haben, lässt sich nicht exakt ermitteln.«

»Ich will nichts mehr davon hören, kapiert? Aufhören, und zwar sofort!«

»Aber Sie können davon ausgehen, dass in diesem Schuppen über 2.800 Menschen ermordet worden sind. Per Guillotine oder durch den Strang. Viele davon als Folge des Attentats am 20. Juli 1944. Womit wir bei Ihnen wären, Herr Schultze-Eckardt. Oder sollte ich lieber ›Beisitzer am Volksgerichtshof‹ sagen? Nur keine Scheu, sagen Sie, wie es Ihnen am liebsten ist.«

»Darf man fragen, was Sie mit Ihrem Geschwätz bezwecken?«

»Gegenfrage: Was sagt Ihnen der Name *Operation Walküre*?«

»Soll das etwa ein Verhör werden?«

»Sie wiederholen sich, Herr Professor.« Die junge Frau konnte ihre Genugtuung nicht verhehlen. »Also: Wo genau waren Sie am 15. August 1944, Parteimitglied Nummer 9.679? Oh, Verzeihung: Ich merke gerade, mir ist ein Fehler unterlaufen. Bei der von mir genannten Mitgliedsnummer handelt es sich um diejenige des Vorsitzenden Richters. Zumindest an ihn werden Sie sich ja wohl erinnern, oder?«

»Sie töten mir den letzten Nerv, wissen Sie das?«

»Einen Moment nur, Sie sind gleich erlöst.« Rein äußerlich die Ruhe selbst verlagerte Melissa Gutberleit ihr Gewicht auf den linken Fuß, verzog das Gesicht und sprach: »Wissen Sie eigentlich, wie viele Landsleute Sie in den Tod geschickt haben? Ein Dutzend? 20, 50 oder noch mehr?«

»Ich nehme an, Sie werden es mir gleich sagen.«

»Da nehmen Sie richtig an, Herr Beisitzer.« Der Ton, den die 21-Jährige anschlug, hätte abfälliger nicht sein können. »Damit es nicht in Vergessenheit gerät, Sie Schreibtischtäter: Zwischen August 1944 und April 1945, also innerhalb von acht Monaten, wurden 86 Todesurteile gegen Beteiligte und Mitwisser des Stauffenberg-Attentats vollstreckt – unter tätiger Mithilfe eines gewissen Harro Schultze-Eckardt, weiland Beisitzer am Volksgerichtshof und nach dem Untergang des Tausendjährigen Reiches anerkannte Kapazität an der FU Berlin.«

»Sie haben ja nicht die geringste Ahnung, wie das damals ge…«

»Falsch, Herr Professor. Um nachzuvollziehen, wie der Hase gelaufen ist, braucht man nicht viel Fantasie. Verharmlosend ausgedrückt: Es gab eben solche und solche. Handlanger wie Sie, die es vorzogen, mit den Wölfen zu heulen und Leute, die genug Rückgrat besaßen, um Hitler und seinen Schergen die Stirn zu bieten.« Die junge Frau setzte ein ironisches Lächeln auf. »Wissen Sie, was ich an Ihnen bewundere? Wie Sie es geschafft haben, nach dem Krieg die Kurve zu kriegen. Zuerst Blutrichter, dann vorbildlicher Demokrat, Vorzeige-Gatte und Biedermann, wie er leibt und lebt. Alle Achtung, darauf können Sie mit Recht stolz sein.«

»Ich habe meine Pflicht getan, weiter nichts.«

»Mehr fällt Ihnen dazu nicht ein?«

»Zu Ihrer Information, Sie Klugscheißerin. Ich sehe nicht den geringsten Grund, mich vor Ihnen zu rechtfertigen. So, und nun wäre ich Ihnen sehr verbunden, wenn wir die unerquickliche Episode beenden könnten. Sonst sehe ich mich gezwungen, Maßnahmen gegen Sie einzuleiten.«

»Halten Sie es für klug, mir zu drohen? Wenn ja, verkennen Sie Ihre Lage.«

»Denken Sie wirklich, Sie können mir etwas anhaben? Falls ja, träumen Sie weiter. Ich habe Freunde in einflussreichen Positionen, Verbindungen, von denen Sie nur träumen können.«

»Stellen Sie sich vor, Sie perverses Schwein, ich auch.« Ohne eine Miene zu verziehen, ließ Melissa Gutberleit den Blick nach links wandern. Dort, an der Tür zum ehemaligen Warteraum, stand eine Gestalt, die sich wie auf Kommando in Bewegung setzte und Kurs auf den sichtlich irritierten Maulhelden nahm. »Ein Freund von mir«, fügte die junge Frau hinzu, während die Andeutung eines Lächelns über das blasse Gesicht huschte. »Wenn Sie gestatten, wird er mir ein wenig zur Hand gehen.«

Harro Schultze-Eckardt, Angehöriger des Fakultätsrats, ehemaliges Mitglied der Anwaltskammer und rechte Hand von Roland Freisler beim 1. Senat des Volksgerichtshofs, war wie vom Donner gerührt. »Was … was haben Sie mit mir vor?«, rief er, obwohl ihm dämmerte, welches Schicksal ihm zugedacht war. »Lassen Sie mich los, oder Sie bekommen es …?«

Weiter als bis hierhin kam der Kommentator der Rassengesetze, Möchtegern-Draufgänger und überzeugte Nationalsozialist nicht. Die Pistole, die ihm der Unbekannte an die Schläfe drückte, sprach eine deutliche Sprache.

Zu deutlich, als dass er an einen schlechten Scherz geglaubt hätte.

*

Kein Grund, sich etwas vorzumachen. Das, was jetzt kam, war kein Traum, kein wie auch immer gearteter Jux oder eine Posse, die den Zweck verfolgte, ihm Angst einzujagen. Dies war auch nicht der Versuch, ihn lächerlich, gefügig oder zu einem willfährigen Hanswurst zu machen.

Weit gefehlt.

Das war kein Scherz, sondern bitterer Ernst. Ein Racheakt, der von langer Hand geplant und mit einer Kaltblütigkeit, die selbst ihn verblüffte, zur Ausführung gebracht worden war.

Die Stimme von diesem Flittchen, das ihm aus mehreren Metern Entfernung entgegenhallte, war der Beweis dafür.

Die Drahtschlinge um den Hals, vollführte er eine vorsichtige Bewegung. Vergebens. Außer den Händen waren ihm mittlerweile auch die Füße gefesselt worden, so gründlich, dass jede Bewegung schmerzte.

Schluss, aus und vorbei, Herr Schultze-Eckardt.

Reingefallen.

Am meisten irritierte ihn, dass er nichts sehen konnte. Seit damals, als er russische Partisanen, Polit-Kommissare und Saboteure liquidiert hatte, war es ihm wichtig, dem Feind ins Gesicht zu schauen. Augenbinden waren etwas für Feiglinge, und wenn er dazu imstande gewesen wäre, hätte er den beiden die Hölle heißgemacht. Pech, dass dieses Luder an alles gedacht hatte. Dass er auf einen Widersacher traf, gegen den selbst er nichts ausrichten konnte.

Rien ne va plus, Herr Richter.

Nichts geht mehr.

»Haben Sie noch etwas zu sagen, Angeklagter?«

Als ob es jetzt, da ihm der Unbekannte eine Drahtschlinge um den Hals gelegt hatte, noch etwas zu sagen gäbe. Schultze-Eckardt schnappte nach Luft. Wäre er nicht so naiv gewesen, hätte es nicht so weit kommen müssen. Mehr fiel ihm als Antwort auf die dämliche Frage nicht ein.

Vor sich die Stimme der Frau und von rechts der Atem des Mannes, der zum wiederholten Mal prüfte, ob die Schlinge richtig saß, auf dem Absatz kehrtmachte und sich nach getaner Arbeit entfernte. Um sich auszumalen, was nun folgen würde, musste er seine Fantasie nicht strapazieren. Dafür hatte er an der Ostfront, in der Ukraine und bei den Massakern, die er nicht nur vom Hörensagen kannte, zu viel erlebt. Zu viel, um sich jetzt, wo es auch ihm an den Kragen ging, Illusionen zu machen. Das Schlimme war nicht etwa, dass er seine Pflicht getan hatte. Das nun wirklich nicht. Das Ärgernis war, dass er diese Nestbeschmutzerin, die seine Vergangenheit durchwühlte, nicht durchschaut hatte.

Dafür muss er bezahlen, basta.

So einfach war das.

»Nimm ihm die Augenbinde ab!«, hallte es durch den endlos erscheinenden Raum. »Ich will ihm etwas zeigen.«

Er brauchte Zeit, um sich an das grelle Licht zu gewöhnen, und als es so weit war, hatte sich der Fremde, der neben dem Podest Position bezog, eine Kapuze übergestreift.

»Sie haben doch nichts dagegen, wenn ich Ihnen ein paar Fotos zeige, oder?«

»Tun Sie, was Sie offenbar nicht lassen können.«

»Zu gütig – und ganz der Gentleman, wie man ihn kennt.« Einen Stapel Schwarz-Weiß-Vergrößerungen in der Hand, näherte sich die Frau dem Podest, über dem der mittlere von insgesamt fünf Haken hing, hielt die Aufnahmen in die Höhe und nannte Namen, Beruf und Alter derjenigen, die darauf abgebildet waren.

Namen, die auch er kannte.

Einen nach dem andern.

»Wolf Heinrich Graf Helldorf, General der Polizei und Polizeipräsident, zum Zeitpunkt seiner Hinrichtung 48 Jahre alt – schon gehört?«

Keine Reaktion.

»Oder hier: Dr. Adam von Trott zu Solz, Diplomat in Diensten des Auswärtigen Amtes, 35 Jahre, dem im Gegensatz zu seinem Mitangeklagten eine Frist von elf weiteren Tagen beschieden war. Können Sie sich vorstellen, was diese Menschen durchgemacht haben?«

»Ich ... Ich habe ...«, würgte er, die Schlinge um den Hals, die seine Worte wie ein klägliches Winseln erscheinen ließen. »Ob Sie es wahrhaben wollen oder nicht, ich habe doch nur …«

»… meine Pflicht getan, ich weiß!«, vollendete das Miststück, dem er all das hier zu verdanken hatte. Im Licht der Morgendämmerung, die durch die Bogenfenster in seinem Rücken drang, sah sie wie eine antike Rachegöttin aus. »Das sagen sie alle. Und wie steht es hiermit?«

»N…n…n…nie gesehen.«

»Dachte ich mir, dass Sie das sagen würden.« Die Erinnye besaß auch noch die Dreistigkeit, ihn anzulächeln. Hass loderte in ihm empor. Ohnmächtiger, durch seine Hilfslosigkeit angefachter Hass. »Bringen … bringen Sie es endlich …«

»Wozu die Eile, Herr Richter? So viel Zeit, um ein paar Fotografien zu betrachten, haben wir gerade noch.«

Das mittlerweile sechste Foto in der Hand, auf dem der Bruder von Stauffenbergs Adjutant abgebildet war, hielt die Furie einen Moment inne. Dann tauschte sie es gegen die letzte in der Reihe der gestochen scharfen Ablichtungen aus. Es zeigte einen Mann in Uniform, laut Schulterstück im Rang eines Majors. Mitte bis Ende 30, blond, hohe Stirn, Geheimratsecken, längliches Gesicht, kerzengerade Haltung, Generalstabshosen. Typen wie diesen hatte es damals dutzendweise gegeben. Verräter, die irgendwie alle gleich waren. Gegenüber Vorgesetzten die Hacken zusammenschlagen und im Rücken der Front Verrat am eigenen Volk und dem Führer begehen. Tiefer konnte man wirklich nicht sinken. Diese Etappenhengste hatte er gefressen, seit jeher schon. Und überhaupt: Wozu sich die Visage eines Lumpen einprägen, der nach Recht und Gesetz abgeurteilt worden war?

Das, Verehrteste, wäre zu viel verlangt.

»Muss man den Herrn kennen?«

»Danke, Herr Professor Doktor Schultze-Eckardt – keine weiteren Fragen.« Die Frau, die er mit jeder Faser seines Wesens hasste, verzog keine Miene, steckte die Fotos wieder ein und bedeutete ihrem Gefährten, sich zu ihr zu gesellen. »Wetten, dass Sie sich an diesen Mann erinnern?«, fragte sie mit Blick auf ihren Nebenmann, der die Kapuze mit einem Ruck vom Kopf riss. »Es sei denn, Sie leiden unter Gedächtnisschwund?«

»Du?«, würgte er hervor, Auge in Auge mit einem Kameraden, dessen Anblick ihn dermaßen aus der Fassung brachte, dass er glaubte, er habe den Verstand verloren. »Du hier? Aber ... aber das ist doch nicht möglich!«

»Doch, Harro, ist es.«

Die Augen weit aufgerissen, starrte er sein Gegenüber an. Auf einmal war alles wieder so wie damals. Wie früher, als er mit ihm im Schützengraben lag. Das Heulen der Katjuschas und die Schreie der Verwundeten erfüllte die schneidend kalte Luft, Granaten explodierten, MGs knarrten, Bomben fielen. Der Tod hielt reiche Ernte, und überall, wohin er blickte, lagen Leichen. Rotarmisten, Deutsche, Verbündete. Von Kugeln durchsiebt, zerfetzt, massakriert oder entstellt, sodass Freund und Feind kaum zu unterscheiden waren. Es war die Hölle gewesen, damals, im Spätherbst 1941, als er den einzig wirklichen Freund verloren hatte.

Für immer.

»Hilf mir, Kamerad!«, röchelte er, wie damals, als er einen Schulterdurchschuss erlitten und einen Freund besessen hatte, der sein Leben riskierte, um ihn zum Verbandsplatz zu transportieren. »Hilf mir, ich ... ich flehe dich an!«

»Aber natürlich, Harro«, versicherte ihm sein Gegenüber, näherte sich dem Podest und trat mit voller Wucht dagegen. »Dazu sind Freunde doch da!«

5

Berlin-Schöneberg, Sydows Wohnung in der Grunewaldstraße | 06:50 h

Dienst bis in die Puppen, sein Enkel, der die ganze Nacht herumkrakeelte und eine Ehefrau, für die er Luft war, weil sie nur noch Augen für die kleine Nervensäge hatte.

Das hatte sich Tom Sydow, Hauptkommissar der Kripo Berlin, schon immer gewünscht.

Aber was sollte er machen. Großvater war nun einmal Großvater, und obwohl er Sydow den Schlaf raubte, wollte er den Schreihals nicht missen. Wäre da nur der Vorname, den seine Stieftochter dem Kleinen verpasst hatte, nicht gewesen. Jérôme. Sydow stieß einen gramerfüllten Seufzer aus. Wie in aller Welt konnte man seinem Kind so einen Namen geben. Und dann auch noch Französisch. Nichts gegen die Franzosen, aber was zu viel war, war nun einmal zu viel. Für ihn, dessen Mutter aus London stammte, gleichbedeutend mit einer nationalen Katastrophe.

Aber Hauptsache, der Bengel war gesund. Und das war ja wohl der Fall. Als Letzter der Neuruppiner Filiale derer von Sydow hätte er es zwar lieber gesehen, wenn sich Vroni an seinem Familienstammbaum orientiert oder einen Namen ausgewählt hätte, mit dem man nicht wie ein bunter Hund auffiel. Bei seiner Stieftochter, ihrem Mann und nicht zuletzt bei seiner Frau Lea hatte er damit jedoch auf Granit gebissen. Besonders Lea warf ihm immer wieder vor, ein hoffnungsloser Nostalgiker zu sein, und vieles sprach dafür, dass sie ins Schwarze getroffen hatte.

Sydow war Jahrgang 1913, also noch zu Kaisers Zeiten geboren, war in Berlin und Eton aufs Internat gegangen und ausgerechnet dann Polizist geworden, als ein gewisser Adolf Hitler, mithin der größte Verbrecher aller Zeiten, an die Macht gekommen war. Für jemanden wie ihn, der sein Temperament nur schwer und sein Mundwerk überhaupt nicht zügeln konnte, keine idealen Startbedingungen. Sydow war von Anfang an skeptisch gewesen, und was Hitler und Konsorten betraf, sollte er recht behalten. 1936, kurz nach seinem Einstand bei der Kripo, war ein gewisser Heinrich Himmler Chef der Deutschen Polizei geworden. Jeder, der keine Scheuklappen oder Sympathien für dieses Verbrecher-Syndikat besaß, wusste, wie der Hase von nun an laufen würde. Von nun an waren Kadavergehorsam, Arschkriechen und Vertrauen in die Eingebungen – beziehungsweise menschenverachteten Praktiken – des Führers und seiner Paladine gefragt gewesen. Um mitzuziehen und nebenbei Karriere zu machen, war Sydow jedoch der Falsche. Die Reihe der Fettnäpfchen, in die er bei der Mordkommission getreten war, konnte sich sehen lassen, zum Verdruss seines Vaters, der eine Bilderbuchkarriere gemacht und es bis zum Ministerialdirigenten im Auswärtigen Amt gebracht hatte. Vaters Chef, Reichsaußenminister von Ribbentrop, war denn auch der Ursprung zahlreicher Dispute gewesen, nicht nur, weil er zum engeren Kreis um Hitler zählte, sondern vor allem, weil Sydow ihn für einen opportunistischen Dilettanten hielt. Klar, dass Vater das nicht auf sich sitzen lassen würde, und so hatten sich ihre Wege nach Kriegsbeginn getrennt. Sydow war beileibe nicht froh darüber, aber wie sich herausstellte, hatte er den Nagel auf den Kopf getroffen.

Leider Gottes.

Was sich nach Kriegsbeginn abgespielt hatte, übertraf seine Befürchtungen bei Weitem. Und er? Thomas Randolph von Sydow, Dienstanschrift Polizeipräsidium Alexanderplatz, im Volksmund auch *Rote Burg* genannt, hatte seine Pflicht getan. Angesichts der Verbrechen, die das Regime zu verantworten hatte, hörte sich dies gewiss merkwürdig an, und jeder, der Sydow kannte, wusste, dass dies nicht lange gut gehen konnte. Man konnte sich nicht auf die Familientradition berufen und sich im Stil der Sydows dem Dienst am Vaterland widmen, wenn seine Regierung aus einer Bande von gewissenlosen Verbrechern bestand. Das war ein Spagat, zu dem ein Tom Sydow, Kriminalkommissar und heißer Kandidat für die Abschussliste der Gestapo, nicht fähig war.

Und so kam es, wie es kommen musste. Auf der Flucht vor der Gestapo, der er im Zuge eines Mordfalles in die Quere gekommen war, hatte es ihn 1942 nach England verschlagen. Dort war er dann bis Kriegsende geblieben, einer von vielen, mit denen die Nazis eine Rechnung offen hatten. Es war nicht leicht gewesen, dabei zuzuschauen, wie Berlin in Grund und Boden gebombt wurde, und eine Qual, Zeuge zu werden, wie sein Vaterland vor die Hunde ging.

Anno 1944, als der Krieg längst entschieden war, hatte es dann ein letztes Aufbäumen gegeben. Der Attentatsversuch, bei dem Hitler nur ein paar Schrammen abbekommen hatte, war jedoch viel zu spät gekommen, zu spät, um zu retten, was eigentlich nicht mehr zu retten war. Sydow war am Boden zerstört gewesen, als durchsickerte, dass Hitler wieder einmal mehr Glück als Verstand gehabt und den Anschlag vom 20. Juli überlebt hatte. Dass der Versuch unternommen worden war, ihn zu beseitigen, war jedoch ein Lichtblick, und nicht nur bei Sydow standen die Verschwörer hoch im Kurs.

Deprimierend, um nicht zu sagen niederschmetternd, waren dagegen die Nachrichten vom Rachefeldzug Hitlers gegen die Widerständler gewesen. Alles bekannte Namen, Familien, die wie die Sydows dem jeweiligen Souverän respektive dem Staat treu ergeben gewesen waren. Von der Schulenburg, von Bernstorff, Hardenberg, Kleist, Tresckow und wie sie alle hießen: Die Liste der Hingerichteten aus dem Adel, den akademischen Kreisen oder verbotenen Parteien war lang. Wie Sydow erfuhr, befand sich auch der ältere Bruder seines Schulfreundes darunter, der es bis zum Major im Generalstab gebracht hatte. Wie so viele der insgesamt knapp 3.000 Hingerichteten, die entweder guillotiniert oder in Plötzensee wie Schlachtvieh stranguliert worden waren, wurde er im Rahmen der Schauprozesse vor dem Volksgerichtshof im Eilverfahren abgeurteilt und noch am gleichen Tag mit sechs weiteren Oppositionellen hingerichtet. Was aus Justus geworden war, mit dem er sechs Jahre lang die Schulbank gedrückt hatte, wusste Sydow dagegen nicht. 1941, kurz vor dem Russland-Feldzug, war er ihm zum letzten Mal über den Weg gelaufen. Kurz darauf hatten sich ihre Wege wieder getrennt, und er konnte nur hoffen, dass der beste Freund, den er je gehabt hatte, mit heiler Haut davongekommen war.

»Sag bloß, du bist immer noch da drin. Na, deine Ruhe wollte ich haben.«

Sydow brummelte etwas in den Bart, was Lea, mit der er seit 13 Jahren verheiratet war, glücklicherweise nicht verstand, beendete seine Rasur, knöpfte sein Hemd zu und trug noch ein wenig Rasierwasser auf, um sich nicht noch unbeliebter zu machen, als dies der Fall zu sein schien.

»Wie wär's, wenn du mir ein bisschen Arbeit abnimmst? Der Kleine hat nämlich Hunger.«

Es folgte eine Grimasse, die Sydow nur deshalb aufsetzte, weil er sich unbeobachtet glaubte. Der Kleine, wie Lea ihn nannte, war mittlerweile über 16 Monate alt, mit sage und schreibe viereinhalb Kilo auf die Welt gekommen und so kräftig, dass man ihn ruhig ein paar Tage auf Diät setzen konnte. Bis zu Lea, die ihn wie einen Truthahn mästete, war das leider noch nicht durchgedrungen.

Aber was nicht war, konnte ja noch werden. Die Hoffnung starb bekanntlich zuletzt.

»Mach dich nicht lustig über mich, Tom Sydow – du weißt, dass ich das nicht leiden kann.«

Erwischt. Sydow setzte eine schuldbewusste Miene auf. Allmählich wurde ihm diese Frau unheimlich. Nicht nur, dass er immer noch in sie verknallt war, aufgrund der Tatsache, dass er sie mit 17 kennengelernt hatte, fast schon ein Wunder. Das Erstaunliche war vielmehr, dass sie ihn nahezu aus dem Effeff kannte, so gut, dass jeder Versuch, ihr etwas vorzumachen, zum Scheitern verurteilt war. Das brachte nur Ärger ein, und darauf, wie auf die Krakeelerei seines Enkels, konnte er getrost verzichten. »Ich mich über dich lustig machen? Wie kommst du denn auf die Idee?«

»Schon vergessen, wie lange ich mich mit dir rumärgern muss?«

Auch wieder wahr. 13 Jahre waren eine lange Zeit. Ein Blick in den Spiegel, und er kam nicht drum herum, die Binsenweisheit zu akzeptieren. Der Lebemann von einst wurde allmählich alt, da gab es nichts zu beschönigen. Und noch etwas fiel ihm auf: Er wurde seinem Vater immer ähnlicher.

Er konnte es auf den Tod ausstehen, wenn man ihn mit seinem alten Herrn verglich, allein schon, weil er sich nicht älter machen lassen wollte, als er war. Gänzlich unrecht hatte Lea, die das steif und fest behauptete, aber nicht. Wie sein Vater, Preuße aus echtem Schrot und Korn, war Sydow über 1,90 Meter groß, besaß eine scharf geschnittene Nase, spröde Lippen und weit auseinanderliegende blaue Augen, die von spärlichen Brauen überwölbt waren. Markant war dagegen sein Kinn, beinahe ebenso markant wie die beiden Wangenknochen, die so etwas wie ein Familienerbstück waren. Hinzu kam das volle und stets nach hinten gekämmte Haar, rotblond wie dasjenige seiner Mutter. Von ihr und ganz bestimmt nicht von seinem Vater hatte er auch seinen Humor geerbt, mit dem Lea, die Kollegen im Präsidium und insbesondere sein Freund und Kollege Krokowski ihre liebe Not hatten. Kein Grund, stolz zu sein, genauso wenig wie auf seinen Bauchansatz, den er mit Kummerblick begutachtete. 94 Kilo auf exakt 1,92 Meter verteilt: eine Idee zu viel, und ein Grund mehr, möglichst bald eine FdH-Kur zu machen. Erfolgschancen: aller Voraussicht nach gleich null. Leas Kochkünste waren eben nicht zu verachten, und wenn es Bouletten mit Sauerkraut und Kartoffelsalat gab, war er nicht zu bremsen. »Da bin ich mein Schatz – was liegt an?«

»Da fragst du noch?« Alles, was recht war. Wie eine 50-Jährige oder eine Großmutter sah die blonde, mittelgroße, immer noch attraktive und zuweilen energische RIAS-Redakteurin mit den blauen Augen und winzigen Lachfältchen ganz bestimmt nicht aus. Nur ein bisschen ärgerlich, besser gesagt stocksauer. »Du trielst vor dich hin, während ich weder ein noch aus weiß. Der Kleine hat Bauchweh, kümmert dich das denn gar nicht?«

»Bauchweh, aha!«, echote Sydow, schloss die Badezimmertür und verkniff sich die rhetorische Frage, woran dies denn wohl liegen könne. »Und was kann ich denn da ... äh ... Und was, denkst du, sollen wir dagegen tun?«

Der Blick, mit dem Sydow abgestraft wurde, hätte jeden Schwerverbrecher das Fürchten gelehrt. »Wie wär's, wenn du dich zur Abwechslung um ihn kümmerst?«, schnaubte Lea, verpasste Sydow einen Schubs und eskortierte ihn ins Wohnzimmer, wo sein Enkel wie ein Berserker herumtobte. Doch oh Wunder. Kaum hatte er seinen Kopf durch die Tür gestreckt, kehrte Ruhe ein. Die Augen des kleinen Wonneproppens leuchteten auf, wie geschaffen, um ein Werbeplakat der Firma Hipp zu zieren. »Opa Tom – spielen!«, gluckste er und rüttelte so energisch am Geländer seines Laufstalls, dass Sydow fürchtete, das rotwangige Energiebündel würde Kleinholz daraus machen. »Oma auch.«

»Hast du gehört – du auch.«

»Nicht mit mir Tom – das könnte dir so passen. Du wirst doch wohl in der Lage sein, dich mit deinem Enkel abzugeben, oder?«

»Bedaure, Lea«, wandte Sydow in honigsüßem Tonfall ein, umschlang ihre Taille und blickte so freundlich drein, dass es Verdacht erregte. »Ohne Mokka, eine Käsestulle und Lektüre der Morgenpost geht da gar nichts.«

»Heißt das, dein Frühstück ist dir wichtiger als dein Enkel?«

Verdammt. Wieder einmal war die Falle zugeschnappt, und die Frage lautete, wie er sich daraus befreien konnte. »Also wirklich, Schatz: Das hört sich ja an, als ob ...«

»Als ob ich den Eindruck hätte, du willst dich drücken – ganz recht.«

»Für den Fall, dass du es in dem Trubel nicht bemerkt haben solltest, mein Schatz: Ich bin erst um drei in die

Federn gekommen. Da wird es ja wohl erlaubt sein, in Ruhe zu frühstücken.«

Au weia. Leas Mienenspiel nahm den Ausdruck einer angriffslustigen Wildkatze an. Jetzt war höchste Vorsicht angesagt. Sonst war es aus mit dem geruhsamen Morgen.

»Präsidium vorn, Präsidium hinten. Kripo am Morgen, abends und bei Nacht. Mal ehrlich, Tom: Hast du eigentlich noch was anderes im Kopf als deinen Beruf?«

»Jetzt mach aber mal halblang, Lea. Das ist doch wohl nicht dein Ernst, oder?«

Das Läuten des Telefons, das den sich anbahnenden Disput unterbrach, kam wie gerufen. »Hallo – Sydow hier. Ach du bist es, Kroko, was gibt's?«

»Der Leitende hat gesagt, ich soll dich anrufen. Raus aus den Federn, altes Haus, es gibt Arbeit!«

»Zu deiner Information, Kroko: Ich bin längst wach.« Trotz Beobachtung durch seine Frau, die ihm in die Diele gefolgt war, ließ Sydow seinem Unmut freien Lauf. »Sagt mal, habt ihr eigentlich noch alle Tassen im Schrank? Ihr wisst doch genau, dass ich bis um drei Dienst geschoben habe!«

»Mir brauchst du das nicht zu sagen, Tom.« Eduard Krokowski, Sydows langjähriger und auch langmütiger Partner, war nicht der Typ, der mit gleicher Münze heimzahlte. »Was kann ich denn dafür, wenn wir chronisch unterbesetzt sind.«

»Unterbesetzt, so kann man es natürlich auch sagen. Und überhaupt: wieso immer nur ich?«

»Hock-Schwartenberg und ich als Partner. Das willst du mir doch nicht antun, oder?«

Sydow schüttelte den Kopf. Nein, das konnte man dem gewissenhaften, versierten und peniblen Kollegen mit dem

Hang zur Paragrafenreiterei und dem Faible für ausgefallene Klamotten nicht antun. Kriminalkommissar Hock-Schwartenberg machte seinem Namen nämlich alle Ehre, zum einen, weil seine Lethargie sogar Kroko auf die Palme brachte, zum anderen aufgrund seiner enormen Fettpolster, bei deren Anblick jeder Sumo-Ringer neidisch werden würde.

»Jetzt sag schon, was Sache ist, Kroko – ich hab Kohldampf.«

»Ich fürchte, der wird dir gleich vergehen.«

Kroko sollte recht behalten. »Und das ausgerechnet in Plötzensee«, ächzte Sydow am Ende des Telefonats, dem schwante, dass dies kein Tag und auch kein Fall wie jeder andere werden würde. »Mal sehen, was dahintersteckt.«

Dann streifte er sein Jackett über, warf Lea einen verschämten Luftkuss zu und räumte das Feld, bevor sie ihre Verblüffung überwunden hatte.

Der Appetit war ihm vergangen.

Und zwar komplett.

6

Berlin-Grunewald, Koenigsallee | 07:20 h

»Du bist dabei, dich in etwas zu verrennen, Melissa«, sagte er, fuhr an den Straßenrand und stellte den Motor seiner Limousine ab. »Er hat bekommen, was er verdient. Das reicht.«

»Du machst es dir sehr einfach, weißt du das?«

Es waren die ersten Worte, die sie während der Fahrt gewechselt hatten. Um etwaige Verfolger abzuschütteln, waren sie zuvor durch halb Berlin gekurvt, schweigend, in Gedanken bei der Tat, die wie nach Drehbuch abgelaufen war. Leicht gefallen war sie ihm jedoch nicht, trotz allem, was Schultze-Eckardt auf dem Kerbholz hatte. Er wusste genau, was er tat, und er wusste auch, warum er es tat. Und natürlich war er sich darüber im Klaren, welche Konsequenzen das Komplott nach sich ziehen würde. Das allein war jedoch nicht das Entscheidende gewesen. Weitaus bedeutsamer und bedrückender war die Tatsache, dass er zu etwas fähig gewesen war, was er vor Wochenfrist nicht für möglich gehalten hätte. Binnen Kurzem war er zum Mörder geworden, und dabei spielte es keine Rolle, welche Motive hinter seiner Tat standen. Mord war nun einmal Mord, egal aus welchen Gründen.

Im Krieg, wo er sämtliche Gräueltaten erlebt hatte, zu denen Menschen fähig waren, war dies etwas anderes gewesen. Das hatte er sich zumindest eingeredet. Da hatte man getötet, um nicht getötet zu werden, und wer sich geweigert hätte, wäre an die Wand gestellt worden. Außerdem hatte er sich nicht darum gerissen, einen Karabiner in die Hand zu nehmen und – zynisch ausgedrückt – so viele Rotarmisten wie möglich ins Jenseits zu befördern. Als der Russland-Feldzug begann, hatte nicht gezählt, ob der Herr Oberleutnant der Reserve lieber zu Hause geblieben und als Experte für altorientalische Sprachen und Restaurator antiker Papyri am Pergamonmuseum tätig gewesen wäre. Da war Fügsamkeit angesagt gewesen, und wem sein Leben lieb war, der vermied es, das Herz auf der Zunge zu tragen.

In Anbetracht seiner Erlebnisse in Weißrussland war dieser Grundsatz jedoch ins Wanken geraten. Er war zwar nur ein unbedeutender Oberleutnant gewesen, aber was er an zwei Tagen im Oktober 1941 im weißrussischen Borisow erlebte, hatte ihn zutiefst erschüttert. Wieder einmal waren es die Einsatzgruppen der SS gewesen, die im Rücken der Front das Leben von mehreren Tausend Juden ausgelöscht hatten, und wieder einmal hatte niemand dagegen protestiert oder auch nur gewagt, das Thema anzuschneiden. Er aber, in den Augen der Kameraden ein weltfremder Exot, hatte es nicht fertiggebracht, im Anschluss zur Tagesordnung überzugehen. Er hatte den Fehler begangen, sich einem Kameraden anzuvertrauen, und wie sich herausstellte, war er an den Falschen geraten. Harro Schultze-Eckardt, zum damaligen Zeitpunkt 31, hatte keine Skrupel gehabt, ihn beim Divisionskommandeur zu denunzieren, und von da an, seit dem 22. Oktober 1941, war sein Leben aus den Fugen geraten.

»Sag mal, hörst du mir überhaupt zu?«

»Natürlich höre ich dir zu, Melissa«, erwiderte er und warf der jungen Frau, die auf dem Beifahrersitz saß, einen unauffälligen Seitenblick zu. Sie war gewiss nicht auf den Kopf gefallen, und dass sie das Zeug zu einem Männerschwarm hatte, war nicht zu übersehen. Wenn er sie betrachtete, kam ihm automatisch ihre Mutter in den Sinn, von der die bisweilen spröde junge Dame mehr geerbt hatte, als sie ahnte. »Das weißt du doch.«

»Woran denkst du?«

»Nicht weiter wichtig«, beteuerte er, richtete den Blick wieder nach vorn und begutachtete das Anwesen, welches unweit von ihm auf der rechten Straßenseite lag. Um den gemeinsamen Plan auszuführen, hatte er es akribisch ausgekundschaftet, jeden Quadratmeter der von einem schmiedeeisernen Gitter, Zierbüschen und ausgedehnten Rasenflächen umgebenen Villa aus der Kaiserzeit in Augenschein genommen. Im Verlauf seiner Tätigkeit für die Abteilung *Fremde Heere Ost* war ihm das in Fleisch und Blut übergegangen, Erfahrungen, die sich nach dem Krieg ausgezahlt hatten. »Die Zeiten sind vorbei.«

»Der Krieg lässt dich nicht los, hab ich recht?«

»Um ganz ehrlich zu sein: nein.«

»Du hast doch nicht etwa, Skrupel, oder?«

»Und du? Wie steht es mit dir?«

»Schwer zu sagen.« Auch jetzt, mehrere Monate nach ihrem ersten Zusammentreffen, wurde er nicht richtig schlau aus ihr. Anfangs war sie die treibende Kraft gewesen, doch je näher der Tag X gerückt war, desto zögerlicher war sie geworden. Heute Morgen war sie dann auf einmal wie verwandelt gewesen, und er hatte sich gefragt, ob die junge Frau im dunklen Kostüm überhaupt seine Nichte war. Dessen ungeachtet war sie nach der gemeinsamen Tat buchstäblich in sich zusammengesunken, war stumm und teilnahmslos neben ihm gesessen und hatte während der Fahrt keinen Mucks von sich gegeben. »Und du?«

»Ich denke, wir sollten zusehen, dass wir uns aus dem Staub machen. Wir haben erreicht, was wir wollten – das genügt.«

»Findest du?«

»Wenn du mich so fragst: ja.« Um das Schweigen, das nun einkehrte, zu überbrücken, warf er einen Blick auf die Uhr, kurbelte das Fenster herunter und atmete tief durch. Halb acht. Ein weiterer drückend schwüler Tag kündigte sich an, und obwohl es noch früh war, verspürte er den Drang, sein Jackett auszuziehen. Die Luft im dunkelblauen Mercedes-Benz 110 war stickig und verbraucht, aber davon, wie von der angespannten Situation, war bei Melissa nichts zu spüren. Wie bereits zuvor, auf der Fahrt nach Plötzensee, ging auf einmal ein Ruck durch ihren gesamten Körper, und als wolle sie ihre Entschlossenheit bekunden, klappte sie die Sonnenblende herunter, begutachtete sich im Spiegel und zupfte an ihrem Pagenschnitt herum.

Da war sie wieder, die Frau im dunkelblauen Kostüm, die Schultze-Eckardt nach allen Regeln der Kunst in die Falle gelockt hatte. Fragil zwar, oder, um es salopp zu formulieren, nur eine halbe Portion, nichtsdestoweniger zu allem entschlossen. Hübsch, aber nicht attraktiv. Zart besaitet, aber dennoch skrupellos.

Mit einem Wort: eine Frau mit zwei Gesichtern.

»Und jetzt?« Angesichts der Miene, die Melissa aufsetzte, stand die Antwort auf seine Frage bereits fest. »Was hast du vor?«

»Ich werde es zu Ende bringen«, entgegnete sie in einem Tonfall, der weitere Fragen überflüssig machte. »Und nicht auf halbem Weg stehen bleiben.«

»Hältst du das für vernünftig?«

»Nein, aber für notwendig.« Dunkle Augen, lang gezogene Brauen, störrische Wimpern, kerzengerade Nase, aufrecht und geradlinig, entschlossen, den einmal eingeschlagenen Weg fortzusetzen. Auch sein Bruder schien in ihrem Wesen Spuren hinterlassen zu haben. Auch er, einer der Verschwörer vom 20. Juli, war seinen Prinzipien treu geblieben. Anstatt sich abzusetzen, hatte Max bis zum bitteren Ende ausgeharrt, nicht der Typ, der sich Illusionen machte. Wie befürchtet hatte die Rache des Regimes nicht lange auf sich warten lassen, und was das bedeutete, bekam der Major am eigenen Leib zu spüren. Zwecks Verhörs, dem er mit Bravour standgehalten hatte, war er ins Gestapo-Gefängnis in der Lehrter Straße und am darauffolgenden Tag ins Strafgefängnis nach Tegel gebracht worden. Dort, in einer sechseinhalb Quadratmeter großen Zelle im vierten Stockwerk des sogenannten Totenhauses, hatte er die knapp drei Wochen bis zu seiner Hinrichtung in Plötzensee zugebracht. Wie in den übrigen Strafanstalten war das Essen die Bezeichnung nicht wert gewesen, zum Sterben zu viel, zu wenig zum Leben. Zwei Mal in der Woche hatte es Heringskartoffeln gegeben, ansonsten Erbsen, weiße Bohnen, Steckrüben, Karotten und Kartoffeln. Je ein Stück ungenießbare Wurst am Sonntag, darüber hinaus einen Kanten Brot mit Suppe. Das musste reichen. In den Augen der Verantwortlichen waren weniger als 1000 Kalorien am Tag genug, umso mehr, da der unbescholtene Teil der Bevölkerung Kohldampf schieben musste. Und was für die übrigen Berliner galt, galt natürlich auch für Leute wie Max, mit denen die Nazis noch eine Rechnung offen hatten.

Wie andernorts war auch in Tegel Disziplin großgeschrieben worden. Als Major im Generalstab war sein großer Bruder jedoch daran gewöhnt gewesen, wobei er sich von Anfang an keinerlei Illusionen gemacht hatte. Punkt sechs Wecken mit Gongschlag, kurz darauf Frühstück, danach Abmarsch zum Arbeiten und kurz vor zwölf Rückkehr in die Zellen. Von 13 bis 16 Uhr erneut Arbeit, gefolgt vom Entleeren der Kübel und Füllen der Trinkwasserkrüge. Gegen 18 Uhr Abendessen, im Anschluss daran Zapfenstreich. Dazwischen, wenn überhaupt, eine halbe Stunde Hofgang, ansonsten aber Tag und Nacht gefesselt, ständig unter Beobachtung und in Gefahr, Opfer eines Bombenangriffs zu werden. So hatten die letzten Tage und Wochen des um fünf Jahre älteren Bruders ausgesehen.

Dass es Vater gelang, eine Sprecherlaubnis zu bekommen, hatte an ein Wunder gegrenzt, wobei er es seinen Verbindungen verdankte, dass er und Mutter nicht in Sippenhaft genommen wurden. Dann aber, während des Prozesses vor dem Volksgerichtshof, waren seine vielfältigen Beziehungen wie auch sein Ruf als Landrat und lang gedienter Ministerialdirigent nichts mehr wert gewesen. Unmittelbar nach seinem Prozess vor dem Volksgerichtshof war der Vater der Frau, die mit ernster Miene auf dem Beifahrersitz saß, in Plötzensee hingerichtet worden.

Unter tätiger Mithilfe eines gewissen Harro Schultze-Eckardt, der behauptet hatte, seine Pflicht zu tun.

»Notwendig, sagst du? Ich fürchte, da sind wir nicht derselben Meinung.«

»Mit anderen Worten: Ich kann sehen, wo ich bleibe.«

»So würde ich es nicht nennen, Melissa. Sieh mal, ich ...«

»Ich weiß, was du um meinetwillen auf dich genommen hast.« Die Rechte am Türgriff, wandte sich die junge Frau nach links. »Egal, was aus mir wird, ich will und kann nicht auf halbem Weg stehen bleiben. Ich muss es tun, kannst du das denn nicht verstehen?«

»Ob du willst oder nicht?«

»Auf die Gefahr, dass du mich für verrückt hältst: ja. Wir beide wissen doch genau, wie viele Handlanger von damals noch frei rumlaufen. Schultze-Eckardt ist bestimmt kein Einzelfall.«

»Töten ist keine Lösung, Melissa. Das weißt du so gut wie ich.«

»Das sagt gerade der Richtige!«, trotzte sie, griff nach ihrer Handtasche und vergewisserte sich, ob sich ihre Smith & Wesson noch an Ort und Stelle befand. Dann öffnete sie die Beifahrertür, hängte die Tasche über die linke Schulter und sagte: »Sehe ich das falsch, oder warst du es, der ihm vorhin den Garaus gemacht hat?«

»Das siehst du völlig richtig, mein Kind. Glaub nur nicht, dass mir das Ganze Spaß gemacht hat.«

»Tröste dich, mir auch nicht«, erwiderte die Frau mit den zwei Gesichtern, tätschelte seine Hand und stieg aus. Dann wandte sie sich noch einmal um und flüsterte: »Adieu, Onkel Justus – und pass auf dich auf!«

7

Berlin-Grunewald, Koenigsallee | 07:45 h

»Bitte nehmen Sie doch Platz, Fräulein.« Es kam nicht alle Tage vor, dass adrette junge Damen in seiner Praxis auftauchten, und höchst selten, dass Dr. med. Hermann Gisevius Sondertermine vereinbarte. Während der normalen Sprechzeiten, also ab neun, waren es vor allem Patientinnen im reiferen Alter, die den Rat des gefragten Schönheitschirurgen suchten. Gegen ein wenig Abwechslung war somit nichts einzuwenden, zumal die Unbekannte recht charmant und das genaue Gegenteil von seiner an Langeweile leidenden Kundschaft zu sein schien. »Also: Was führt Sie zu mir?«

Die Frage des gebürtigen Bayern, 55 Jahre alt und während des Krieges Bataillonsarzt der SS-Panzerdivision *Wiking*, verhallte scheinbar ungehört. »Ich muss schon sagen: Schön haben Sie es hier«, wich die adrette Besucherin aus, warf sich in Pose und sah sich in aller Gemütsruhe um. »Endlich mal ein Sprechzimmer, in dem man sich als Patient wohlfühlt.«

»Danke für das Kompliment, Fräulein.«

»Ich habe zu danken, Herr Doktor«, gurrte Melissa Gutberleit und setzte ein entwaffnendes Lächeln auf. »Vor allem, dass Sie so früh Zeit für mich haben.«

»Für Privatpatienten tue ich alles, wissen Sie.«

»Wie schön.« Gänzlich unbeeindruckt von dem forschenden Blick, den der gebräunte, hochgewachsene und trotz seines Alters nur mäßig ergraute Mittfünfziger der mysteriösen Schönheit zuwarf, verzog diese keine Miene, schlug das rechte Bein über das linke und warf einen abermaligen Blick in die Runde. Kein Zweifel, Gisevius hatte eine Menge Geld in seine Praxis gesteckt, sowohl in die medizinischen Apparaturen, mit denen das Sprechzimmer bestückt war, als auch in die Einrichtung, die ein Heidengeld gekostet haben musste. Das Mobiliar, darunter eine Musiktruhe, eine Polstergarnitur und ein Schreibtisch aus Mahagoni, der beinahe die gesamte Stirnseite einnahm, sah aus wie neu, und das galt auch für den Parkettboden aus Natureiche, der so gepflegt wirkte, dass man Skrupel hatte, ihn zu betreten. Durch die mit Oberlichtern ausgestatteten Fenster flutete das Licht der Morgensonne, und wie um das trügerische Idyll perfekt zu machen, ließen sich zwei Drosseln auf der Balustrade der angrenzenden Loggia nieder.

»Schön haben Sie es hier, Herr Doktor«, wiederholte die Besucherin, erhob sich und konnte sich von den Bildern, die an den frisch geweißelten Wänden hingen, offenbar nicht losreißen. Das Bildnis einer schlafenden jungen Frau, der Stilrichtung nach zu urteilen jüngeren Datums, hatte es ihr besonders angetan. »Ist das alles echt?«

»Warum wollen Sie das wissen?«

»Aus Interesse, was haben Sie denn gedacht.« Obwohl Gisevius die Stimme hob, behielt die Besucherin ihren Plauderton bei. »Matisse, hab ich recht?«

»Sie sind doch nicht gekommen, um mit mir über Kunst zu fachsimpeln.«

Die Frage verhallte ohne Wirkung. »Wissen Sie, was? Ich frage mich, was Ihr damaliger Herr und Meister dazu sagen würde.«

»Und ich frage mich, was Sie von mir wollen«, antwortete Gisevius, bemüht, Gelassenheit zu demonstrieren. In

Gegenwart der Unbekannten, die ihn aus dem Augenwinkel musterte, stießen seine Schauspielkünste jedoch an Grenzen. »Krank scheinen Sie mir jedenfalls nicht zu sein.«

»Sie waren es gewohnt, schnelle Diagnosen zu stellen, hab ich recht?«

»Jetzt hören Sie mir mal gut zu, Fräulein«, raunzte Hermann Gisevius, ehemals Truppenarzt im Rang eines SS-Hauptsturmführers, mit der Geduld, die nur vorgetäuscht war, definitiv am Ende. »Ich bin nicht zum Vergnügen so früh hier. Entweder Sie sagen mir jetzt, was Sie wollen, oder ...«

»Stellen Sie sich vor, Herr *Lagerarzt* – ich auch nicht.«

Nur ein Wort, das die ungebetene Besucherin betonte, und der Kommisston ihres Gesprächspartners ging in unsicheres Stammeln über. »Was ... wollen Sie von mir?«

Anstatt zu antworten, wandte sich Melissa Gutberleit dem merklich verunsicherten Schönheitschirurgen zu, öffnete ihre Handtasche und zog das Foto einer attraktiven jungen Frau hervor, flankiert von einem nicht minder ansehnlichen Uniformträger, bei dem sie sich lächelnd untergehakt hatte. »Ich nehme an, die Frau hier ist Ihnen bekannt?«

Die Fotografie in der Hand, die er mit versteinerter Miene musterte, schüttelte Gisevius den Kopf. »Und wer soll das sein?«

»Jemand, den Sie kennen. Schauen Sie genau hin, vielleicht fällt dann endlich der Groschen.« Als sei sie es leid, ihm die Würmer aus der Nase zu ziehen, ließ die vermeintliche Patientin ihren Kontrahenten links liegen, schlenderte durch den Raum und durchforstete das Schallplattenregal, neben dem sich die mit allen Schikanen ausgestattete Musiktruhe befand. »Wagner!«, rief sie aus, eine Schallplatte in der Hand, die sie eingehend begutachtete. »Sieh mal einer an.«

»Ich wüsste nicht, was daran ungewöhnlich wäre.«

»Walkürenritt. Philharmonisches Orchester Berlin unter der Leitung von Generalmusikdirektor Hans Knappertsbusch. Eine echte Rarität, wissen Sie das?«

»Und was soll daran Beson...«, widersetzte sich Gisevius, das Foto immer noch in der Hand.

Die junge Frau ließ ihn einmal mehr nicht ausreden. »Wissen Sie eigentlich, was der Führer gesagt hat?«, fragte sie in gleichmütigem Ton, gerade so, als gebe es an der Wortwahl nichts auszusetzen. »Man kann den Nationalsozialismus nicht verstehen, wenn man Wagner nicht versteht. Prägnant formuliert, finden Sie nicht auch?«

Gisevius senkte den Kopf und schwieg.

»Die Walküren – Handlangerinnen der Götter. Sie entscheiden, wer lebt und wer stirbt. Nur den Heldenhaftesten ersparen sie den qualvollen Tod.« Das Objekt ihres Interesses zwischen den Zeigefingern, legte Melissa Gutberleit die Platte auf den Teller, drückte den Start-Knopf und fragte: »Operation Walküre – ist Ihnen das ein Begriff?«

»Soll das etwa ein Verhör werden?«

»Na schön, wie Sie wollen.« Ohne aus der Verachtung, die sie empfand, ein Hehl zu machen, näherte sich die Besucherin dem Schreibtisch, entwand ihrem Gesprächspartner das Foto und behielt es in der Hand. »Ich kann auch anders, Hauptsturmführer.«

»Raus hier, aber sofort!«

»Warum denn so ungalant, Herr Doktor? Ich muss schon sagen, Ihre Patientinnen sind wirklich zu bedauern.«

»Wie ich mit den Damen umgehe, ist meine Sache, merken Sie sich das.« Vor Zorn außer sich, sprang Gisevius auf. »Scheren Sie sich zum Teufel, sonst …?«

»… sonst rufen Sie die Polizei? Etwa, um sich selbst anzuzeigen?« Melissa Gutberleit brach in höhnisches Gelächter aus. »Man stelle sich vor: SS-Hauptsturmführer Gisevius, von Beruf Truppenarzt, zwischenzeitlich Beisitzer am Volksgerichtshof und als Krönung seiner Karriere Lagerarzt im KZ Ravensbrück, wo er seinem Vorbild Mengele alle Ehre macht, trägt sich mit dem Gedanken, Anzeige gegen sich selbst zu erstatten. Alle Achtung, das nenne ich Schneid.« Die Heiterkeit der jungen Frau fand ein abruptes Ende. »Wie viele Lagerinsassen haben Sie eigentlich auf dem Gewissen? Tausend, fünftausend oder mehr? Wie viele Zwillinge mussten sterben, weil Sie die Skrupellosigkeit besaßen, sie zu Versuchszwecken zu missbrauchen? Was geht in einem Menschen vor, der wehrlosen Kindern Lösungsmittel unter die Kopfhaut spritzt, um ihre Haare blond zu färben? Oder der Farbstoffe in ihre Augen injiziert, um aus braunen blaue zu machen. Wie viele Behinderte mussten zugrunde gehen, weil Sie dem Wahn verfielen, sogenanntes lebensunwertes Leben müsse ausgetilgt werden? An wie vielen Lagerinsassen haben Sie Medikamente erprobt, die Sie auf Wunsch namhafter Firmen verabreichen ließen? Und wie viele Frauen wurden vergast, nur weil sie nicht in der Lage waren, die sich ausbreitenden Epidemien …«

»Sobald bekannt wurde, dass irgendwo Typhus, Cholera oder Fleckfieber ausgebrochen war, hatte ich Befehl, sämtliche Insassen des betreffenden Blocks zu vergasen, das Gebäude mit Chlorkalk zu desinfizieren und es im Anschluss daran wieder zu belegen. Zum Mitschreiben: Ich habe auf Befehl gehandelt, auf Befehl von ganz oben.«

Gisevius hieb mit der Faust auf den Tisch. »Verdammt noch mal, warum können Leute wie Sie das nicht verstehen?«

»Weil es nichts zu verstehen gibt, Sie Scheusal.« Als habe sie alle Zeit der Welt, ließ die junge Frau das Foto von der Rechten in die linke Hand wandern, streckte den Arm aus und hielt es dem Schlächter, der sich Arzt schimpfte, vors Gesicht: »Darf ich vorstellen, Herr Hauptsturmführer: meine leiblichen Eltern«, schnaubte sie, kaum fähig, Abscheu und Groll zu unterdrücken. »Um Ihre Frage, was Sie mit den beiden zu tun haben, vorwegzunehmen. Mein leiblicher Vater wurde auf Beschluss des Volksgerichtshofes am 15. August 1944 zum Tod verurteilt. Begründung: Landesverrat und Teilnahme an der Verschwörung, die sich zum Ziel gesetzt hatte, das Nazi-Regime zu beseitigen. Und jetzt raten Sie mal, wie einer der vier Beisitzer hieß. Na, fängt's jetzt an zu klingeln?«

»Scher dich zum Teufel, du ...«

»Nach Ihnen, Herr Hauptsturmführer. Falls Sie nichts einzuwenden haben, möchte ich trotzdem kurz über meine Mutter reden. Keine Sorge, es wird nicht lange dauern.«

»Ihre Mutter, soso.«

»Sprechen Sie es nicht aus, Herr Medizinalrat. Ich weiß, was jetzt kommt.« Angewidert bis ins Mark, zog die junge Frau den Arm zurück, schnitt eine höhnische Grimasse und verwahrte das Foto in ihrer Handtasche. »Nie gesehen, werden Sie gleich sagen. Falsch. Sie kennen diese Frau, und zwar genau.«

»Bist du dir da auch ganz sicher?«, knurrte Gisevius, während sich seine Hand langsam nach links bewegte. »Weißt du, wenn man so jung ist wie du, macht man hin und wieder Fehler.«

»Um Ihnen auf die Sprünge zu helfen, Herr Doktor«, hielt die junge Frau dagegen, wobei sie das letzte Wort ihrer Replik besonders hervorhob. »Ich bin am 12. April 1945 im KZ Ravensbrück zur Welt gekommen, kurz bevor meine Mutter an Typhus erkrankte und vier Tage vor der Befreiung des Lagers ermordet wurde. Wie, brauche ich Ihnen ja wohl nicht zu sagen. Befehl ist nun einmal Befehl, wozu also unnötige Rücksicht nehmen.«

»War das alles?«

»Nein«, antwortete die Besucherin, das Gesicht hart wie Granit. Dann zog sie ihre Pistole aus der Tasche. »Es sei denn, Sie legen Wert darauf, dass ich in die Details gehe. Und noch etwas: Hände weg von der Schublade, oder Sie werden es bereuen.«

Auge in Auge mit der Smith & Wesson, deren Mündung auf seine Stirn gerichtet war, brach Gisevius der Angstschweiß aus den Poren. »Und was jetzt?«, hechelte er. »Sie sind doch nicht gekommen, um mich über den Haufen zu schießen, oder?«

»Wo denken Sie hin, Hauptsturmführer. An Ihnen werde ich mir doch nicht die Finger schmutzig machen. Wenn hier jemand die Konsequenzen ziehen sollte, dann Sie.«

»Konsequenzen? Welche denn?«

»Im Zuge meiner Recherchen, bei denen mir ein Bekannter behilflich war, der im Promotionsausschuss sitzt, bin ich auf einige höchst merkwürdige Details gestoßen.«

»Ach wirklich?«

»Auf gut Deutsch: Es steht zweifelsfrei fest, dass Sie Ihren Doktortitel mithilfe einflussreicher Kreise bei der SS auf illegale Art und Weise erworben haben. Dezent ausgedrückt, Herr Gisevius. Darüber hinaus habe ich herausgefunden, dass der Verdacht besteht, Sie seien – wiederum höflich formuliert – in den Besitz einer Reihe von Gemälden gelangt, die aus dem Fundus von Reichsmarschall Hermann Göring stammen. Angehäuft auf dessen Landsitz in der Schorfheide, wie wir beide wissen. Brueghel, Rubens, Rembrandt, ein Gemälde kostbarer als das andere, zusammengeraubt aus ganz Europa. Alles in allem über 4.000 Artefakte – da kann man leicht den Überblick verlieren. Umso mehr, als es bei Kriegsende drunter und drüber ging.«

»Und drittens?«

»Ich sehe, wir verstehen uns, Sie Scharlatan.« Die Hand am Abzug ihrer Pistole, ließ sich Melissa Gutberleit nicht beirren. »Zum Dritten lege ich Ihnen zur Last, dass Sie am Tod von mehreren Tausend Häftlingen maßgeblich beteiligt waren. Ergo: Wenn das publik wird, können Sie einpacken, Gisevius. Das heißt, im Grund bleiben Ihnen zwei Möglichkeiten: Entweder Sie schalten auf stur und ich mache Ihre Verbrechen publik, oder Sie öffnen Ihren Giftschrank und tun das, was Sie meiner Meinung nach längst hätten tun sollen. Heldentod oder Tribunal, das ist die Frage.« Die Stimme der jungen Frau sank zu einem suggestiven Flüstern herab. »Geben Sie sich einen Ruck, Hauptsturmführer. Wie ich Sie kenne, haben Sie reichlich Evipan oder Chloroform parat. Wie damals, als Sie Ihre tödlichen Injektionen verabreicht haben!«

8

Berlin-Charlottenburg, Gedenkstätte Plötzensee | 08:10 h

Es gab viele Orte in Berlin, wo die Nazis ihr Unwesen getrieben hatten. Aber es gab nur wenige, an denen das Grauen spürbarer war als hier. Ein Blick an die Decke, wo sich der mit Haken bestückte Eisenträger befand, und Sydow wurde von dumpfer Schwermut gepackt. Hier hatten sich Dinge abgespielt, die eines zivilisierten Landes unwürdig waren, Dinge, die ihn selbst jetzt, mehr als zwei Jahrzehnte nach den Massenexekutionen, mit Entsetzen erfüllten.

Am Großen Wannsee 56-58, Wilhelmstraße 102, Prinz-Albrecht-Straße 8, Polizeipräsidium am Alexanderplatz. Die Liste der Orte, an denen im Namen von Führer, Volk und Vaterland das Recht mit Füßen getreten worden war, war lang. Noch länger, besser gesagt schier endlos, war die Liste derjenigen, die misshandelt, gefoltert oder wie hier im Akkord hingerichtet worden waren. Eine Liste, auf der jede Menge bekannter Namen zu finden waren, darunter auch etliche von Verwandten. Er selbst, Sydow, konnte von Glück sagen, dass er rechtzeitig die Fliege gemacht hatte, sonst hätte ihm vielleicht das Gleiche geblüht. Die Stirn in Falten, wog der 53-Jährige das Haupt. Vielleicht, vielleicht aber auch nicht. Gut möglich, dass er wie viele andere auf Tauchstation gegangen wäre, selbst dann, wenn es diejenigen getroffen hätte, die ihm nahestanden. Der Mensch war und blieb nun einmal Egoist, und er war der Letzte, der dies lauthals von sich gewiesen hätte. Die Courage, ihr Leben aufs Spiel zu setzen, hatten nur die Wenigsten besessen, ein Grund mehr, vor den Mutigsten der Mutigen den Hut zu ziehen.

»Hättest dir ruhig ein anderes Plätzchen aussuchen können, weißt du das?« Heribert Peters, Pathologe, Leiter des Gerichtsmedizinischen Instituts in Moabit und Professor an der FU, riss Sydow aus den Gedanken. Im Kreis seiner Fachkollegen, für die Sydow nicht übermäßig viel übrig hatte, genoss der gebürtige Potsdamer einen exzellenten Ruf, und das trotz der Marotten, die er an sich hatte. Eine davon bestand darin, mit Mordopfern Zwiegespräche zu führen, was bei Sydow, der beileibe nicht zartbesaitet war, auf wenig Gegenliebe stieß. »Warum ausgerechnet hier, das möchte ich wirklich wissen.«

»Sag mal, muss das eigentlich sein?«

»Was denn?«

»Dass du dich mit Leichen unterhältst!«, raunzte Sydow, der es nicht ausstehen konnte, wenn Peters auf Durchzug schaltete. »Makabrer geht es ja wohl nicht.«

Die Reaktion der streitbaren Koryphäe blieb nicht aus. »Seit wann geht es dich etwas an, mit wem ich mich unterhalte?«, blaffte Peters zurück und stopfte sich eine Lakritzstange in den Mund, auf der er hingebungsvoll herumkaute. »Zum hundertsten Mal, Sydow: Wenn man nicht so fantasielos ist wie du, kann man in den Gesichtern der Toten lesen. Versuch's gelegentlich, du würdest aus dem Staunen nicht mehr rauskommen.«

»Und was ist mit denen, die nicht reden wollen?«

»Ganz einfach: Denen muss man die Würmer aus der Nase ziehen!«, kalauerte Peters, ohne Rücksicht darauf, dass seine Späße nicht jedermanns Sache waren. »Nur Geduld, du zarte Seele, es lohnt sich.«

»Deinen Humor wollte ich haben, Leichenfledderer.« Am vergitterten Fenster postiert, um dem anerkannten Experten für forensische Medizin nicht in die Quere zu kommen, fiel es Sydow nicht leicht, sich umzudrehen. Auch jetzt, nach über drei Jahrzehnten in Diensten von Vater Staat, ließ ihn der Anblick von Leichen immer noch nicht kalt, und er war froh, dass die Spurensicherung und Peters vor ihm eingetroffen waren. Auf den Anblick, der ihn erwartet hätte, konnte er verzichten, und das galt auch für die Prozedur, die in solchen Fällen Vorschrift war. Spuren sichern, Fotos schießen und erst dann, wenn alles erledigt war, den Toten vom Haken nehmen. Zumindest heute blieb es ihm erspart, das in derlei Fällen übliche Spektakel mitanzusehen. »Findest du das in Ordnung?«

»Was denn?«, entgegnete der untersetzte, bis auf ein paar armselige Strähnen kahle und permanent unter Strom stehende Pathologe, dessen Spitzbauch so umfangreich war, dass er eine bevorzugte Zielscheibe von Witzeleien darstellte. »Wohl mit dem linken Fuß aufgestanden, was?«

Da dies weder der Zeitpunkt noch der geeignete Ort für einen Krach unter Freunden war, schluckte Sydow die einzig mögliche Antwort hinunter, gab sich einen Ruck und näherte sich dem Transportsarg, in den der Tote zuvor gebettet worden war. »Ein ungewöhnlicher Ort zum Sterben, da hast du recht.«

»Bist du krank?«

»Krank? Sehe ich so aus?«

»Gegenfrage: Wie lange kennen wir uns beide schon?«

»15 Jahre, 20 – keine Ahnung.« Ein mulmiges Gefühl

im Magen, postierte sich Sydow neben dem Sarg, dämpfte den Ton und fragte: »Wieso willst du das wissen?«

»Wenn du mir recht gibst, Sydow, ist irgendwas im Busch.« Peters setzte seine Professorenmiene auf. »Glaub ja nicht, du könntest mir was vormachen.«

»Falls es dir nichts ausmacht, Dicker«, konterte Sydow, getreu der Devise, dass Angriff die beste Verteidigung ist, »würde ich jetzt gern zur Tagesordnung übergehen.«

»Dicker – das sagt gerade der Richtige.«

»Also: Bist du so weit oder nicht?«

»Jetzt reg dich nicht gleich auf, Krautjunker«, grummelte Peters, enttäuscht, dass Sydow den Fehdehandschuh nicht aufnahm. »Man wird doch wohl noch einen Witz reißen dürfen, oder?«

»Meinetwegen, aber wenn's geht, bitte nicht hier.«

»Schon gut, Sydow, war nicht so gemeint.« Getreu der Einsicht, dass Sydows Geduld begrenzt war, stieß Peters einen resignierten Seufzer aus, beugte das Knie und betrachtete den Abdruck, der sich an der Kehle des Toten entlang zog, aus nächster Nähe. »Jetzt sag schon, alter Junge, wer hat dich auf dem Kieker gehabt?«

»Soll das heißen, du schließt Selbstmord aus?«

»Definitiv.«

»Und wie kommst du darauf?«

Peters verdrehte die Augen. »So bescheuert kannst wirklich nur du fragen.«

»Jetzt hör mir mal gut zu, alter Junge. Wenn du mit dem linken Fuß aufgestanden bist, ist das dein Problem, aber tu mir den Gefallen und lass deine schlechte Laune nicht an mir aus, klar?«

»Reg dich ab, Sydow.« Peters schraubte sich mühsam in die Höhe. »Zugegeben: Der Körper des Toten weist keine erkennbaren Blessuren, keinerlei äußeren Verletzungen oder Hämatome, Kratzer, Schnittwunden oder sonstigen Schrammen auf.«

»Und was ist mit Mordinstrumenten, Tatwaffen, Fingerabdrücken oder sonstigen Indizien?«

»Fehlanzeige.«

»Na dann ist doch alles klar, oder?«, bilanzierte Sydow und nahm den Personalausweis in Empfang, der ihm von Peters überreicht wurde. »Name: Schultze-Eckardt. Rufname: Harro. Geburtstag: 10. Oktober 1910. Geburtsort: Königs Wusterhausen, Kreis Teltow. Ständiger Aufenthalt im Bundesgebiet – beziehungsweise Berlin-West – seit 4. Juli 1954. Wohnort und Wohnung: Berlin 33, Richard-Strauß-Straße. Et cetera pp.«

»Nichts ist klar, Herr Hauptkommissar.«

»Hast wohl deinen witzigen Tag, wie?«, fragte Sydow und verwahrte den Ausweis in der Außentasche seines Jacketts. »Jetzt sag schon, was hat dir deine Glaskugel verraten?«

»Hahaha. Dreimal kurz gelacht.« Heribert Peters schnitt eine gelangweilte Grimasse, griff in die Außentasche seines Hemds und förderte ein zusammengefaltetes Blatt zutage. »Da bist du platt, was?«

Sydow pflichtete ihm bei. »Mein lieber Schwan«, murmelte er, den Text vor Augen, den das eng beschriebene Blatt enthielt. »Da bleibt dir ja die Spucke weg.«

»Sydow und baff, dass ich das noch erleben durfte.« Die Triumphgefühle von Peters erreichten ungeahnte Höhen. »Na was sagst du dazu?«

»Gar nichts, Heribert. Ich bin sprachlos.« Eine Aussage, die, gelinde ausgedrückt, untertrieben war. Die Stirn in Falten, las Sydow den von Hand getippten Durchschlag aufmerksam durch, so gründlich, dass Peters die Geduld verlor.

»Ein Todesurteil vom August 1944, verhängt gegen sieben Personen, unter anderem gegen den Bruder eines Jugendfreundes. Weißt du, was … was das zu bedeuten hat?«

»Dass seit dem Tag, an dem das Urteil gefällt wurde, exakt 22 Jahre und ein Tag vergangen sind!«, blaffte der Pathologe und schnitt eine ungehaltene Grimasse. »Denkst du vielleicht, ich bin blöd?«

Der Kriminalhauptkommissar blieb die Antwort auf die unbeabsichtigte Steilvorlage schuldig. War ihm doch die Lust, den Duzfreund auf die Schippe zu nehmen, spätestens jetzt vergangen. »*Im Namen des Deutschen Volkes!*«, begann er, je mehr er vorlas, desto gedämpfter wurde der Ton. »*In der Strafsache wegen Landesverrats hat der Volksgerichtshof, 1. Senat, auf die am 11. August 1944 eingegangene Anklageschrift des Herrn Oberreichsanwalts in der Hauptverhandlung vom 15. August 1944 für Recht erkannt: Eidbrüchig-ehrlose Ehrgeizlinge verrieten – statt mannhaft wie das ganze Volk, dem Führer folgend, den Sieg zu erkämpfen – so wie noch niemand in unserer ganzen Geschichte das Opfer unserer Krieger, Volk, Führer und Reich, den Meuchelmord an unserem Führer setzten sie ins Werk. Feige dachten sie dem Feinde unser Volk auf Gnade und Ungnade auszuliefern, es selbst in dunkler Reaktion zu knechten. Verräter an allem, wofür wir leben und kämpfen, werden sie alle mit dem …*«

»Lass gut sein, Tom, ich habs durchgelesen.« Der Gerichtsmediziner hob abwehrend die Hände. »Und was fällt uns daran auf, Herr Kriminalhauptkommissar?«

»Tut mir leid, das muss ich erst mal verdauen.«

»Kleines Sensibelchen, was?« Ein Lächeln im Gesicht, das zwischen Ungeduld und gutmütigem Spott schwankte, umrundete Peters den Sarg, spähte Sydow über die Schulter und deutete auf die Stelle, wo unter der Rubrik *Als Richter* zwei Namen zu erkennen waren. »Na, was sagst du jetzt?«

»Ach du grüne Neune.«

»Na, hab ich dir zu viel versprochen, Tommilein?« Nein, das hatte dieser Exzentriker, an dem ein Kripo-Beamter verloren gegangen war, mit Sicherheit nicht. Die Falten in Sydows Gesicht vertieften sich, und obwohl er der Meinung war, ihn könne nichts umhauen, begann sich in ihm das dringende Bedürfnis nach frischer Luft zu regen. »Wie heißt es doch gleich: Rache ist eine Speise, die man am besten kalt serviert.«

»Denkst du, was ich denke?«

»Ja. Ausnahmsweise.«

Sydow stieß ein halblautes Schnauben aus, gefolgt von einem Kopfschütteln, das kein Ende zu nehmen schien. »*Als Richter: Präsident des Volksgerichtshofs Dr. Freisler, Vorsitzender*«, kam es zögerlich aus seinem Mund, als könne er das, was er schwarz auf weiß hatte, immer noch nicht glauben. »*Volksgerichtsrat Schultze-Eckardt.*«

»Und was folgern wir daraus?«

»Dass es sich hier nicht um Selbstmord handelt«, entgegnete Sydow, während sich seine Verblüffung langsam legte. »Weißt du eigentlich, was für ein elender Klugschei…«

»Bevor du den Vorschlaghammer auspackst, du Rüpel, noch ein paar wichtige Details. Wie die Striemen am Handgelenk und den Füßen erkennen lassen, wurde der Herr Volksgerichtsrat von seiner … äh … Wie drücke ich mich bloß aus, ohne dich zu traumatisieren? … Sei's drum: Wie die Spuren am Fuß und den Handgelenken beweisen, wurde Schultze-Eckardt …«

»... vor seinem Tod gefesselt – danke, Holmes, darauf wäre ich wirklich nicht gekommen.« Sydow hob den Blick, legte den Kopf in den Nacken und dachte nach. »Einmal angenommen, es handelt sich um einen Racheakt, wovon wir mit ziemlicher Sicherheit ausgehen können ...«

»Dann?«

»In dem Fall frage ich mich, wie der oder die Täter vorgegangen sind. Oder hältst du es für normal, dass dieser ...«

»Schultze-Eckardt.«

»Findest du es nicht merkwürdig, dass sich ein Mann, der jede Menge Dreck am Stecken hat, ohne Weiteres in sein Schicksal ergibt? Ohne Gegenwehr und ohne erkennbaren Widerstand zu leisten?«

»Wenn du mich so fragst – ja.«

»Und noch was: Ich frage mich, wie der oder die Täter es fertiggebracht haben, ihr Opfer hierher zu locken. Auf den Kopf gefallen war dieser Schultze-Eckardt ja wohl nicht.«

»Nein, aber möglicherweise besoffen. Oder vorübergehend außer Gefecht gesetzt.« Heribert Peters machte eine beschwichtigende Geste. »Keine voreiligen Hypothesen, ich weiß. Greife lieber zum Skalpell, dann kommt alles wie von selbst. Will heißen: In ein paar Stunden sind wir schlauer.«

»Sprach das HB-Männchen und ging an die Arbeit.«

»Idiot. Sonst noch was?«

»Vorausgesetzt, es wurden alte Rechnungen beglichen: Für den Fall müssen wir davon ausgehen, dass der oder die Täter mit den Personen auf der Todesliste in einer – wie auch immer gearteten – Beziehung stehen. Beziehungsweise standen. Soweit korrekt?«

»Bist ein schlaues Kerlchen, Sydow – aber nur, wenn niemand in der Nähe ist.«

»Falsch, Heribert«, konterte Sydow und richtete den Blick zum Eingang, wo eine allseits bekannte Person aufgetaucht war. »Da kommt einer, von dem wir uns noch eine Scheibe abschneiden können.«

*

»Auch das noch!«, murmelte der Pathologe, ob im Scherz oder aus Verzweiflung, war nicht auszumachen. »Heute kommt es wirklich knüppeldick.«

Da er wusste, aus welchem Holz Peters geschnitzt war, hörte Sydow über die Bemerkung hinweg. Bei Kriminalkommissar Eduard Krokowski handelte es sich in der Tat um eine spezielle Sorte Mensch, und das war, bei aller Freundschaft, noch höflich ausgedrückt. Kroko, wie er im Präsidium genannt wurde, war und blieb nun einmal ein unbelehrbarer Paragrafenreiter, woran weder Sydow, der mit Dienstvorschriften auf Kriegsfuß stand, noch die zahlreichen Witzeleien und Imitationsversuche der Kollegen im Präsidium etwas ändern konnten. Zitronengelbe Fliege, glatt gekämmtes und streng gescheiteltes Haar, randlose Brille, Klamotten wie aus dem Panoptikum und ein Ausmaß an Pflichtbewusstsein, an dem sich manch einer, der sich über ihn lustig machte, eine Scheibe abschneiden konnte. Das war Eduard Krokowski, einer der Wenigen, die Sydows uneingeschränktes Vertrauen besaßen. »Na, Kroko, was gibt's Neues?«

»Jede Menge«, antwortete der 36-Jährige, gefolgt von einem Mann, der in etwa genauso alt war wie er. »Darf ich vorstellen: Herr Doktor Cramer, Kurator der Gedenkstätte.«

»Sydow, Kripo Berlin – freut mich.« Sydow schüttelte dem Kurator die Hand, bedeutete Peters, mit der Arbeit fortzufahren, und lud den Hausherrn ein, Krokowski und ihm in den angrenzenden Raum zu folgen. Die Ereignisse hatten ihm gehörig auf den Magen geschlagen, und wie ein Blick auf den Neuankömmling bewies, schien es dem Altersgenossen seines Kollegen nicht anders zu ergehen.

»Sie erlauben, dass ich Ihnen ein paar Fragen stelle?«

Der scheue, hochgewachsene, korrekt gekleidete und allem Anschein nach zutiefst irritierte Bartträger, dem das Flair eines Stubengelehrten anhaftete, deutete ein Nicken an und wich dem Blick, den Sydow ihm zuwarf, mit betretener Miene aus.

»Ich will ja nicht gleich mit der Tür ins Haus fallen, Herr Cramer«, begann Sydow und warf einen beiläufigen Blick auf die Vitrinen, die sich in dem lang gestreckten Ausstellungsraum befanden. Wieder einmal wurde ihm bewusst, wie viele, von denen er noch nie gehört hatte, am Widerstand gegen die Nazis beteiligt gewesen waren, und wie gering seine Kenntnisse, was die Schicksale der anonymen Helden betraf. Es waren längst nicht nur Leute wie er, die gegen das Unrecht aufbegehrt hatten, sondern Menschen aus allen Schichten, angefangen bei Mitgliedern des Rotfrontkämpferbundes, über Mütter mit kleinen Kindern, die von der Gestapo drangsaliert worden waren, bis hin zu Vertretern der akademischen Jugend oder Aktivisten der verbotenen Parteien. Sydow kratzte sich hinterm Ohr. Es war nicht von der Hand zu weisen, dass er Nachholbedarf hatte. Und es war allerhöchste Zeit, seine Wissenslücken zu schließen. »Aber wissen Sie, was mich und den Kollegen Krokowski interessiert?«

Der Kurator schlug den Blick nieder und schwieg.

»Uns interessiert brennend, auf welche Weise sich der oder die Täter Zugang zur Gedenkstätte verschafft haben.

Wobei ich davon ausgehe, dass sowohl das Portal, durch das man auf das Gelände gelangt, als auch die Tür des Hinrichtungsraumes abgeschlossen beziehungsweise ausreichend gesichert waren. Können Sie das bestätigen, Herr Direktor?«

»Kurator«, antwortete der Mittdreißiger, mit den Gedanken anscheinend woanders, und kaute nervös auf der Unterlippe herum. »Die korrekte Bezeichnung lautet Kurator.«

»Können Sie das bestätigen, ja oder nein?«

»Ja.«

»Ein bisschen lauter bitte, damit wir beide Sie verstehen.«

»Bitte verzeihen Sie, wenn der Umgangston meines Kollegen nicht den Gepflogenheiten entspricht. Wie ich tut auch er nur seine Pflicht.«

»Das hast du schön gesagt, Kroko, vielen Dank.« Typisch. Sydow schnappte händeringend nach Luft. Typisch Eduard Krokowski, der immer dann zur Hochform auflief, wenn mit ihm der Gaul durchging. »Hören Sie mir überhaupt zu, Herr Cramer?«

»Selbstverständlich, Herr Kommissar.«

»Kriminalhauptkommissar. So, nachdem das geklärt ist, wäre ich Ihnen verbunden, wenn Sie mich mit einer Antwort beehren würden.«

»Natürlich war alles abgeschlossen. Dafür lege ich meine Hand ins Feuer.«

»Nicht nötig, Herr Kurator.« Kurz geschorenes graues Haar, hellgrauer Anzug, graue Augen, Vollbart, der von einem doppelt so alten Mann hätte stammen können. Der Mann sah nicht nur wie ein weltfremder Gelehrter aus, sondern verhielt sich zu allem Unglück auch noch so. »Ihr

Wort genügt uns.« Sydow setzte ein Honigkuchenlächeln auf und fragte: »Wie lang haben Sie eigentlich offen?«

»Von neun bis fünf«, antwortete der Kurator und hob den Blick, um ihn postwendend wieder zu senken. »Außer an Weihnachten, Silvester und Neujahr.«

»Wie kommt es dann, dass die Tat erst um …«, setzte Sydow zu einem neuerlichen Versuch an, die Reserviertheit seines Gegenübers zu überwinden, überlegte es sich jedoch mitten im Satz anders. »Wann genau ist der Anruf eingegangen, Kroko?«

»Fünf nach sieben.«

»Darf man fragen, was Sie in aller Herrgottsfrühe hier zu suchen haben, Herr Kurator?«

Der Angesprochene erbleichte und kaute auf der lädierten Unterlippe herum.

»Ich höre?«

»In letzter Zeit ist es hier zu etlichen … zu mehreren unliebsamen Vorfällen gekommen.« Der Kurator stieß ein nervöses Räuspern aus. »Vandalismus, falls Sie verstehen, was ich meine.«

»Aber natürlich«, versetzte Krokowski gerade rechtzeitig, um Sydows Temperament zu zügeln. »Versteh einer, was in diese Wirrköpfe gefahren ist.«

Sydow, der sehr wohl verstand, was die Gründe für diese Art von Vandalismus waren, verkniff sich jeglichen Kommentar. Mitunter war es schlichtweg Langeweile, die zu Schmierereien und Vandalismus führte, zuweilen aber auch Motive, über die er lieber nicht nachdenken wollte. Eins stand jedoch fest: Idioten, die Hitler und Konsorten nachtrauerten, gab es zur Genüge, und wie die Dinge lagen, würde es sie auch noch geraume Zeit geben. »Nur noch eine Frage, wenn Sie erlauben«, fügte Sydow etliche

Sekunden später an, in der Absicht, das Gespräch wieder in Gang zu bringen. »Waren Sie es, der gestern Aufsicht hatte?«

»Nein.«

»Sondern?«

»Herr Wischulke.« Meinrad Cramer setzte die für ihn typische Leichenbittermiene auf, wobei sich Sydow mit dem Gedanken tröstete, dass sie vermutlich angeboren war. »Ein hiesiger Rentner.«

»Hat der Hiesige auch eine Adresse?«

»Soweit ich weiß, hält er sich derzeit in einer Laubenkolonie auf.«

»Und anderweitig?«

»Er hat keinen festen Wohnsitz, müssen Sie wissen.«

»Verstehe ich das richtig, Herr Cramer: Sie haben einen …«

»Bevor Sie mir zum Vorwurf machen, dass ich einen Laubenpieper mit der Aufsicht über die Gedenkstätte betraut habe, nur so viel: Wischulkes Sohn wurde 1942 wegen Hochverrats und Abhörens von Feindsendern hingerichtet.«

»Das ist natürlich was anderes.«

Die Miene des Kurators entspannte sich, und der Anflug eines Lächelns streifte sein Gesicht. »Woher sollten Sie das auch wissen, Herr Hauptkommissar. Man schätzt, dass während des Dritten Reiches über 12.000 Menschen hingerichtet wurden, ein Viertel davon in Plötzensee. War Ihnen das bekannt?«

»Um ganz ehrlich zu sein: nein.«

»Halb so wild, Herr Kommissar. Leute wie ich müssen schließlich für etwas gut sein. Gestatten Sie, dass ich Sie ins Bild setze?«

»Ich bitte darum, Herr Kurator.« Sydow setzte ein schiefes Grinsen auf. »Wenn man Jahrgang 1913 ist, kann ein wenig Nachhilfe in Geschichte nicht schaden.«

»Sie sagen es, Herr Kriminalhauptkommissar.« Cramer überging Sydows launige Bemerkung. »Wischulkes Sohn war 17, als er und drei weitere junge Leute hingerichtet wurden. Und weshalb? Weil sie Flugblätter verbreiteten und sich nicht den Mund verbieten lassen wollten. Außerdem hatten sie es satt, ständig belogen und hinters Licht geführt zu werden. Deshalb haben der junge Wischulke und seine Mitstreiter versucht, die Bevölkerung darüber aufzuklären, wie die Lage an der Front wirklich ist. Und haben zur Sabotage aufgerufen. Das hat sie den Kopf gekostet.« Der Kurator setzte seine Brille ab, rieb die Gläser am Ärmel des Jacketts und suchte Sydows Blick. »Was haben Sie eigentlich während des Krieges getan, Herr Kriminalhauptkommissar?«

»Meine Pflicht, Herr Kurator«, räumte Sydow zögerlich ein, wohl wissend, dass die Antwort auf verhaltene Skepsis stieß. »Und Wischulke?«

»Erich wurde zu Kriegsbeginn eingezogen. Ostfront. Genauer gesagt Stalingrad. Und damit ihm nicht zu wohl wurde, im Anschluss zehn Jahre Gefangenschaft. Dass er es überlebt hat, grenzt an ein Wunder.« Cramer legte eine Pause ein. »Können Sie sich das vorstellen, Herr Kommissar? Da übersteht man Krieg und Gefangenschaft und erfährt, dass der eigene Sohn wegen Hochverrats hingerichtet worden ist. Den will ich sehen, der so etwas verkraftet.«

»Und seine Frau?«

»Kam während des Bombenangriffs am 3. Februar 1945 ums Leben. Noch Fragen?«

Krokowski zückte seinen Notizblock und bejahte. »Wären Sie so gut und könnten uns seine Adresse geben?«

»Kolonie Emser Platz. Genaueres weiß ich leider nicht.«

»Nicht schlimm, Herr Kurator. Das kriegen wir heraus. Leute wie wir müssen schließlich zu etwas gut sein, oder was meinst du, Tom?« Krokowski klappte den Notizblock zu, drückte sein Kreuz durch und sagte: »So, das wär's, Herr Cramer. Zumindest für den Augenblick. Und wie steht's mit dir, Tom? Noch Fragen?«

»Eine letzte, Herr Kurator, der Klarheit halber.«

»Und die wäre?«

»Ist Ihnen sonst noch etwas aufgefallen, als Sie nach dem Rechten gesehen haben?«

»Das müssen Sie den Mann vom Wachdienst fragen.« Sydow machte ein verständnisloses Gesicht.

»Tut mir leid, das hatte ich nicht erwähnt«, entschuldigte sich Cramer und setzte seine Brille wieder auf, so umständlich, als tue er dies zum ersten Mal. »Um Vandalismus jeglicher Art vorzubeugen, haben wir einen Wachdienst beauftragt, nach dem Rechten zu sehen. Bei seinem Rundgang ist einer der Mitarbeiter auf den Ermor… auf den Toten gestoßen und hat mich umgehend davon in Kenntnis gesetzt. Telefonisch.«

»Das heißt also, dass …«

»Wischulke war der Letzte, der die Gedenkstätte im Normalzustand vorgefunden hat, falls es das ist, was Sie fragen wollten, Herr Kriminalhauptkommissar.«

»Normalzustand – schönes Wort.« Sydow setzte ein hintergründiges Lächeln auf. »Ich nehme an, Ihr Mitarbeiter besitzt einen Schlüssel?«

Der Kurator nickte. »So viel Vertrauen muss sein.«

Sydow verkniff sich das Diktum, dass Vertrauen gut, Kontrolle aber besser sei, nicht zuletzt aufgrund der Müdigkeit, die ihn plötzlich überkam.

Sie sollte jedoch nicht lange Bestand haben. »Herr von Sydow!«, rief ihm Mertens, frischgebackener Leiter der Spurensicherung, bereits beim Betreten des Ausstellungsraumes zu, in Unkenntnis, dass der Angesprochene keinen Wert auf Förmlichkeiten legte, »Herr Kriminalhauptkommissar – es ist dringend!«

Wie dringend, sollte er kurz darauf erfahren, und noch während Mertens im Flüsterton auf ihn einredete, war seine Müdigkeit bereits verflogen.

»Was ist denn los, Tom?«, fragte Krokowski, damit beschäftigt, die Telefonnummer des Wachdienstes zu notieren. »Irgendwas nicht in Ordnung?«

»Das kannst du aber laut sagen«, antwortete Sydow, zerrte den Ausweis von Schultze-Eckardt aus der Tasche und drückte ihn dem verdutzten Kollegen in die Hand. »Bitte tu mir den Gefallen und ruf im Präsidium an. Die sollen seine Hinterbliebenen informieren – so es denn welche gibt.«

»Und was ist mit dem Wachmann?«

»Was soll mit ihm sein?«

»Er steht immer noch draußen – nur so nebenbei.«

»Dann nimm seine Personalien auf, Herrgott noch mal!«, fluchte Sydow, drehte sich auf dem Absatz um und hastete von dannen. »Um ihm auf den Zahn zu fühlen, ist später noch Zeit. Besser, du knöpfst dir erst mal diesen Wischulke vor. Dann sehen wir weiter. Wir treffen uns in der Koenigsallee, Hausnummer 54.«

»Weshalb die Eile, wenn man fragen darf?«, murrte Krokowski, warf dem Kurator einen entschuldigenden Blick zu und folgte seinem Kollegen auf dem Fuß. »Und weshalb der liebevolle Umgangston?«

»Anruf vom Präsidium«, raunzte Sydow und bedeutete Mertens, der den Außenbereich der Gedenkstätte nach

Spuren abgesucht hatte, ihm zu folgen. »In der Koenigsallee wurde ein Toter gefunden, irgendein Arzt, was weiß ich!«

»Das ist zwar bedauerlich, aber ...«

»Erstens: Ich hab die letzte Nacht kaum geschlafen, das zu deiner Information.«

»Und zweitens?«

»Zum Zweiten sagt mir mein Instinkt, dass es möglicherweise noch mehr Tote geben wird.« An der Tür angekommen drehte sich Sydow zu Krokowski um. »Oder glaubst du, Freisler hat nur einen Beisitzer gehabt?«

BLUTRICHTER (I)

Roland Freisler (1893 – 1945) – Präsident des Volksgerichtshofs

1893: Geburt in Celle
1914: Kriegsfreiwilliger im Ersten Weltkrieg
1920: Rückkehr aus russischer Kriegsgefangenschaft
1925: Eintritt in die NSDAP
1933: Mitglied des Reichstages
1934: Staatssekretär im Reichsjustizministerium
1942: Teilnahme an der Wannseekonferenz zur »Endlösung der Judenfrage«
1942 (20.8.): Ernennung zum Präsidenten des Volksgerichtshofes
1945 (3.2.): Tod bei einem Bombenangriff in Berlin

In seiner zweieinhalbjährigen Amtszeit hat Roland Freisler 2.500 Menschen hinrichten lassen.

ZWEITES KAPITEL

»Seitdem der Nationalsozialismus zur Macht gekommen ist, habe ich mich bemüht, seine Folgen für seine Opfer zu mildern und einer Wandlung den Weg zu bereiten. Dazu hat mich mein Gewissen getrieben, und schließlich ist das eine Aufgabe für einen Mann.«

(Aus dem Abschiedsbrief von Helmuth James Graf von Moltke (1907–1945) an seine Söhne)

9

Berlin-Charlottenburg, Kaufhaus des Westens in der Tauentzienstraße | 09:20h

»Ist Ihnen nicht gut, Fräulein?« Erna Schwiers, Kassiererin in der Abteilung für Damenmoden, nahm den Fünfzigmarkschein entgegen, den die sichtlich mitgenommene Kundin auf den Tresen gelegt hatte, öffnete die Kasse, um das Wechselgeld herauszuholen, und zählte es der leichenblassen jungen Frau vor. »37, 40 und 10 sind 50.« Dann griff sie nach der Tasche, in der sich die Einkäufe der Unbekannten befanden. »Wie wär's, wenn Sie sich erst mal ausruhen, Fräulein?«

»Das wird nicht nötig sein, vielen Dank.«

»Aber ...«

»Wie gesagt: Das wird nicht nötig sein.«

Und ob das nötig war. Das junge Ding konnte ihr nichts vormachen. Erna Schwiers, Mutter von fünf Kindern, deren Erstgeborenes in etwa so alt wie ihre Kundin war, setzte ein mitfühlendes Lächeln auf. Notwendig oder nicht, mit der Frau im aparten schwarzen Kostüm stimmte etwas nicht. Was genau, konnte sie allerdings nicht sagen. Der gehetzte Blick, die fahrigen Bewegungen und die Ungeduld, die sie an den Tag legte, sprachen jedoch für sich. Ganz zu schweigen von der Stimme, mechanisch, unbeteiligt und in auffälligem Kontrast zu dem fragilen Körperbau, der den Eindruck, den die Kassiererin gewann, noch verstärkte. Kein Zweifel, mit dem jungen Ding, das die Figur einer Schaufensterpuppe besaß, war etwas nicht in Ordnung. Wer wie

Erna Schwiers 16 Jahre im KaDeWe tätig war, bekam einen Blick dafür. »Schönen Tag noch, gnädige Frau.«

Die 48-jährige Verkäuferin, die es gewohnt war, frei nach Berliner Schnauze zu reden, wunderte sich über sich selbst. Es war nicht ihre Art, vor den oberen Zehntausend zu katzbuckeln. Oder vor denen, die so taten, als gehörten sie dazu. Dass sie es dennoch tat, versetzte sie in Erstaunen, genau wie ihre Kollegin, die verblüfft aufblickte. »Und beehren Sie uns bald wieder.«

*

Die Kundin, Adressatin des Abschiedsgrußes, schien ihn nicht zu registrieren, sah weder nach rechts noch nach links und begab sich auf schnellstem Weg in die Umkleidekabine.

Heraus kam eine Frau, die im Gegensatz zu dem Mannequin-Typ, nach dem sich so mancher Kunde umgedreht hatte, nicht wiederzuerkennen war. Melissa Gutberleit sah aus wie eine Kundin unter vielen, dank Jeans, Allerweltsbluse und einer Strickweste, die sie für zwölfneunzig gekauft und gegen die Jacke, die mindestens das 20-fache wert war, ausgetauscht hatte.

Das Verhalten, welches sie an den Tag legte, war jedoch das gleiche. »Sag mal, kannste nich aufpassen?«, keifte ihr eine Rentnerin hinterher, an der sie sich vorbeizwängte, weil es ihr nicht schnell genug ging. Die junge Frau hingegen würdigte sie keines Blickes, nahm Kurs auf die Rolltreppe, die hinunter in den ersten Stock fuhr, und schlug den Weg zum Ausgang ein.

Dort angekommen, bog sie nach links und blieb stehen. Das Gefühl, beobachtet zu werden, war ein wenig abgeklungen, verschwunden war es jedoch nicht. Obendrein machte ihr die Hitze zu schaffen, die bereits jetzt, um halb zehn, so groß war, dass sich der Schweiß unter ihren Achseln staute.

Oder war es am Ende gar nicht die Hitze? War es die Angst, die mit jedem Schritt, den sie zurücklegte, anzuwachsen schien? Die Angst, man würde ihr auf die Schliche kommen, ihre Spur aufnehmen und sie stellen?

Ach was, das würde nicht passieren, hämmerte sie sich ein, öffnete ihre Tasche und nahm die letzte Pyramidon-Tablette, die sich noch in der Packung befand. Kopfschmerzen, im denkbar ungünstigsten Moment. Das konnte sie sich nicht erlauben. Bange machen galt nicht. Vor allem nicht heute, wo ein klarer Kopf wichtiger denn je war. Jetzt oder nie, lautete die Parole. Jetzt war Durchhaltevermögen gefragt, und das Schlimmste wäre, wenn sie auf halbem Weg stehen bliebe.

Das durfte nicht passieren.

Und das würde auch nicht passieren.

Im Glauben, es gehe ihr besser, atmete Melissa tief durch, reckte sich und schlug den Weg zur Gedächtniskirche ein, vorbei an zahlreichen Passanten, deren Blicke sie wohlweislich mied. Einmal angenommen, die Polizei würde sämtliche Personen auf der Todesliste überprüfen. Na und? Was konnte ihr schon passieren! Nichts, aber rein gar nichts. Sollte sie die Delinquenten, die darauf standen, doch überprüfen, sollte sie doch Nachforschungen anstellen, um wen es sich bei Maximilian von Hardenberg handelte. Auf die Idee, dass sie hinter den vermeintlichen Selbstmorden steckte, würde die Kripo nicht kommen. Und selbst wenn, wäre es längst zu spät. Zu spät, um die beiden Biedermänner, denen sie demnächst einen Besuch abstatten würde, vor der gerechten Strafe zu bewahren.

Nur noch ein paar Stunden, dann war es vorüber. Ein paar mickrige Stunden, und die Mission, der sie sich verschrieben hatte, war erfüllt. Ohne Blick für die Reklametafeln, von denen die Persil-Dame, das HB-Männchen oder das Coca-Cola-Girl auf die Passanten herablächelte, beschleunigte Melissa Gutberleit ihren Schritt. Werbung, so weit das Auge reichte. An den Litfaßsäulen, in den Schauvitrinen vor den Geschäften oder auf Transparenten, die über die Tauentzienstraße gespannt waren. Hatten die Leute nichts anderes im Kopf, als sich mit Klamotten einzudecken, neue Möbel zu kaufen oder sich einen Fernseher Marke Telefunken zuzulegen? Wussten sie nicht mehr, was vor gerade einmal zwei Jahrzehnten geschehen war? Oder wollten sie es nicht mehr wissen? Melissa schüttelte energisch den Kopf. Nein, so hatten sie nicht gewettet. Bei ihr zog es nicht, wenn man sich damit herausredete, auf Befehl gehandelt zu haben. Um Europa in Angst und Schrecken zu versetzen, hatten die Handlanger, die vor 20 Jahren verurteilt worden waren, nicht ausgereicht. Dazu waren mehr als nur ein paar Dutzend Befehlsempfänger nötig, wesentlich mehr. Das Heer der dienstbaren Geister ging in die Tausende, Leute wie Schultze-Eckardt und Gisevius waren keine Ausnahme. Wo man auch hinschaute, überall saßen die Handlanger von einst noch in Amt und Würden. Exkulpiert, akzeptiert, und – wie die Nummer vier auf ihrer Liste – sogar respektiert. Aber damit, das schwor sie sich, war jetzt Schluss. Vor allem, was die beiden anderen Wölfe im Schafspelz betraf. Sie wusste, was sie zu tun hatte, was sie denjenigen, in deren Auftrag sie zu handeln glaubte, schuldig war.

»He, Melissa, wo willst du denn hin?« In Sichtweite des Bahnhofs Zoo, von wo aus sie mit der S-Bahn ins Westend fahren würde, war das Gefühl, beobachtet zu werden, jäh Wirklichkeit geworden. »Was ist denn los, du siehst ja aus wie der Tod!«

Ein Kommilitone, und das ausgerechnet jetzt. Und noch dazu einer, der wie eine Klette an ihr klebte. »Ach, du bist's, Leon!«, rief sie aus, bemüht, so normal wie möglich zu klingen. »Was machst du denn hier?«

»Das Gleiche könnte ich dich fragen, findest du nicht?« Leon Weisskirch, überzeugter Pazifist, Antifaschist und zu allem Überfluss auch noch Kommunist, sah nicht nur wie der junge Leo Trotzki aus, sondern redete bedauerlicherweise auch so. »Wohin des Wegs, Genossin?«

»Ich bin nicht deine Genossin, das habe ich dir schon hundertmal gesagt.«

»Wie wär's mit einer Tasse Kaffee, um mein Missgeschick auszubügeln?«

»Meinetwegen. Aber ich hab nicht viel Zeit.« Melissa Gutberleit setzte ein gekünsteltes Lächeln auf, klug genug, ihren aufkeimenden Unmut zu verbergen. »Weißt du, schöner Mann«, spottete sie, hakte sich bei ihrem Kommilitonen unter und nahm den Redeschwall, der sich über sie ergoss, mit unbeteiligter Miene hin, in Gedanken bei ihrem Vorhaben, von dem sie sich durch nichts und niemandem würde abbringen lassen. »Weißt du, ich habe eine Menge zu erledigen!«

10

Berlin-Charlottenburg, Kolonie Emser Platz | 09:40 h

»Können Sie die Frau beschreiben, Herr Wischulke?«

»Ich denke schon, Herr Kommissar.«

»Na, dann mal los.« Im selben Moment, als Krokowski das Gartenhaus betrat, war ihm eines klar geworden: Erich Wischulke, der hier mehr schlecht als recht hauste, hatte mit dem Tod von Schultze-Eckardt nichts zu tun. Mit letzter Sicherheit beweisen konnte er das zwar nicht, auch jetzt nicht, nachdem er sich auf das verschlissene Sofa gesetzt und der Lebensgeschichte des 60 Jahre alten Frührentners gelauscht hatte. Es war eine Geschichte, wie er sie schon oft zu hören bekommen hatte. Sie handelte vom Krieg, jahrelanger Gefangenschaft in Sibirien und der Schwierigkeit, nach der Rückkehr aus der Hölle Fuß zu fassen. Im Fall von Erich Wischulke, dessen einziger Luxus aus einem Gaskocher nebst Sofa vom Sperrmüll und einem verbeulten Transistorradio bestand, war dies, wenn überhaupt, nur in Ansätzen geglückt.

Das bedeutete jedoch nicht, dass er mit sich oder seinem Schicksal haderte. Die Freundlichkeit, mit der er ihn willkommen hieß, war echt, und das traf auch auf die Arglosigkeit des offenkundigen Sonderlings zu. Wischulke hatte ihm bereitwillig Auskunft erteilt, ganz anders als die Kundschaft, mit der sich Krokowski tagtäglich herumärgern musste. Das einzig Problematische war, dass er beim Erzählen vom Hundertsten ins Tausendste kam, wie so viele, die sich die Erlebnisse von damals von der Seele reden mussten. Fast schien es, als habe Krokowski den eigenen Vater vor sich, mit dem Unterschied, dass dieser das Glück gehabt hatte, in amerikanische Gefangenschaft zu geraten. Das hatte seinem alten Herrn das Leben gerettet, und er war ehrlich genug, dies zuzugeben. »Wir waren gerade bei der jungen Dame, soweit ich weiß.«

Wischulke brummte etwas vor sich hin, das Krokowski beim besten Willen nicht verstand, beugte sich nach vorn und stopfte seine Pfeife, deren Mundstück sich im gleichen Zustand wie die in die Jahre gekommene Datsche befand. Jeder Quadratzentimeter des aus einem Wohnraum nebst Schlafecke bestehenden Domizils war mit Zeitungen, Aktenordnern und zusammengehefteten Papierbündeln vollgestopft, sodass sich die Frage aufdrängte, ob überhaupt genug Platz für seinen Bewohner übrig blieb. Bei aller Beengtheit schien Wischulke, der einen Strickpullover, verwaschene Cordhosen und eine dunkle Lederjoppe trug, jedoch nicht der Typ zu sein, der sich über alles und jeden beklagte. Davon war Krokowski, der dank seines Berufs genug Menschenkenntnis besaß, auf Anhieb überzeugt.

Das Lächeln, mit dem er seinen Besucher beäugte, war Beweis genug. »Jetzt gucken sie halt nicht so!«, warf er entschuldigend ein, steckte die Pfeife in den Mund und entzündete sie. »Seit ich mir in Sibirien den Hintern abgefroren habe, muss ich immer warm angezogen sein. Ich weiß genau, dass wir August haben, aber was willste machen! Einmal Workuta, immer Workuta.«

»Sie haben es überlebt, Herr Wischulke«, antwortete Krokowski, der allmählich seine Felle davonschwimmen sah. Bei allem Verständnis, ja sogar Mitgefühl: Er war hier, um einen Mord aufzuklären. Und nicht, um den – zugegebenermaßen bewegenden – Ausführungen eines Sonderlings zu lauschen. »Das ist doch wohl die Hauptsache, oder?«

»Nee, isset nich!«, versetzte Wischulke, der die Angewohnheit besaß, zwischen Dialekt und Hochdeutsch hin und her zu wechseln, sog an seiner Pfeife und ließ den Rauch durch die behaarten Nasenlöcher entweichen. »Wenn ich gewusst hätte, was auf mich zukommt, hätte ich mir 'ne Kugel durch die Birne gejagt. Dit könnense mir glauben, Herr Kommissar.«

»Schlimm, das mit Ihrem Sohn, wirklich schlimm.«

»Gelinde ausjedrückt.« Wischulke fuhr durch die vergilbten Strähnen, die den länglichen und mit Altersflecken besprenkelten Schädel bedeckten, begutachtete seine Pfeife und legte sie auf dem Rand des Aschenbechers ab. Dann wandte er sich an Krokowski und sagte: »Drei Jahre beim Barras, eineinhalb an der Ostfront. Und weil's so schön war, im Anschluss zehn Jahre FdH im Hotel Iwan. Macht nüscht, auf die Art habe ich wenigstens auf Russisch zählen gelernt. Eine Mark für jeden Zählappell, und ich wär' Millionär. Komisch, nicht?«

»Was denn?«

»Dass ich mir andauernd den Hintern abfriere. Wer mehr als 50 Grad unter null aushalten kann, den dürfte doch nichts mehr umhauen. Egal. Es ist nun mal so, wie es ist. Wissen Sie, was ich partout nicht mehr runter kriege? Heringe. Wenn ich die nur sehe, kommt's mir hoch. Ich weiß nicht, wie viel ich von denen verdrückt habe. Beziehungsweise verdrücken musste. Gab nichts anderes, was willste machen. Eine Handvoll Salzheringe, eine Scheibe Brot und einen Becher Wasser, damit einem nicht zu wohl wird. Und jede Menge Wanzen. Am Körper, in deinen Klamotten, in der Koje. Wissen Sie was, Herr Kommissar? Von den Biestern konnte man sich eine Scheibe abschneiden, die waren einfach nicht totzukriegen. Und wie human der Iwan war. Ab 36 Grad unter null durfte im Freien nicht mehr gearbeitet werden. Theoretisch. Interessiert hat das aber niemanden. Ich konnte von Glück sagen, dass sie mir nur den großen Zeh amputiert haben. Ohne Betäubung, versteht sich. Wer das überlebt, den haut nichts mehr um. Ehrlich. Blinddarm und Nierenstein raus, und das ohne Narkose? Kein Problem. Hart wie Kruppstahl sollten wir sein, zäh wie Leder und flink wie Hermann Göring. War ein Scherz, Herr Kommissar. Tut mir leid, wenn ich so zynisch bin. Aber wie hat der olle Marx gesagt: Das Sein bestimmt das Bewusstsein. Recht hat er. Wenn du rauskriegst, dass die eigenen Kameraden dich bespitzeln und für eine Sonderration beim Lagerkommandanten anschwärzen, dann läufst du Gefahr, zum Menschenfeind zu werden. Oder du wirst so wie ich und gehst deinen Mitmenschen aus dem Weg. Warum? Weil sie mir auf die Nerven gehen.« Wischulke hob beschwichtigend die Hand. »Nichts für ungut, Herr Kommissar. War nicht so gemeint. Aber vielleicht verstehen Sie mich jetzt besser. Klar könnte ich woanders als in dieser Bruchbude leben. Das Problem ist aber, dass ich es nicht kann. Wenn du diesen Scheißkrieg hinter dir hast, dann geht nüscht mehr. Dann bist du ein Wrack. Ob Sie's glauben oder nicht, junger Mann: Die Zeit steckt so in mir drin, dass ich immer noch im gleichen Trott lebe. Merkwürdig, nicht? Aufstehen kurz vor Sonnenaufgang, Essen fassen und 16 Stunden auf den Beinen. Aber ohne Zählappell, Gott sei Dank. Das würde ich nicht aushalten. Wissen Sie, was das Tollste ist? Dass ich immer noch meinen alten Blechnapf habe. Damit es mir nicht zu gut geht.« Wischulke lachte in sich hinein. »Zehn Jahre Straflager, mehr als die Hälfte davon in Workuta. Können Sie sich vorstellen, wie das ist?«

»Ich war 15, als der Krieg vorbei war, Herr Wischulke.«

»Und dann lassen sie dich frei. Knall auf Fall. Ab durch die Mitte, denkst du. In der Heimat, in der Heimat, da gibt's ein Wiedersehn!« Der 60-Jährige stieß ein gallebitteres Lachen aus. »Denkste. Nüscht isset mit Heimat. Frau tot, Sohn aufjehängt, Berlin am Arsch – Führer, wir danken dir!«

Krokowski deutete ein Nicken an. »Ich kann mir vorstellen, wie Ihnen zumute war, Herr ...«

»Bei aller Freundschaft, Herr Kommissar: Dit könnense nich. Als ich erfahren hab, was passiert war, war ich kurz davor, mir 'ne Kugel zu verpassen. Mein Dietmar war 17, als sie ihn vor den Kadi gezerrt haben. 17 – ist Ihnen klar, was das heißt? Er war noch ein halbes Kind, als der Freisler ihn fertiggemacht hat. Noch auf der Schule. Und weshalb das alles? Weil er und seine Kameraden Flugblätter verteilt haben. Weil sie den Leuten die Wahrheit gesagt haben, mehr nicht. Weil sie ausgesprochen haben, wozu die meisten nicht den Mumm hatten. Die Wahrheit, nichts als die Wahrheit.« Wischulke ballte die Rechte zur Faust. »Was sind das bloß für Richter, die sich für so etwas hergeben! Was sind das bloß für Leute, frage ich mich.«

»Herr Doktor Cramer sagt, Sie hätten Nachforschungen angestellt?«

»Sie können ruhig Erich zu mir sagen, Herr Kommissar. Das machen sie hier alle.«

Krokowski gab ein Verlegenheitsräuspern von sich. »Na schön, Herr ... Ich meine Erich: Laut Aussage des Kurators hat der Tod Ihres Sohnes dazu geführt, dass ... dass

Sie intensive Recherchen durchgeführt haben, wodurch Sie sich im Lauf der Jahre den Ruf eines ausgewiesenen Experten in Sachen Freisler und Konsorten erworben haben.« Krokowski ließ den Blick auf den sorgsam verschnürten Zeitungsbündeln ruhen, die an der gegenüberliegenden Wand gestapelt waren. »Verzeihen Sie, wenn ich Sie so direkt frage: Ist Ihnen bekannt, wer im Prozess gegen Ihren Sohn als Beisitzer fungiert hat?«

Die Antwort des 60-Jährigen kam prompt. »Er heißt Schultze-Eckardt, ist Mitte 50, Professor an der FU und ...«

»*War*, Erich, *war*.«

»Moment mal: Heißt das, bei dem Mann, von dem Sie mir vorhin erzählt haben, handelt es sich um ...«

»Genau.«

»Ach daher weht der Wind.« Wischulke stieß einen lang gedehnten Pfiff aus. »Tut mir leid, Herr Kommissar, aber ich muss Sie enttäuschen. Ich habe nichts mit der Sache zu tun.«

»Das weiß ich, Erich. Das heißt, ich glaube es zu wissen.«

Wischulkes Blick ging ins Leere. »Das ... Das gibt's doch nicht!«, stammelte er, die Hände auf der Tischkante, die er wie einen Haltegriff umklammerte. »Also wirklich, Herr Kommissar, das hätte ich mir nicht träumen lassen.«

»Was hätten Sie sich nicht träumen lassen?«

»Dass diese junge Göre ... Alles, was recht ist: Jetzt haut es mich gleich um.«

»Mit anderen Worten: Sie sind in der Lage, mir weiterzuhelfen.«

»Nicht nur das, Herr Kommissar, nicht nur das.«

»Als ich Sie danach fragte, ob Ihnen während der vergangenen Tage etwas aufgefallen sei, haben Sie ...«

»Stimmt, Herr Kommissar. Ich habe mich sofort an sie erinnert.« Ohne sich weiter für seine Pfeife zu interessieren, beugte sich Wischulke nach vorn, schob den Aschenbecher weg und ließ das Kinn auf den Daumenkuppen der verschränkten Hände ruhen. »So ein Gesicht vergisst man nicht.«

»Umso besser. Dann wird es Ihnen nicht schwerfallen, eine Beschreibung abzugeben.«

Wischulke zeigte ein zustimmendes Kopfschütteln. »Wie gesagt: Sie war nett, wirklich nett. Hat gesagt, dass sie Geschichte studiert und eine Seminararbeit über den 20. Juli schreiben muss. Also wirklich, wer denkt denn gleich an so was.«

»Wie oft, schätzen Sie, hat sie sich bei Ihnen umgesehen?«

»Zwei, drei Mal. Hand aufs Herz, Herr Kommissar: Wären Sie an meiner Stelle gewesen, hätte Ihnen da nicht genau das Gleiche …?«

»Im Verlauf einer einzigen Woche?«

Wischulke nickte.

»Und wie sah sie aus?«

»Anfang 20, schlank, nicht übermäßig groß, dunkelhaarig, Pagenschnitt, Amihosen, helle Bluse, ausgelatschte Turnschuhe – wie die jungen Leute heutzutage eben aussehen.«

»Kurzum: eine alltägliche Erscheinung.«

»Was ihre Klamotten angeht, ja. Aber nicht in Bezug auf ihr Verhalten. Und schon gar nicht in Bezug auf ihren Gesichtsausdruck.«

»Das müssen Sie mir erklären, Erich.«

»Als ob das so leicht wäre, Herr Kommissar.« Wischulke stieß ein nachdenkliches Schnauben aus. »Ich weiß nicht, wie ich es ausdrücken soll: Aber da war etwas an ihr, das mich stutzig gemacht hat.«

»Inwiefern?«

»Sie kam mir vor, als hätte sie zwei Gesichter. Einerseits freundlich, höflich und zuvorkommend, und andererseits ...«

»Verbittert?«

»So könnte man es nennen. Man hat gemerkt, dass sie nicht mit sich im Reinen ist. Dass sie an irgendwas zu kauen hat. Liebeskummer, Ärger mit den Eltern, Angst vor Prüfungen – was weiß ich.« Wischulke schüttelte den Kopf. »Ausgerechnet mir muss so etwas passieren. Ich könnte mir in den Hintern treten.«

»Kein Grund, sich Vorwürfe zu machen, Erich. Bewiesen ist damit noch gar nichts.«

»Doch, ist es.«

Krokowski stutzte. »Wie kommen Sie darauf?«

»Schlau eingefädelt, Fräulein. Jetzt ist mir alles klar.« Wischulke gab ein anerkennendes Nicken von sich, gefolgt von einem abermaligen Schnauben. »Ich Idiot. Dämlicher geht's nun wirklich nicht.«

»Raus mit der Sprache, Erich: Was ist passiert?«

»Etwas, wofür ich mich ohrfeigen könnte, Herr Kommissar. Ich hab den Schlüssel aus der Hand gegeben, ich alter Trottel.«

»Moment mal, heißt das, Sie ...«

Der Verzweiflung nahe, hielt es Wischulke nicht mehr auf seinem Stuhl. »Das heißt, dass sie gestern kurz nach Torschluss aufgekreuzt ist und mich gefragt hat, ob sie kurz ein paar Fotos machen dürfe. Für den Anhang ihrer Seminararbeit. Na ja, hab ich mir gedacht, ist ja wohl nichts dabei, wenn du ein paar Minuten überziehst. Wäre ich doch bloß nicht so faul gewesen, verdammt noch mal. Dann wäre das alles nicht passiert.«

»Wo und wann haben Sie den Schlüssel aus der Hand gegeben?«

»Ich war an der Pforte, als sie angeradelt kam. Hatte meinen Rundgang hinter mir, zwei Amerikaner hinauskomplimentiert und alles dichtgemacht. Die Pforte inbegriffen.«

»Schon gut, Erich. Das hätte jedem passieren können.« Krokowski machte eine beschwichtigende Geste und zückte seinen Notizblock. »Also: Wann genau haben Sie die Pforte abgeschlossen?«

»Etwa fünf nach fünf.«

»Was schätzen Sie, wie viel Zeit ist verstrichen, bis die Tatverdächtige wieder am Ausgang war?«

»Zehn Minuten, würde ich sagen.«

»Das reicht.«

»Um einen Abdruck anzufertigen, meinen Sie?«

»Sie sagen es, Erich.« Die Stirn in Falten, machte sich Krokowski weitere Notizen, atmete tief durch und sagte: »Danke, Erich. Sie haben mir sehr geholfen.«

»Ich wüsste nicht, was es da zu danken gibt, Herr Kommissar.« Schier untröstlich, bedeckte Wischulke das Gesicht und ließ die Hände über die geröteten Wangen gleiten. »Glauben Sie mir: Ich gäbe was dafür, wenn ich den Schlamassel wieder ausbügeln könnte.«

»Das können Sie, Erich – keine Bange.«

Der sichtlich geknickte Einzelgänger blickte auf. »Und wie?«

»Indem Sie mir ein wenig unter die Arme greifen«, antwortete Krokowski, erhob sich und betrachtete die Leitz-Ordner, die an der Schmalseite des Raumes aufgereiht waren. »Vorausgesetzt, Ihr Fundus ist so umfangreich, wie ich es vermute.«

»Wäre mir eine Freude, Ihnen behilflich zu sein«, erwiderte Wischulke voller Tatendrang, erhob sich und sah Krokowski erwartungsvoll an. »Womit kann ich dienen?«

11

Berlin-Grunewald, Koenigsallee | 09:55 h

»Raus, du Nervensäge, ich sag's nicht noch mal!«

»Ich muss doch sehr bitten, Herr Kollege«, protestierte Sydow, während er von Peters in den Gang eskortiert wurde, weil sich der Pathologe bei der Arbeit gestört fühlte. »Geht man so mit einem …«

»Jeder kriegt, was er verdient, Klugscheißer«, lautete die Antwort des Pathologen, bevor er ihm die Tür des Sprechzimmers vor der Nase zuknallte. »Wehe, du lässt dich noch mal blicken. Dann kannst du was erleben.«

»Dann eben nicht«, maulte Sydow und durchquerte die Diele, um der Teeküche einen Besuch abzustatten. Vom Gespräch mit der Sprechstundenhilfe, die dort auf ihn wartete, erhoffte er sich wertvolle Hinweise. Und das aus gutem Grund. Laut Angaben des Streifenpolizisten, der als Erster vor Ort gewesen war, war die 50-Jährige unmittelbar nach Betreten des Treppenhauses um ein Haar über den Haufen gerannt worden. Auslöserin des Remplers sei eine junge Frau gewesen, die es offenbar sehr eilig gehabt hatte. Der Sprechstundenhilfe, knapp 15 Jahre im Haus tätig, unverheiratet und ihrem Arbeitgeber in Treue zugetan, sei auf Anhieb klar gewesen, dass etwas nicht stimme, und wie ein Blick ins Sprechzimmer bewies, hatte ihre Vorahnung nicht getrogen.

Aus Sydows Absicht, die Vorzimmerdame zu befragen, wurde jedoch nichts. »Hallo, Herr Sydow – das trifft sich ja gut!«, rief ihm Sven Waldenmaier, frischgebackener

Absolvent der Polizeischule mit einem Hang zu legerer Kleidung, vom Eingang aus zu. »Der Alte schickte mich, um Sie auf dem Laufenden zu halten.«

»Das ist aber nett von ihm, Waldi.« Da sein Vorgesetzter, Kriminalrat Dr. Hansjörg Geissler, wirklich alt und von Tuten und Blasen ohnehin keine Ahnung hatte, sah Sydow über die saloppe Ausdrucksweise hinweg, drehte sich um und wartete ab, was es Neues gab. »Es geht doch nichts über Vorgesetzte, denen das Wohl ihrer Mitarbeiter am Herzen liegt.«

»Das sehe ich genau so, Herr Hauptkommissar«, antwortete Waldenmaier, bei dessen Anblick Sydow an die Anfangszeit bei der Kripo erinnert wurde. Waldi, der seinen Spitznamen sofort weggehabt hatte, war zwar erst 23, noch nicht trocken hinter den Ohren und besaß ein ziemlich lockeres Mundwerk, aber das machte das Schlitzohr durch seinen unermüdlichen Einsatz wett. Wie fast alle jungen Leute, die als progressiv gelten wollten, war er ein Fan der Beatles, aber das, wie die saloppe Kleidung, ließ Sydow dem frischgebackenen Kriminalassistenten durchgehen. Das Geburtsland seiner Mutter hatte weiß Gott größere Katastrophen als die Musik von vier schrägen Vögeln aus Liverpool erlebt, bei deren Anblick sämtliche Teenies aus dem Häuschen gerieten. »Vor allem, wenn sie so kompetent sind wie …«

»Jetzt ist es aber genug, Waldenmaier!«, fuhr Sydow den Spaßvogel mit gestrenger Miene an, was ihm Waldi natürlich nicht abnahm. »Was gibt's Neues?«

»Eine Menge«, sprudelte der Blondschopf hervor, der es sich zum Ziel gesetzt hatte, wie John Lennon herumzulaufen. Dann zog er seinen Notizblock hervor und legte los. »Erstens: Die gnädige Frau war nicht zu Hause, dafür aber ihre Haushälterin. Mehr Haare auf den Zähnen als ich am ganzen Körper.«

»Was soll der ironische Ton? Nimm dir ein Beispiel an mir, damit du es zu was bringst.«

Aus Respekt vor Sydow, mit dem er es sich nicht verscherzen wollte, ging Waldenmaier über die launige Bemerkung hinweg, studierte seine Notizen und fuhr fort: »Streitbare ältere Dame und äußerst redselig. Besser so? Auf ihren Brötchengeber scheint sie jedenfalls nicht gut zu sprechen zu sein. Akkurat ausgedrückt: Sie hat kein gutes Haar am Herrn Professor gelassen. Wenn Sie mich fragen, Herr Sydow: Die war regelrecht froh, dass Schultze-Eckardt den Löffel abgegeben hat.«

»Nicht ganz so pietätlos, wenn ich bitten darf. Wir sind hier nicht in der Pathologie.«

Die Zurechtweisung verhallte ohne Wirkung. »Wofür man nicht dankbar genug sein kann«, feixte Waldenmaier, nur um ohne Luft zu holen fortzufahren: »Die alte Dame hat ordentlich Dampf abgelassen, zurückhaltend ausgedrückt. Wenn nur die Hälfte von dem stimmt, was sie mir gesteckt hat, muss es sich bei Schultze-Eckardt um einen Playboy gehandelt haben, der Gunter Sachs locker Konkurrenz machen könnte. Der hat nichts anbrennen lassen, so viel zum Thema eheliche Treue.«

»Und die Dame des Hauses? Was hat die dazu gesagt?«

»Die hatte die Schnauze so voll, dass sie vor drei Tagen die Fliege gemacht hat. Derzeitiger Aufenthaltsort unbekannt.«

»Donnerwetter. Da war ordentlich Leben in der Bude.«

»Kann man wohl sagen. Die Haushälterin, eine gewisse … Moment bitte, hab's gleich – hier! … Frau Mergel, so der werte Name, scheint im Übrigen gern Detektivin zu spielen. Mit anderen Worten, laut ihren Informationen war der Herr Professor Dr. iur. gestern Abend in einem Restaurant am Ku'damm essen. Mit einer attraktiven jungen Frau. Französisch.«

Auch das noch!, fuhr es Sydow durch den Sinn, der die Namenswahl seiner Stieftochter immer noch nicht verdaut hatte.

»Den Namen kann kein Mensch aussprechen. Egal, die Adresse hab ich mir notiert.«

»Guter Mann.«

»Keine Vorschusslorbeeren, Herr Sydow. Das Beste kommt noch.« Waldenmaier setzte ein spitzbübisches Grinsen auf. »Diese Frau Mergel hat es wirklich in sich. Das muss ihr der Neid lassen.«

»Tja, so ist das nun mal. Wer Untergebene hat, braucht keine Feinde.«

»Sie sagen es, Herr Sydow. Wie dem auch sei, die gute Frau muss Schultze-Eckardt ordentlich auf dem Kieker gehabt haben. Oder sie hat zu viele Durbridge-Krimis gesehen.« Waldenmaier schüttelte amüsiert den Kopf. »Macht anscheinend Spaß, Ehebrechern hinterher zu spionieren. Anders kann ich mir das nicht erklären.«

»Heißt das, sie konnte die Frau beschreiben?«

»Genau das heißt es, Herr Hauptkommissar. Aber das ist noch nicht alles.«

»Kroko und du, ihr könnt euch die Hand geben. Jetzt mach's halt nicht so spannend, Waldi!«

»Tja, so ein Hobbydetektiv denkt eben an alles.« Da der Punkt, auf den er hingearbeitet hatte, erreicht war, griff Waldenmaier in die Tasche, zog ein Polaroid-Foto hervor und hielt es dem sichtlich überraschten Vorgesetzten vor die Nase. »Ich weiß ja nicht, wie Sie darüber denken: Aber finden Sie nicht auch, dass wir die Dame gut gebrauchen könnten? Von der könnte sich Miss Marple 'ne Scheibe abschneiden.«

»Haste Töne!« Schultze-Eckardt in Begleitung einer jungen Frau, die ebenso gut seine Tochter hätte sein können. Unmittelbar nach dem Verlassen eines Restaurants, in dem die beiden Abend gegessen hatten. Gestochen scharf, fotografiert aus nächster Nähe. Noch Fragen, Herr Kommissar? »Mannomann, die hat vielleicht Nerven.«

»Na, hab ich Ihnen zu viel versprochen?«

Nein, das hatte Waldenmaier nicht. Dunkle Haare, Pagenschnitt, schickes Kostüm, teure Bluse, ellbogenlange dunkle Handschuhe, gute Figur, wenngleich ein wenig zu mager. Die junge Frau, schätzungsweise Anfang 20, war gut zu erkennen. Gut genug, um sich ein Bild zu machen. »Weiter so, Herr Kollege. Aus dir wird noch was werden.«

Waldenmaier platzte förmlich vor Stolz. »Und was jetzt, Herr Hauptkommissar?«

»Bitte tu mir den Gefallen und klappere die restlichen Wohnungen ab. Wer weiß, vielleicht gibt es weitere Zeugen. Wenn du fertig bist, sieh nach, wie weit der Leichen… wie weit Professor Peters mittlerweile ist.«

»In die Höhle des Löwen? Das können Sie mir doch nicht antun, Herr Sydow.«

»Und ob ich das kann, du Meisterdetektiv.« Sydow verpasste dem Kriminalassistenten einen Klaps, deutete auf die Sprechzimmertür und drehte sich auf dem Absatz um. »Keine Widerrede, sonst lasse ich dich suspendieren!«

*

»Ist das die Frau, von der wir gerade sprachen?«

Edeltraut Hamm, 50 Jahre alt und von Beruf Sprechstundenhilfe, antwortete ohne zu zögern. »Ja, das ist sie!«, schniefte sie, das letzte von einem guten Dutzend Tempos in der Hand, die sie mittlerweile verbraucht hatte. »Und wer ist der nette ältere Herr neben ihr?«

»Na, so nett nun auch wieder nicht«, wehrte Sydow ab, steckte die Polaroid-Aufnahme in die Brusttasche und ergänzte: »Wenn es Ihnen nichts ausmacht, würde ich lieber über seine Begleiterin reden. Sie sind sich also sicher, dass es sich um die Unbekannte von heute Morgen handelt?«

Die Sprechstundenhilfe nickte.

»Schildern Sie mir bitte kurz, was passiert ist?«

Anstatt zu antworten, schnäuzte sich Edeltraut Hamm in das verbliebene Taschentuch und zupfte ihre altmodische Bluse zurecht. Sydow nahm es mit Gelassenheit, klug genug, das ältliche Fräulein nicht unnötig aufzuregen. Der Tod ihres Chefs hatte sie ziemlich mitgenommen, aus welchem Grund, wurde Sydow kurz darauf klar. »Eigentlich fängt Hermann erst um ... Eigentlich beginnt unsere Sprechstunde um neun«, begann die Sprechstundenhilfe, bemüht, ihre Verlegenheit zu kaschieren. »Aber ich musste noch ein paar Rechnungen schreiben, deshalb war ich früher hier als sonst.«

»Und wann?«

»Um zehn nach acht.« Fräulein Hamm, wie Sydow sie insgeheim nannte, richtete das hochtoupierte blonde Haar, in dem trotz Tönung etliche graue Strähnen zu erkennen waren, schnäuzte sich erneut und atmete geräuschvoll aus. Weil sie es im Haus nicht mehr aushielt, hatte sie darum gebeten, die Unterredung im Freien zu führen, wogegen Sydow, der um Arztpraxen einen Bogen machte, nichts einzuwenden hatte. Noch gab es genug Schatten, um sich vor der Hitze in Sicherheit zu bringen, und außerdem konnte frische Luft nicht schaden. »Ich war noch nicht richtig im Hausflur, da habe ich gehört, wie droben die Tür zugeknallt wurde. Kurz darauf ist es dann passiert.«

»Das heißt, die Frau hat Sie auf der Treppe angerempelt.«

Die Reaktion von Fräulein Hamm kam prompt, wenngleich überaus heftig. »Was heißt hier angerempelt!«, regte sich die Vorzimmerdame auf, deren lackierte Fingernägel in krassem Gegensatz zu der altjüngferlichen Kleidung standen, die sie noch älter machte, als sie ohnehin war. Was fehlte, war nur noch eine Lesebrille samt obligatorischer Kette um den Hals, und die Gouvernante aus der Kaiserzeit wäre perfekt gewesen. »Ich wäre um ein Haar die Treppe runtergeflogen, Herr Kommissar.«

Um nicht noch mehr Öl ins Feuer zu gießen, nahm Sydow davon Abstand, seinen Dienstgrad richtigzustellen, erhob sich von der Bank, auf der er mit der Zeugin Platz genommen hatte, und durchmaß den gepflegten Vorgarten. Hier konnte man es wahrhaftig aushalten, wenngleich der Grund seines Hierseins dienstlicher Natur war. Eine Platane, deren Geäst ausreichend Schatten spendete, Rhododendren, die in voller Blüte standen, und ein künstlich angelegter Teich mit Seerosen. Größer hätte der Gegensatz zwischen Tod und friedlicher Idylle nicht sein können. »Irgendwelche Details, was die Kleidung der jungen Dame betrifft?«

»Es war die gleiche wie auf dem Bild.«

»Und wie sah sie aus? Ich meine: Wie hat die Unbekannte auf Sie gewirkt?«

Fräulein Hamm machte ein ratloses Gesicht. »Wie Leute, die es eilig haben, eben wirken. Schließlich hatte sie … gerade einen Mord begangen, oder?«

»Nicht so voreilig, Frau Hamm. Noch wissen wir nicht genau Bescheid.«

»Alles, was recht ist, Herr Kommissar. Außer ihr kommt ja wohl niemand anderes in …«

»Ach da steckst du, Sydow! Oh, stör ich?«

»Du kannst einem den Nerv töten, Heribert, weißt du das?«

»Nichts im Vergleich zu dir, Herr Kollege!«, trompete der Pathologe, ließ die Haustür hinter sich ins Schloss fallen und nickte der Sprechstundenhilfe freundlich zu. »Würde es Ihnen etwas ausmachen, uns kurz allein zu lassen, gnädige Frau?«

Der Laborkittel, den Peters trug, erzielte die gewünschte Wirkung.

»Gnädige Frau? Was ist denn auf einmal in dich gefahren?«

»Das verstehst du nicht, Sydow«, antwortete Peters, nachdem die Sprechstundenhilfe den Rückzug angetreten und er selbst sich auf der verwaisten Bank breitgemacht hatte, um in Ruhe eine HB zu rauchen. »Ein Gentleman kann eben nicht aus seiner Haut.«

»Ein Benehmen wie die Axt im Wald, und dann auch noch große Töne spucken.« Sydow konnte sich eines Schmunzelns nicht erwehren. »Sag mir lieber, wie …«

»Sehr weit, du Quälgeist«, vollendete der Gerichtsmediziner und zog eine versiegelte Plastiktüte hervor, in der sich eine gebrauchte Injektionsnadel samt dazugehöriger Kanüle befand. Das hinderte ihn jedoch nicht daran, genüsslich an seiner Zigarette zu ziehen. »So, und jetzt lass mich gefälligst ausreden.«

»Liebend gern, Herr Oberlehrer – tun Sie sich keinen Zwang an.«

»Die Botschaft hör' ich wohl«, feixte Peters, nachdem er Sydow herbeizitiert und ihm die Tüte zwecks Begutachtung in die Hand gedrückt hatte. Dann schlug er den Dozententon an, den Sydow so sehr liebte: »Wie ersichtlich, handelt es sich hierbei um ein Konstrukt, mit dem Milliarden von Patienten, darunter auch ein gewisser Tom Sydow, irgendwann im Verlauf ihres Lebens Bekanntschaft gemacht haben.«

»Was kann ich denn dafür, wenn ich Kreuzschmerzen habe?«

»Sagen wir mal so: Du könntest hin und wieder ein wenig Sport treiben. Das hilft.«

»Unter einer Bedingung.«

»Und die wäre?«

»Du gehst mit gutem Beispiel voran.«

»Willst du mich umbringen, oder was?«, blaffte der Pathologe, so erschrocken, dass er vergaß, den nächsten Zug zu tun. »Außerdem habe ich zu viel um die Ohren.«

»Beziehungsweise um die Hüften.«

»Du sagst es, Schmerbauch.« Peters schnitt eine Grimasse, die eines Oliver Hardy würdig gewesen wäre, ließ sich die Plastiktüte aushändigen und steckte sie wieder ein. Dass sein Laborkittel fast aus den Nähten platzte, schien ihn nicht zu stören, genauso wenig die Tatsache, dass Sydow und er zwar gleich schwer, Ersterer jedoch mindestens einen Kopf größer war. »Wo waren wir stehen geblieben?«

»Bei der Frage, ob es Selbstmord war oder nicht.«

»Ersteres, würde ich sagen.«

»Wie kommst du darauf?«

»Fakt ist, dass es keinerlei Kampfspuren gab.«

»Hat mir Mertens bereits verkündet.«

»Na, dann weißt du ja Bescheid.« Peters verdrehte die Augen. »Des Weiteren gebe ich zu bedenken, dass der Körper des Toten keinerlei Spuren von externer Gewaltanwendung aufweist. Will heißen: keine Hämatome, Hautabschürfungen, Quetschungen, Hieb- und Stichwunden oder Ähnliches. Und im Gegensatz zu heute Morgen auch keinerlei Spuren, die darauf schließen lassen, dass Gisevius gefesselt wurde. Drittens: laut Auskunft von Mertens keine Fingerabdrücke, zumindest nicht im Sprechzimmer. Apropos. Ich soll dir ausrichten, dass er noch ein, zwei Stunden braucht.«

»Was? So lange?«

»Jetzt guck nicht so belämmert. Er ist eben einer von der gründlichen Sorte.« Peters klopfte Sydow auf die Schulter. »Fazit des Experten: Mors voluntaria, herbeigeführt durch tödliche Injektion.« Der Pathologe schnippte mit dem Finger. »Bevor ich es vergesse: Gisevius hat möglicherweise Musik gehört.«

»Musik, na so was. Und was für welche?«

»Wagner. Die Walküre.«

»Geht doch nichts über einen feierlichen Abgang, was?«

»Wer ist denn jetzt pietätlos – du oder ich?«

Kalt erwischt, machte Sydow eine entschuldigende Geste. »Eins zu null für dich, alter Junge.«

»Das mit alt habe ich überhört.« Um seinen Punktsieg durch ein akustisches Signal zu krönen, zückte Peters sein Taschentuch und schnäuzte sich so heftig, dass Sydow von spontanen Mordgelüsten geplagt wurde. »Wie gesagt: Die Platte lag noch auf dem Teller. Berliner Philharmoniker, falls dir das was sagt.«

»Sonst noch was?«

»Nö.«

»Bleibt die Frage, ob ...«

»Ein wenig nachgeholfen wurde, um Gisevius in den Selbstmord zu treiben?«

»Genau.«

»Ich nehme an, du hast eine Theorie?«

»Ich wünschte, dem wäre so.« Sydow stieß einen gedämpften Klagelaut aus. »Ich weiß nicht, aber irgendwie kommt mir das alles ziemlich merkwürdig vor.«

»Mann, du kannst einem vielleicht auf den Wecker gehen.« Die Gesichtsfärbung des Pathologen nahm alarmierende Ausmaße an. »Falls du was in petto hast, rück damit raus. Falls nicht, verschon mich mit der Quengelei.«

»Nur noch eine Frage. Dann hast du es hinter dir.«

»Na schön, wenn's denn sein muss«, lamentierte Peters, den Kopf im Nacken und die Augen fest geschlossen. »Vorher habe ich ja doch keine Ruhe.«

»Aus welchem Grund bringt sich ein arrivierter Modearzt ... Moment mal: Was war eigentlich in der Spritze?«

»Kann ich dir erst nach der Obduktion sagen. Es sei denn, mir wachsen hellseherische Kräfte zu.« Peters stieß ein lang gezogenes Seufzen aus. »Und was das Motiv angeht, Herr Kollege: dein Bier, nicht das Meinige.«

In Gedanken bei der Unbekannten, die fluchtartig Reißaus genommen hatte, hatte Sydow nur mit halbem Ohr zugehört. Frage: Hatte die Frau, die mit Schultze-Eckardt diniert hatte, etwas mit dem Tod von Gisevius zu tun? Oder war es Zufall, dass sie in der Praxis aufgekreuzt war? So etwas konnte man natürlich nicht ausschließen, wenngleich ihm sein Instinkt sagte, dass er mit seiner Vermutung richtig lag.

Angenommen, die junge Dame stand mit dem Tod des Hautevolee-Arztes in Verbindung. Dann erhob sich die

Frage, wie sie es fertiggebracht hatte, ihn in den Selbstmord zu treiben. Bekanntlich waren Zeitgenossen seines Schlages aus einem besonderen Holz geschnitzt, will heißen: Man musste sich etwas einfallen lassen, um jemanden wie Gisevius in Angst und Schrecken zu versetzen. Wie in aller Welt, fragte er sich abermals, hatte die Unbekannte das geschafft? Eine Frage, die er nicht – oder, optimistischer formuliert, noch nicht – beantworten konnte.

Der Wunsch, Licht ins Dunkel zu bringen, sollte sich jedoch umgehend erfüllen. »Au Backe!«, rief Peters plötzlich aus, im Gegensatz zu vorhin spürbar zerknirscht. »Hier, schau mal, der Umschlag. Haben wir in der Innentasche seines Jacketts gefunden.«

Als ahne er, was er auf ihn zukam, wog Sydow den verschlossenen Umschlag in der Hand. Dann öffnete er ihn und überflog den Text, fein säuberlich abgetippt und mit dem Stempel *Geheime Reichssache* versehen.

Sydow stockte der Atem. Er konnte nicht glauben, was er da las, woran die Tatsache, dass er es mehrfach tat, nicht das Geringste änderte. »›*Als Richter: Präsident des Volksgerichtshofs Dr. Freisler, Volksgerichtsrat Schultze-Eckardt, SS-Hauptsturmführer Gisevius.*‹ Mensch Heribert, das darf doch wohl nicht wahr sein.«

»Leise rieselt der Kalk, kann ich da nur sagen. Tut mir leid, dass ich erst jetzt dran gedacht habe.«

»Halb so wild, Dicker. Kann passieren.« Unter normalen Umständen hätte er seinem Freund jetzt den Marsch geblasen. Aber selbst dazu war er momentan nicht in der Lage. Derselbe Wortlaut, die gleichen – nämlich sieben – Angeklagten, ein und dasselbe Aktenzeichen, die gleiche Zeileneinteilung. Alles identisch, mit Ausnahme des Namens, der auf denjenigen des Vorsitzenden und von

Schultze-Eckardt folgte. ›*SS-Hauptsturmführer Gisevius.*‹ Da hatte er den Salat. Erneut, und beileibe nicht zum ersten Mal, hatte er es mit der gleichen Kundschaft zu tun.

Und das seit knapp 25 Jahren.

»Bist du jetzt sauer?«

»I wo. Mach dir keine Gedanken.« Zuerst Heydrich, dann Himmler und Konsorten, zuletzt Eichmann, zu dessen Gespielinnen seine eigene Schwester gehört hatte. Im Verlauf seiner Tätigkeit bei der Kripo hatte ihn die Vergangenheit immer wieder eingeholt, sowohl die eigene als auch diejenige seines Geburtslandes. Ob SS, Gestapo, NKWD oder Stasi: Die Drahtzieher, hinter denen er her war, waren identisch gewesen, mitunter austauschbar. Es war ein Trugschluss zu glauben, mit dem Untergang des Dritten Reiches werde eine neue Zeit anbrechen. Und was für einer. Sydow machte eine wegwerfende Gebärde. Es gab Zeiten, wo er kurz davor gewesen war, den Bettel hinzuschmeißen, so tief war der Schatten gewesen, in den er eingetaucht war.

In den er, Tom Sydow, hatte eintauchen *müssen*.

So wie heute, wo er mit einem Racheakt konfrontiert wurde, der es in sich hatte. »Halten wir also fest: Aus Gründen, über die wir nur spekulieren können, werden zwei Herren mit brauner Vergangenheit binnen weniger Stunden getötet. Mit der Annahme, dass Miss Unbekannt eine gewichtige Rolle dabei spielt, liege ich wohl nicht falsch. Oder was meinst du, Heribert?«

»Das Gleiche«, bekräftigte der Pathologe, dessen Miene darauf schließen ließ, dass er Sydows Unbehagen teilte. »Da will jemand Tabula rasa machen, auf Teufel komm raus.«

»Weißt du, was mir zu denken gibt?«

»Schieß los.«

»Wie wir beide wissen, kam Freisler kurz vor Kriegsende während eines Bombenangriffs ums Leben.«

»Korrekt.«

»Warum dann dieser Rachefeldzug? Ich meine: Als Beisitzer hatte man nicht viel zu melden. Jeder, der die Prozesse verfolgt hat, weiß das. Wenn überhaupt, dann war es Freisler, der die Angeklagten auf dem Gewissen hat. Oder siehst du das anders?«

»Ergo: Der oder die Täter haben persönliche Motive. Motive, die über den Vorwurf der Mittäterschaft hinausgehen.«

»Beziehungsweise die Täterin.«

»Na schön. Nehmen wir an, Miss Unbekannt ist in den Fall verstrickt. Dann frage ich mich, was eine Frau in ihrem Alter dazu treibt, nacheinander zwei Männer abzu…«

»Nichts einfacher, als das rauszukriegen.«

»Und wie?«

»Denk doch mal nach, Heribert. Vorausgesetzt, es handelt sich um einen Racheakt, was angesichts des Datums, an dem die Verbrechen verübt wurden, außer Zweifel steht: Was, denkst du, sollten wir dann tun?«

»Erkundigungen über sämtliche Delinquenten einziehen, die auf der Liste stehen?« Peters kratzte sich hinterm Ohr und stand auf. »Kein Zuckerschlecken, wenn du mich fragst.«

Sydow nickte stumm. »Ich fürchte, da muss ich dir recht geben«, murmelte er, wie Peters so sehr in Gedanken, dass er die Person, welche das Grundstück von der Straßenseite her betrat, nicht bemerkte. »Schwierig oder nicht, wir müssen da durch.«

Peters pflichtete Sydow bei.

»Frage: War SS-Hauptsturmführer Gisevius nur Beisitzer, oder hat er sich noch mehr geleistet? Wie ich die Herren seines Schlages kenne, hatte er womöglich noch mehr Dreck am Stecken.«

»Beschönigend ausgedrückt, Herr Kommissar.«

Bis sich Sydow gefangen hatte, vergingen mehrere Sekunden. Und selbst dann rang er noch nach Worten. »Du?«, stieß er ungläubig hervor, zu perplex, um seine Überraschung zu verbergen. »Was hast du hier zu suchen, Qualle?«

12

Berlin-Grunewald, Koenigsallee | 10:15 h

»Tja, Herr Hauptkommissar, so sieht man sich wieder.« Frederick Verhoeven alias Qualle schleppte sage und schreibe 120 Kilo Lebendgewicht mit sich herum. Unter den Pressevertretern West-Berlins bedeutete das Rekord, aber es bedeutete nicht, dass er behäbig oder lethargisch war. Der Reporter der Berliner Morgenpost stand im Ruf, einer der versiertesten Vertreter seiner Zunft zu sein, und soweit Sydow dies beurteilen konnte, besaß er ihn zu Recht. Verhoeven war jemand, der nicht lockerließ, bis er sein Ziel erreichte, egal wie viele Knüppel ihm zwischen die Beine geworfen wurden. Darüber hinaus besaß er ein ziemlich dickes Fell, und das nicht nur im wortwörtlichen Sinn. Im Zuge seiner Recherchen, bei denen er häufig angeeckt war, hatte er eine Menge Stehvermögen, Rückgrat und Geschick im Umgang mit dubiosen Zeitgenossen bewiesen und sich das Image eines unbestechlichen Berichterstatters erworben. Nicht jeder seiner Kollegen konnte das von sich sagen, vor allem nicht, dass er auch nur entfernt die gleiche Erfahrung besaß.

Es war schwer, Verhoeven aus der Reserve zu locken, und noch schwerer, den bekennenden Gourmet hinters Licht zu führen. Der gebürtige Küstriner war mit Leib und Seele Journalist, und man wusste stets, woran man bei ihm war. Auch zählte er zu den Wenigen, für die Sensationsmache nicht an oberster Stelle stand, und das war, wie Sydow aus Erfahrung wusste, beileibe keine Selbstverständlichkeit. »Was treibt dich denn hierher, Tom?«

»Das Gleiche könnte ich dich fragen, Qualle.«

Da Verhoeven überdies klar war, wie er Sydow zu nehmen hatte, nahm er ihm den rauen Umgangston nicht krumm. »Vorschlag: Du weihst mich in deine Geheimnisse ein, und ich dich in die Meinigen. Na, was sagst du dazu?«

»Schon mal was von Amtsverschwiegenheit gehört, Qualle? Denkst du, ich habe Lust, meinen Job zu verlieren?«

»Wenn hier jemand Gefahr läuft, vor die Tür gesetzt zu werden, dann bin ich es, Herr Hauptkommissar.«

»Nicht gackern, Qualle – sondern legen. Danach sehen wir weiter.«

»Na du bist mir vielleicht einer. Harmlose Journalisten erpressen, schämst du dich eigentlich nicht?« Der 52-jährige, allenfalls mittelgroße und mit einem gesunden Sinn für Humor ausgestattete Reporter blickte mit gespielter Entrüstung in die Runde, klagte gegenüber Peters sein Leid und fuhr mit dem Handrücken über die schweißbedeckte Stirn. Verhoeven war zwar übergewichtig, aber beileibe nicht hässlich, und wie man auf den ersten Blick sehen konnte, schien er großen Wert auf die Pflege seines Bürstenschnitts zu legen, wo jedes Haar, das die markanten Züge überragte, millimetergenau zurechtgestutzt war. Dies traf auch auf seine hellblonden Brauen zu, was den Eindruck, sein Äußeres sei ihm nicht gleichgültig, zu bestätigen schien. »Darf ich dir eine Frage stellen, Tom?«

»Aber nur eine, Qualle. Dann bist du dran.«

»Trifft es zu, dass Hermann Gisevius ermordet worden ist?«

»Ermordet? Wer erzählt denn so was?«

Verhoeven setzte ein spitzbübisches Grinsen auf. »Du weißt doch, mein Lieber: Ich habe überall meine Leute sitzen.«

»Und ich meine, vergiss das nicht.« Sydow machte einen Schritt nach vorn. »Genug der Vorrede, Qualle. Pack aus, sonst kommen wir auf keinen grünen Zweig.«

»Aber nur, wenn …«

»Wie gesagt: eines nach dem anderen.«

»Hast du wenigstens eine Zigarette? So viel Entgegenkommen verlangt nach einer Belohnung, finde ich.«

»Da, nimm.« Ohne Sydows Reaktion abzuwarten, zog Peters seine HB-Schachtel hervor und bot dem Reporter eine Fluppe an. »Bevor es sich mein Kollege anders überlegt.«

»Schieß los, Qualle. Weshalb treibst du dich hier rum?«

»Aus dem gleichen Grund wie die Herren von der Polizei«, gab Verhoeven zurück, durch den barschen Ton, den Sydow anschlug, nicht aus der Ruhe zu bringen. »Genauer gesagt aus Interesse an einem Ganoven, mit dem etliche Zeitgenossen noch ein Hühnchen zu rupfen haben. Beschönigend ausgedrückt.«

»Harmlosen Bürgern hinterherspionieren, gehört sich das?«

»Von wegen harmlos. Dass das nicht stimmt, weißt du so gut wie ich.« Verhoeven inhalierte tief. »Ich bin hier, weil ich Gisevius vor den Kadi schleifen will. Beziehungsweise wollte.«

»Und wieso?«, fragte Sydow spitz. »Irre ich mich, oder ist das nicht Sache der Behörden?«

»Nichts gegen dich, Tom. Aber du weißt ebenso gut wie ich, wie viele Kameraden von einst in den Behörden dieser Stadt sitzen.«

»Stimmt, Qualle. Wenn wir jedem Einzelnen von denen auf den Zahn fühlen würden, hätten wir viel zu tun.«

»Nicht nötig, Herr Hauptkommissar. Der Herr Hauptsturmführer genügt mir vollauf.«

»Einer von den ganz Strammen, hab ich recht?«

»Das kannst du aber laut sagen.« Verhoeven sog an seiner HB, blies den Rauch in die Luft und wartete, bis die Nikotinwolke zerstob. »Der hat mehr auf dem Kerbholz als sämtliche Ganoven von Berlin zusammen.«

»SS-Totenkopfverbände?«

»Noch schlimmer.«

Sydow stutzte. »Wie bitte? Ich war der Meinung, dass es nicht mehr ...«

»Und ob es noch schlimmer geht, Tom.« Die Stimme des Reporters sank zu einem Flüstern herab. »Ich kann davon ausgehen, dass dir der Name Mengele etwas sagt?«

Und ob Qualle das konnte. Wie manch anderer, der im Namen des Regimes gemordet hatte, war der Todesengel von Auschwitz untergetaucht, mit hoher Wahrscheinlichkeit in Südamerika. Und wie manch anderer, der vor Gericht oder an den Galgen gehörte, wäre dies ohne die Hilfe einflussreicher Kreise nicht möglich gewesen. »Und was hat Gisevius ...«

»... mit Mengele zu tun? Ganz einfach. Er ist bei ihm in die Lehre gegangen.«

»Klingt makaber, zumindest für meine Begriffe.«

»Ist es auch. Wüsste ich nicht, wozu Gisevius fähig war, würde ich es nicht glauben.« Verhoeven nahm einen letzten Zug, ließ die Kippe fallen und trat sie aus. »Aber wie pflegst du immer zu sagen? Eines nach dem anderen. Also: Gisevius ist Jahrgang 1911, hat zwei jüngere Brüder und wächst in wohlhabenden Verhältnissen auf. Gisevius senior, von Beruf Speditionsunternehmer, kann es sich leisten, den Filius auf ein kirchliches Internat im Allgäu zu schicken, wo sein Sprössling 1929 das Abitur ablegt. Kurz darauf, im Sommer 1930, ist es jedoch vorbei mit der Herrlichkeit. Hermann Gisevius senior muss Konkurs anmelden. Da der Löwenanteil seines Vermögens in der Firma steckt, steht die Familie mit leeren Händen da. Fazit: Der Seniorchef nimmt sich zwei Jahre nach dem Börsenkrach das Leben. Und Gisevius junior?«

»Kann das Studium an den Nagel hängen.«

»Richtig kombiniert, Holmes. Keine Penunzen, kein Abschluss in Biochemie, kein Examen, keine Anstellung. So einfach ist das.«

»Das Ende vom Lied: Gisevius wird Mitglied der NSDAP.«

»Ich bin dein größter Fan, Tom, weißt du das?«

»Lass gut sein, Qualle. Veräppeln kann ich mich selbst.«

»Bitte um Vergebung, soll nicht wieder vorkommen.« Verhoeven und Peters tauschten einen vielsagenden Blick. »Zurück zum Thema. Wie du messerscharf kombiniert hast, wird Gisevius Mitglied der NSDAP. Laufende Nummer: 544.520. Also alles andere als ein Kämpfer der ersten Stunde. Macht aber nichts, wie seine erfolgreiche Bewerbung beim Sicherheitsdienst der SS beweist. Hauptsache Kohle, denkt sich unser Vorzeige-Arier, siedelt nach München über und greift einem gewissen Reinhard Heydrich unter die Arme, der mit Argusaugen darüber wacht, dass die Parteimitglieder auf Kurs bleiben. Quasi nebenbei beendet Gisevius das unterbrochene Studium und legt im Alter von 27 Jahren das Staatsexamen ab. Effekt: gleich null. Ein Jahr später beginnt der Krieg, und was ein richtiger Parteisoldat ist, der meldet sich freiwillig zur Waffen-SS. So geschehen im Jahre des Herrn 1940.«

»Oder im Jahr acht des Satans.«

»Eher Letzteres, da hast du recht. Zumindest, was meine Recherchen angeht.«

»Und wie kommt es, dass ... Wie hat er es geschafft, den Doktortitel zu erwerben?« Peters verstand die Welt nicht mehr. »Verzeihung, ich vergaß: Peters, Institut für Gerichtsmedizin.«

»Verhoeven, freut mich«, erwiderte der Reporter, das Kinn zwischen Daumen und Zeigefinger der rechten Hand. »Ehrlich gesagt: Das weiß ich selbst nicht so genau. Tatsache ist, dass sämtliche Belege verschwunden sind. So sie denn jemals existiert haben.«

»Oh Nachtigall, ick hör dir trapsen.«

»Kein Einzelfall, Tom, davon kannst du ausgehen. Der Krieg hat eben seine eigenen Gesetze.« Verhoevens Miene wurde düster. »Bemühen wir unsere Fantasie, werte Herrschaften. Ein Parteigenosse, den unbefangene Beobachter als verkrachte Existenz bezeichnen würden, meldet sich freiwillig an die Ostfront, wird zunächst bei der Sanitätsinspektion der Waffen-SS und wenig später als Medizinalassistent eingesetzt, sprich: Er geht den Truppenärzten zur Hand. Was, frage ich nun, läge folglich näher, als einen verdienten Kameraden mit dem Doktortitel auszustaffieren?«

»Also wirklich, das kann man doch nicht machen.«

»Wenn Not am Mann ist, warum nicht? Zynisch ausgedrückt: An Erfahrung hat es Gisevius bestimmt nicht gemangelt. Sei's drum, in den Unterlagen des Wirtschafts-Verwaltungshauptamtes der SS wird der aufstrebende Medizinalassistent ab 1943 als behandelnder Arzt geführt.

Fehlt nur noch der Zusatz im Ausweis, und fertig ist der Halbgott in Weiß.«

»Besten Dank, Qualle. Sämtliche Unklarheiten beseitigt.«

»Denkst du, Herr Kriminalhauptkommissar. Jetzt geht die Chose nämlich erst richtig los.« Verhoeven stieß ein verächtliches Schnauben aus. »Meinen Recherchen zufolge wird Gisevius Ende 1943 nach Auschwitz versetzt und einem gewissen Josef Mengele unterstellt, dem er bei Selektionen, Obduktionen und Experimenten jeglicher Art assistiert. Reicht das, oder muss ich deutlicher werden?«

Sydow lehnte stirnrunzelnd ab.

»Arisch, charmant, gepflegte Umgangsformen, die Uniform maßgeschneidert, Stiefel auf Hochglanz, gute Manieren, gut gebaut, gut aussehend – das verlangt nach Beförderung. Mit anderen Worten, Ende 1944 wird Gisevius Lagerarzt in Ravensbrück. Wenn die Herren erlauben, erspare ich mir die Details.«

»Eines versteh ich nicht, Qualle«, warf Sydow ein, dem die Ausführungen buchstäblich den Rest gegeben hatten. »Du hast gesagt, du willst ihn vor Gericht bringen. Warum hast du es nicht schon längst getan?«

Verhoeven lachte amüsiert auf. »Soweit ich weiß, ging es bislang nur zwei Ärzten aus Auschwitz an den Kragen.«

»Freispruch?«

»Du sagst es.«

»Das heißt, um Gisevius an den Karren fahren zu können, hätten Sie schweres Geschütz auffahren müssen.«

»So entsetzlich das klingt, Herr Peters: ja.«

»Und wie sollte das vonstattengehen?«

»Um ehrlich zu sein, mir kam der Zufall zu Hilfe. Wie heißt es doch bei Schiller: ›Es kann der Frömmste nicht in Frieden leben, wenn es dem bösen Nachbarn nicht gefällt.‹ Na ja, im vorliegenden Fall war es eher umgekehrt. Kurzum, eine Bekannte von mir wohnt ganz in der Nähe. Nicht mehr die Jüngste und ziemlich eitel. Grund genug, ein wenig nachzuhelfen.«

»Beziehungsweise nachhelfen zu lassen.«

»Eines schönen Tages begibt sie sich also zu Gisevius in die Praxis. Sein Pech, dass es sich um eine promovierte Kunsthistorikerin handelt.« Der betrüblichen Thematik zum Trotz konnte sich Verhoeven ein Schmunzeln nicht verkneifen. »Und dein Pech, Tom, dass sie mitgekriegt hat, wie heute Morgen die Funkstreife vorgefahren ist. Sonst stünde ich nicht hier.«

»Sehe ich das richtig, Qualle: Es geht um die Bilder, die im Sprechzimmer hängen?«

»Volltreffer, Herr von Sydow. Drei der Gemälde, darunter ein Matisse, lassen sich mit hoher Wahrscheinlichkeit der sogenannten ›Kunstsammlung Hermann Göring‹ zuordnen, also dem Fundus, den der Herr Reichsmarschall in Carinhall gehortet hatte. Mit Betonung auf ›hatte‹. Bei Kriegsende, das heißt kurz vor dem Anrücken der Roten Armee, sind nämlich zahlreiche Artefakte aus der Sammlung auf mysteriöse Weise verschwunden. Und jetzt rate mal, wer sich einen Teil davon unter den Nagel gerissen hat.«

Sydow war fassungslos. »Schade, dass du ihn nicht am Wickel gekriegt hast, Qualle. Ich hätte es dem Dreckskerl gegönnt.«

»Gegenfrage: Macht es eigentlich Spaß, hinter jemandem herzujagen, der den Justizbehörden die Arbeit abnimmt? Nimm es mir nicht übel, Tom, aber ich kann mir lohnenswertere Tätigkeiten vorstellen.«

»Ich auch, Qualle. Aber das ist nicht der Punkt.«

»Sondern?«

»Es geht darum, dass nicht jeder machen kann, was er will. Auch wenn mir noch so viel Leid zugefügt worden ist, kann und darf ich mein Recht nicht in die eigene Hand nehmen.«

»Und was ist, wenn der Staat keinen Finger rührt, um diese Verbrecher hinter Schloss und Riegel zu bringen?«

Sydow atmete geräuschvoll aus. »Ich weiß, was du sagen willst, Qualle. Die Henker von einst sind gut über den Winter gekommen. Machen sich überall breit. Tun so, als sei nichts gewesen. Trotzdem. Wir dürfen nicht zulassen, dass sich die Leute ihr Recht nehmen, wenn sie es nicht bekommen. So merkwürdig es klingt: Mord ist nun einmal Mord. Und gehört bestraft.«

»Heißt das, du stellst Gisevius und seinen Mörder auf eine …«

»Mörderin, Qualle – wenn überhaupt.«

»Eine Frau? Bist du dir da auch ganz …?« Die Fragen, mit denen Verhoeven seinen Gesprächspartner bestürmte, gingen im Motorenlärm eines heranpreschenden Streifenwagens unter. Die drei Anwesenden, unter ihnen ein sichtlich überraschter Tom Sydow, sahen sich fragend an.

Die Überraschung hielt jedoch nicht lange an.

Kaum war der Streifenwagen zum Stehen gekommen, sprang auch schon die Beifahrertür auf. Sydow traute seinen Augen nicht. Krokowski in Hektik, mit Sturmfrisur und mit zerknautschtem Anzug. So etwas passierte nicht alle Tage.

Falsch. So etwas passierte nie.

»Irgendetwas nicht in Ordnung?«, fragte Sydow, während sich sämtliche Blicke auf den Neuankömmling richteten. »Falls du Ärger gehabt hast, behalt es für dich.«

»Ärger ist gut!«, blaffte Krokowski, neugierig beäugt von Waldenmaier, der mit besorgter Miene in den Vorgarten trat. »Hier, schau dir das mal an!«

Sydow tat, wie ihm geheißen, ließ sich von Krokowski die Schwarz-Weiß-Fotografie aushändigen, die er in der Hand hielt, überflog sie, las den Text darunter genauer, zuletzt Wort für Wort – und erstarrte. »Wo hast du das her?«

»Erzähl ich dir später. Jetzt komm schon, verschwenden wir keine Zeit. Die Kollegen vom Streifendienst sind schon unterwegs!«

Als Richter: Präsident des Volksgerichtshof Dr. Freisler, Vorsitzender. Volksgerichtsrat Schultze-Eckardt. SS-Hauptsturmführer Gisevius. Ingenieur Matuschek. Diplom-Verwaltungsrat Lahnstein.

Die Liste der zu Exekutierenden war komplett.

Krokowski hatte recht. Sie durften keine Zeit verlieren. »Hör zu, Waldi«, keuchte Sydow, als ob er einen 1000-Meter-Lauf absolviert hätte, drückte ihm das Polaroid-Foto der jungen Frau in die Hand und ließ die Hand auf der Schulter des Kriminalassistenten ruhen. »Du nimmst jetzt das Foto, fährst mit Karacho ins Präsidium und sagst dem Alten, er soll die Dame zur Fahndung ausschreiben. Nachricht an sämtliche Zeitungen, natürlich auch an den RIAS. Die sollen es in den Nachrichten bringen, wenn's geht, jeweils zur vollen Stunde. Kann ich mich auf dich verlassen, Junge?«

Waldenmaier nahm instinktiv Haltung an. »Natürlich, geht in Ordnung.«

»Ich will's hoffen«, murmelte Sydow, hob die Hand, um sich von Peters und dem Reporter zu verabschieden, und folgte Krokowski auf dem Fuß. »Kannst du dir vorstellen, was passiert, wenn die Dame uns zuvorkommt? Zwei Tote an einem Tag sind weiß Gott genug, vier wären eine absolute Katastrophe. Die Presse würde uns in die Pfanne hauen, verlass dich drauf. Wenn wir Pech haben, können wir unseren Hut nehmen.«

»Du vielleicht, aber ich nicht«, witzelte Krokowski in einem Anflug von Galgenhumor, öffnete die Tür seines Dienstwagens und startete den Motor. »Aber noch ist ja nicht aller Tage Abend, Tom!«

13

Berlin-Westend, Ebereschenallee | 10:55 h

Die Szene hatte etwas Idyllisches. Ein Mädchen, vom Aussehen höchstens 15, schloss die Haustür, durchquerte den Garten und folgte der attraktiven Blondine zum Wagen. Die Ähnlichkeit zwischen dem Teenager im Tennisdress und der modebewusst gekleideten Dame aus besseren Kreisen war unverkennbar, woraus Melissa schloss, dass es sich um Mutter und Tochter handeln müsse. Vor der Garage neben der Villa war ein weißes Mercedes Cabrio geparkt, passend zum Dior-Kostüm, das die Fahrerin des Sportwagens trug. Unmittelbar daneben stand ein nagelneuer silbergrauer Porsche, und man musste kein Autonarr sein, um zu erahnen, dass sein Besitzer Geld wie Heu besaß.

Mutter und Tochter lachten, scherzten und waren guter Dinge, und es schien, als handle es sich um eine Szene aus den Kinoschnulzen, die Melissa schlichtweg zum Davonlaufen fand. Die Kulisse, vor der sich die Episode abspielte, wäre mit Sicherheit nach dem Geschmack des Publikums gewesen. Eine Villa neben der anderen, ein Gartengrundstück weitläufiger als das nächste, eine Nobelkarosse, die am Straßenrand geparkt war, kostspieliger als diejenige auf der gegenüberliegenden Straßenseite. Beschauliche Alleen, wechselweise von Linden, Akazien oder Eichen gesäumt, Ziersträucher, um vor neugierigen Blicken geschützt zu sein, und Domizile, von denen Normalbürger nur träumen konnten. Hierhin hatte es sie also verschlagen, und hier, genau hier würde bald nichts mehr so sein, wie es gewesen war.

Das Geräusch des davonbrausenden Mercedes Cabrio im Ohr, setzte Melissa ihren Weg fort. Von den Gedanken, die sie bewegten, kam sie dennoch nicht los. Damals, im gleichen Alter wie das Mädchen, hatten andere Verhältnisse geherrscht, zumindest dort, wo sie aufgewachsen und zur Schule gegangen war. Dort, genauer gesagt im Ostteil der Stadt, bedeutete Schule etwas gänzlich anderes, nämlich Parolen, Fahnenappelle, Aufmärsche und rückhaltlose Treue gegenüber denjenigen, die behaupteten, die Interessen der Werktätigen zu vertreten.

Vom ersten Tag an hatte sie dieses System gehasst, hatte sie sich quer gestellt, wenn ihr etwas nicht behagte. In einem Staat, wo Linientreue gefragt war, hatte sie sich damit natürlich keine Freunde gemacht, am allerwenigsten bei ihren Lehrern. Je länger sie auf die Oberschule ging, desto häufiger waren ihre Adoptiveltern einbestellt, ermahnt oder unter Druck gesetzt worden. Dann aber, am Ende der zehnten Klasse, hatte Vater ein Einsehen gehabt. Es war zwar kein Zuckerschlecken, jeden Tag von Lichtenberg nach Reinickendorf zu pendeln, aber besser, als auf Vordermann und Seitenrichtung gedrillt und zu einem notorischen Jasager degradiert zu werden. Dass ihre Anmeldung am Bertha-von-Suttner-Gymnasium nicht folgenlos bleiben würde, hatte Heinz Gutberleit einkalkuliert, und wie erwartet hatte sich Mutter, eine überzeugte Parteiaktivistin, dagegen ausgesprochen. Geändert hatte das an ihrem Entschluss jedoch nichts. Zusammen mit Nachbarskindern, deren Eltern genauso dachten, war sie jeden Tag mit der S-Bahn in den Westen gefahren, ein knappes Jahr, ohne ihren Entschluss zu bereuen.

Doch dann, als sie einen Teil der Sommerferien bei einer Klassenkameradin verbrachte, war etwas geschehen, das weder sie noch die anderen Ostschüler für möglich gehalten hätten. Von einem Tag auf den anderen war die Grenze dichtgemacht und in den Tagen, die auf den 13. August folgten, eine Mauer gebaut worden. Eine Mauer, die mitten durch Berlin führte. Auf sich allein gestellt, war Melissa am Boden zerstört gewesen, hätte es die Familie ihrer Freundin nicht gegeben, wäre sie ohne Dach über dem Kopf da gestanden. 200 Mark im Monat, Taschengeld in Westmark und ein Platz in einem kirchlichen Wohnheim hatten reichen müssen, um ihren Lebensunterhalt zu bestreiten, und was sie selbst nicht für möglich gehalten hatte, war geschehen: Vor zwei Jahren hatte Melissa das Abitur gemacht, und, womit beileibe nicht zu rechnen gewesen war, einen Studienplatz für Jura bekommen.

Alles hätte so schön sein können, wäre da nicht der 12. April 1966 gewesen, der Tag, an dem sie einen Passierschein und damit die Möglichkeit erhielt, zusammen mit ihren Pflegeeltern den 21. Geburtstag zu feiern. Es war das erste Wiedersehen nach fast zwei Jahren gewesen, ein Tag, an dem sich ihr Leben von Grund auf ändern würde.

Der Tag, an dem ihre Welt in Scherben fiel.

Aber das war ohnehin Schnee von gestern. Am heutigen Dienstag, dem Todesdatum ihres leiblichen Vaters, gab es Wichtigeres, als mit der Vergangenheit zu hadern. Heute ging es darum, die Schuldigen von damals der gerechten Strafe zu überführen. Wenn die Verantwortlichen nicht willens waren, die Dinge in die Hand zu nehmen, dann musste es eben jemand anderes tun.

Jemand wie sie, die nicht ruhen würde, bis die Schuld beglichen war.

Freisler war während eines Bombenangriffs umgekommen, Matuschek durch einen Schlaganfall, Schultze-Eckardt und Gisevius von eigener Hand. Kein Zweifel, bislang war alles wie geplant verlaufen. Weder Schultze-Eckardt noch Gisevius hatten Widerstand geleistet, und es gab keinen Grund zur Annahme, dass Lahnstein aus der Reihe tanzen würde. Melissa kannte ihn aus dem Fernsehen, und sie kannte den Typ, den der Herr Fraktionsvorsitzende verkörperte. Intelligent, gut aussehend, gewieft, redegewandt. Und darauf bedacht, niemandem auf die Füße zu treten, will heißen: ein Schaumschläger ohne Rückgrat. Oder, noch krasser, ein Feigling, der die Fahne nach dem Wind drehte. Gestern Volksgerichtshof, heute Stellvertreter des Innensenators. Das war der Stoff, aus dem die Kandidaten für den Posten des Regierenden Bürgermeisters gemacht waren.

Um sich erneut zu vergewissern, dass ihr niemand folgte, spähte Melissa über die Schulter, wechselte rasch die Straßenseite, um zwei Spaziergängern aus dem Weg zu gehen, und setzte ihren Gang durch das beschauliche Villenviertel fort. Bis zu ihrem Ziel, dem Landhaus des Favoriten bei den anstehenden Wahlen, war es nicht mehr weit, nur ein halber Kilometer, wenn sie sich richtig erinnerte. Wie zuvor hatte sie auch jetzt nichts dem Zufall überlassen und sich mit dem Terrain, auf das sie sich wagte, vertraut gemacht.

Schon damals, das heißt vor mehr als zwei Monaten, hatte sie sich gefragt, woher Lahnstein das Geld für sein Landhaus nahm. Selbst für hiesige Verhältnisse war das Anwesen luxuriös, und das war, wie Melissa wusste, zurückhaltend ausgedrückt. Villen gab es in Berlin in Hülle und Fülle, aber nur wenige, die es mit dem Herrenhaus des Diplom-Verwaltungswirts aufnehmen konnten. Das fing mit dem Dreiecksgiebel an, der sich über nahezu die Hälfte des geräumigen Obergeschosses erstreckte. Und es hörte mit dem monumentalen Portikus, einer sorgfältigen geharkten Auffahrt und einem Garten im Stil des 18. Jahrhunderts auf. Kurzum, der hier residierte, liebte es, zu repräsentieren, und er liebte es noch mehr, mit seinen Besitztümern zu prahlen.

Aber damit war jetzt Schluss.

Für immer.

Das Beste daran: Lahnstein ahnte nicht das Geringste. Der Herr Fraktionsvorsitzende würde aus allen Wolken fallen, wenn er mit seiner Vergangenheit konfrontiert wurde. Würde mit der Polizei drohen, wenn Einschüchterungsversuche erfolglos blieben. Würde es mit Versprechungen versuchen, wenn er merkte, dass ihm das Wasser bis zum Hals stand. Doch egal, auf welche Ideen er käme: In ihr, Melissa Gutberleit, würde er seinen Meister finden. Je früher er das begreifen würde, desto besser. Was die Polizei betraf, drohte ohnehin keine Gefahr. Um ihr auf die Spur zu kommen, musste man ihre Geschichte kennen, musste man herausbekommen, was außer ihr nur drei weiteren Personen bekannt war. Reine Zeitverschwendung, wenn nicht gar ein Ding der Unmöglichkeit. Gefahr würde ihr nur dann drohen, wenn der Polizei die ungekürzte Fassung des Urteils in die Hände fiele, aber was das betraf, hatte sie ebenfalls vorgesorgt. Das Original, auf das sie im Document Center der Amerikaner gestoßen war, hatte sie auf diskrete Art und Weise verschwinden lassen.

Bedrohung abgewandt, Risiko gleich null.

Und noch etwas. Dank der Abschrift, die sie am Tatort hinterlassen hatte, würden Unklarheiten bezüglich des

Tatmotivs erst gar nicht auftauchen. Wer auch immer mit den vermeintlichen Selbstmorden konfrontiert wurde, würde recherchieren, Spuren verfolgen, Erkundigungen einziehen, Fragen stellen. Fragen, die nicht nur die Täterschaft, sondern vor allem Schultze-Eckardt, Gisevius und Lahnstein betrafen. Nicht lange, und eine Lawine würde ins Rollen kommen, vor allem, wenn die Boulevardpresse Wind von der Sache bekam. Blätter wie die B.Z. würden sich wie die Hyänen auf die schlagzeilenträchtigen Todesfälle stürzen, mit welchem Ergebnis, war unschwer zu erraten. Ganz Berlin, ach was, ganz Deutschland würde wachgerüttelt werden, und genau das, nicht etwa Rache zu üben, war ihre Intention.

»Verzeihung, Fräulein. Dürfte ich bitte Ihren Ausweis sehen?«

Ausweis? Melissa blickte überrascht auf.

Und erstarrte.

»Ist Ihnen etwa nicht gut, Fräulein?«

Merkwürdig. Die Frage war ihr heute schon einmal gestellt worden. Dabei hatte sie alles darangesetzt, so unauffällig wie möglich auszusehen. Jeans statt Kostümrock, bis oben zugeknöpfte Bluse, Strickweste statt Dior-Jacke. Kurz und gut, die Unscheinbarkeit in Person.

Und dann so etwas.

Irgendetwas ging hier nicht mit rechten Dingen zu.

»Ihren Ausweis, wenn ich bitten darf. Oder haben Sie ihn nicht dabei?«

Was für eine Frage. Natürlich hatte sie ihn nicht dabei. Melissas Atem beschleunigte sich. Jetzt hast du den Salat!, flog es ihr durch den Sinn, während sie fieberhaft nach einem Ausweg suchte.

Jetzt war guter Rat teuer.

Sonst saß sie in der Klemme.

Mist. Und das alles nur, weil sie wie ein verträumter Teenager durch die Gegend spaziert war.

»Sie verstehen doch, was ich sage, oder?«

»Natürlich, Herr Wachtmeister.« Mal sehen. Vielleicht half es, wenn sie sich ein Lächeln abrang. Im Angesicht eines Staatsdieners, der die 50 längst überschritten hatte, konnte so etwas nicht schaden. Es hatte bei Schultze-Eckardt gewirkt, warum also nicht auch hier? »Das Problem ist nur ...«

Warum sagte der Polyp nichts? Bei anderer Gelegenheit würde jetzt ein lebhafter Dialog beginnen, wie vor drei Wochen, als sie bei Rot über die Ampel gefahren war. Je nach Typ, mit dem sie es zu tun hatte, wäre sie in der Lage gewesen, ihren Charme sprühen zu lassen und den Betreffenden nach sämtlichen Regeln der Kunst einzuwickeln.

Falsch gedacht, Melissa. Bei dem Beamten, der ihr den Weg versperrte, biss sie anscheinend auf Granit.

Sie musste sich etwas einfallen lassen. Und das möglichst schnell.

Die Frage war nur, was.

»Vorschlag, junge Dame: Warum sehen Sie nicht einfach in Ihrer Handtasche nach? Vielleicht löst sich Ihr Problem von selbst.«

Melissa nickte wie ein artiges Kind, riskierte einen kurzen Rundblick und nahm die Handtasche von der Schulter, um der Aufforderung nachzukommen. Glück gehabt, dachte sie. Abgesehen von dem Wachtmeister, der sich mit verschränkten Armen vor ihr aufbaute, schienen keine weiteren Polizisten, Neugierigen oder Passanten in der Nähe zu sein. Von Lahnstein, dessen Luxusvilla nur wenige Schritte entfernt war, war ebenfalls nicht zu sehen. Alles sah ruhig und friedlich aus, und wäre der Streifenwagen nicht gewesen, der die Einfahrt des Anwesens blockierte, wäre nichts Ungewöhnliches zu entdecken gewesen.

»Haben Sie ihn dabei – ja oder nein?«

»Kleiner Moment, bin gleich so weit.« Melissas Gesichtsausdruck verhärtete sich. Ausgerechnet jetzt, keine zehn Meter vor dem Ziel, musste ihr so etwas passieren. Eine Routinekontrolle, jetzt hatte sie den Salat.

Und was, wenn es nicht so war? Wenn ihr die Kripo oder wer auch immer auf die Spur gekommen war? Ausschließen konnte man so etwas nicht, so sehr sie hoffte, dass ihre Befürchtung grundlos war.

Eines jedenfalls stand fest. Wenn sie sich nicht ausweisen konnte, würde dieser Dämlack von Polizist Ernst machen. Das heißt, er würde ihre Personalien aufnehmen, die Daten überprüfen und jede Menge unangenehme Fragen stellen. Wenn sie Pech hatte, würde er sie sogar mit aufs Revier nehmen. Dort würde es dann erst richtig losgehen. Verhöre, Zigarettenpause und das Ganze wieder von vorn. So weit durfte sie es nicht kommen lassen.

Sie würde sich zu wehren wissen.

Mit allen Mitteln.

»Geben Sie's zu: Sie haben ihn nicht ...«

Weiter als bis hierhin, als Melissa mit schussbereiter Pistole vor ihm stand, kam der Streifenbeamte nicht.

»Ihre Pistole, aber dalli.«

Die Art, wie der stiernackige Kahlkopf sie anglotzte, hatte etwas Amüsantes an sich, und wäre die Lage nicht so ernst gewesen, hätte Melissa losgebrüllt. So aber blieb sie mit ausgestrecktem Arm stehen, den Finger am Abzug ihrer Smith und Wesson, die ihr Gegenüber mit schreckgeweitetem Blick anstarrte.

Und das ausgerechnet ihr, die sie noch keinen einzigen Schuss abgefeuert hatte.

»Hören Sie, Fräulein, wenn Sie klug sind, dann …«

»Sparen Sie sich den Kommentar. Und jetzt her mit dem Ding, den Griff zuerst!«

Es war erstaunlich, einfach erstaunlich, wie reibungslos alles klappte. Melissa streckte die linke Hand aus, packte den Griff der Dienstpistole und ließ die Waffe in die Handtasche gleiten.

»Den Schlüssel für den Streifenwagen, aber ein bisschen plötzlich. Guck nicht so dämlich, ich meine es ernst.«

»Er steckt.«

»Wenn du mich anlügst, kannst du was erleben. Hände hoch. Hände hoch, hab ich gesagt – und umdrehen.«

Der Polizist gehorchte.

Jetzt musste es schnell gehen. Ohne den Beamten aus den Augen zu lassen, ließ Melissa den Verschluss ihrer Handtasche einrasten, rannte auf den Streifenwagen zu und riss die Tür auf.

Tatsächlich. Der Schlüssel steckte.

Sichtlich erleichtert, setzte sich die Frau ans Steuer. Noch mal Glück gehabt!, dachte sie. Und jetzt nichts wie weg.

Doch ihre Erleichterung war nicht von Dauer. Kaum lief der Motor, hörte sie jemand schreien. »Halt! Stehen bleiben, Polizei!«

Melissas Kopf schnellte nach rechts. Hinter dem schmiedeeisernen Tor der Villa war ein weiterer Polizist aufgetaucht. Um die Hälfte jünger als sein Kollege, und, wie die gezückte Waffe bewies, entschlussfreudiger. Vermutlich kam er aus dem Haus, und vermutlich war sie wieder einmal nicht vorsichtig genug gewesen. Ein Polizist kam bekanntlich selten allein, wie wahr.

Jetzt gab es nur noch eins: abhauen.

Die Hand am Steuer, schnappte Melissa nach Luft, richtete den Blick nach vorn, drückte aufs Gaspedal – und spürte einen Schmerz in der rechten Schulter. Ein Brennen, das sie blind und taub für ihre Umgebung machte.

Der Ohnmacht nah, biss die junge Frau die Zähne zusammen, umklammerte das Lenkrad und kümmerte sich weder um den Polizisten, der das Tor aufriss, noch um den Bullterrier, der sich dem Heck bis auf wenige Meter genähert hatte.

Nichts wie weg, lautete die Devise.

Wohin, war vollkommen egal.

14

Berlin-Spandau, Möllentordamm | 11:40 h

»Ziemliche Pleite, was, Tom?«

»Das kannst du aber laut sagen.« Die Hand vor den Augen, um sie gegen das grelle Sonnenlicht zu schützen, trat Sydow auf die Straße und kratzte sich hinterm Ohr. »Ich bin ja schon in viele Fettnäpfchen getreten, aber so was ist mir noch nicht passiert.«

»Jetzt mach mal halblang«, antwortete Krokowski, machte eine beschwichtigende Handbewegung und steuerte auf seinen Dienstwagen zu, der auf der gegenüberliegenden Straßenseite stand. »So schlimm, wie du tust, war es auch wieder nicht.«

»Schlimm oder nicht, mir hat es gereicht.« Sydow folgte ihm auf dem Fuß, überquerte die gepflasterte Altstadtgasse unweit der Zitadelle und wandte sich auf dem Absatz um. Das Mietshaus, aus dem er und Krokowski gerade gekommen waren, stammte aus der Zeit vor der Jahrhundertwende und hatte mit Sicherheit bessere Tage erlebt. Entsprechend heruntergekommen sah die Fassade aus und unterschied sich durch nichts von den Gebäuden, die daran angrenzten. »Ich weiß ja nicht, wie du darüber denkst. Aber mir hat die Frau leidgetan.«

»Denkst du vielleicht, mir nicht?«, erwiderte Krokowski und schloss die Tür auf der Fahrerseite auf. »Passiert schließlich nicht alle Tage, dass die Kripo deinen unlängst verstorbenen Ehemann sprechen will.«

»Glaubst du ihr?«

»Ich wüsste nicht, was es da zu glauben gibt. Matuschek ist vor fünf Tagen beerdigt worden, somit scheidet er aus dem Kreis der potenziellen Opfer aus.«

»Schluss, aus, dein treuer Vater. Also wirklich, Kroko. So kenne ich dich ja gar nicht.« Ein Fenster im Blick, dessen Vorhang sich leicht bewegte, fiel es Sydow schwer, die Angelegenheit abzuhaken. »Glaubst du, es ist möglich, 33 Jahre deines Lebens einfach auszublenden?«

Krokowski zuckte die Achseln. »So etwas gibt es, Tom. Er hat seine Frau kurz nach Kriegsende kennengelernt, und sie hat keine Fragen gestellt. Wer weiß, war vielleicht besser so.«

»Ich weiß nicht, Kroko.« Sydow geriet ins Grübeln. »Eines weiß ich genau: Lea würde sich bedanken, wenn ich ihr so etwas verschweige.«

»Schau mal, Tom. Wir beide wissen doch, wie das damals gelaufen ist. Meinst du, die Leute haben sich darum gerissen, Beisitzer vor dem Volksgerichtshof zu werden? Das glaubst du doch wohl selbst nicht, oder? Die sind dazu verdonnert worden, und wehe, einer hat den Mund aufgemacht. Mal ehrlich. Hättest du aufgemuckt, wenn dir das Gleiche passiert wäre?«

»Das hängt davon ab, ob …«

»Weich mir nicht aus, Tom. Hättest du die Hacken zusammengeschlagen – ja oder nein?«

Sydow zuckte die Achseln.

»Siehst du, genau das meine ich. Wer weiß, vielleicht hat es Matuschek einfach nicht fertiggebracht, seiner Frau davon zu erzählen. Was denkst du, wie viele Leute es gibt, die wesentlich mehr auf dem Kerbholz haben?«

»Tausende, ich weiß.«

»Wenn das mal reicht, Herr von Sydow, wenn das mal reicht. Und noch etwas. Laut Angaben seiner Frau war

Matuschek aufgrund seiner Tätigkeit als Ingenieur bei Siemens vom Wehrdienst freigestellt. Und jetzt frage ich dich: Was willst du diesem Mann zum Vorwurf machen? Anscheinend war er weder in der Partei, noch in der SA, noch in irgendeiner anderen Organisation. Ich wüsste nicht, was es daran zu bekritteln gäbe. Matuschek hat sich aus allem herausgehalten, treu und brav seine Arbeit erledigt und versucht, ungeschoren über die Runden zu kommen. Von der Sorte, mein lieber Tom, gab es genug.«

»Ungeschoren – schönes Wort.«

»Herrje, Tom! Kannst du oder willst du mich nicht verstehen? Es gibt Situationen, wo man nicht tatenlos zusehen kann, da bin ich der gleichen Meinung wie du. Trotzdem finde ich, man sollte nicht einfach den Stab über solche Leute brechen. Wer weiß, wie du an Matuscheks Stelle gehandelt hättest.«

»Wenn man Jahrgang 30 ist, Kroko, hat man gut reden. Da ist man automatisch aus dem Schneider.«

»Weißt du was? Ich denke, es ist das Beste, wir verschieben die Diskussion auf später.« Krokowski warf einen Blick auf die Uhr. »Viertel vor. Wir sollten uns beeilen.«

*

»Wenn Fangio das sehen könnte, würde er vor Neid erblassen«, keuchte Sydow, den Haltegriff fest umklammert, während Krokowski in halsbrecherischem Tempo die Klosterstraße entlangraste, die Bahnunterführung hinter sich ließ und das Steuer ruckartig nach links riss, um die Dischingerbrücke zu überqueren, von wo aus man auf direktem Weg zum Westend gelangte. »Kannst du dir nicht angewöhnen, wie ein zivilisierter Mensch zu fahren?«

»Irre ich mich oder ist Gefahr im Verzug?«, erwiderte Krokowski, für den es keine Ampeln, Geschwindigkeitsbegrenzung oder Verkehrsregeln zu geben schien. »Zwei Tote sind ja wohl genug, oder?«

»Wenn du so weitermachst, kommen noch zwei dazu!«, unkte Sydow und wandte den Kopf nach rechts, um nicht mit ansehen zu müssen, wie nah Krokowski auf einen vor ihnen fahrenden LKW auffuhr. »Apropos: Hier ist Tempo 70, nicht 110.«

»Was ist dir lieber: ein Rüffel vom Innensenator, falls Lahnstein etwas zustößt oder ein Strafzettel, den wir höchstwahrscheinlich nicht bezahlen müssen? Du bist der Vorgesetzte, such es dir aus.«

»Weißt du, was du mich gleich kannst, du Verkehrsrowdy?« Natürlich hatte Krokowski recht. Wieder mal. Abgesehen von seinen Fahrkünsten, die eines zivilisierten Menschen unwürdig waren, hing natürlich viel, wenn nicht gar alles davon ab, dass sie beide rechtzeitig zur Stelle waren. »Ich denke, du hast die Kollegen von der Funkstreife alarmiert. Ja? Na also. Dann kann ja wohl nichts passieren.«

»Passieren kann immer etwas, das muss ich dir wohl nicht extra sagen.« Krokowski beschleunigte auf 120 Sachen, setzte eine ernste Miene auf und sagte: »Ich weiß nicht, aber irgendwie hab ich ein ganz schlechtes Gefühl!«

15

Berlin-Westend, Ebereschenallee | 12:05 h

»Also wirklich, hat man so was schon erlebt!«, entrüstete sich der Stellvertretende Innensenator von Berlin und drückte auf den Schalter, mit dem man das Panoramafenster seiner 400-Quadratmeter-Villa im Boden versenken konnte. Da dies etwas Zeit in Anspruch nahm, goss er sich einen Whisky ein, bereits den dritten, wie Sydow mit Befremden registrierte. Ohne sich an der Anwesenheit der beiden Kripo-Beamten zu stören, betrat er daraufhin die Stufenterrasse, welche die gesamte Rückfront des Hauptgebäudes einnahm, wo er sich in einen Korbsessel fläzte, um seinen Glenfiddich auf einen Zug zu leeren. Das parkähnliche Anwesen, auf dem sein selbstzufriedener Blick ruhte, war um ein Vielfaches größer als das Herrenhaus, wobei der Eindruck, seinem Eigentümer sei der Luxus zu Kopf gestiegen, keineswegs unbegründet war.

Hans-Dietrich Lahnstein war es gewohnt, nach Gutsherrenart zu verfahren, genauso wie er es gewohnt war, auf großem Fuß zu leben. Für ihn, der es als normal betrachtete, wenn andere vor ihm kuschten, existierten nur zwei Sorten von Menschen. Nämlich Leute seines Schlages und solche, die sich deren Wünschen zu fügen hatten. Auf die Idee, auch er werde seinen Meister finden, wäre er nie gekommen, aber das, wie manch anderes, würde sich binnen Kurzem ändern. »Erst behauptet dieser Einfaltspinsel, mein Leben sei in Gefahr und versetzt meine gesamte Familie in Angst und Schrecken, dann lässt er sich die Dienstwaffe abknöpfen und dann sieht er auch noch tatenlos zu, wie diese Göre winke, winke macht, in den Streifenwagen steigt und sich auf Nimmerwiedersehen verdünnisiert. Wissen Sie was, Herr Kommissar? Ihre Beamten sind dümmer, als die Polizei erlaubt.«

»Erstens: Ich bin Kriminalhauptkommissar. Zweitens: Wie Ihnen als Stellvertretendem Innensenator bekannt sein dürfte, sind Streifendienst und Kripo zwei verschiedene Stiefel.«

»Was Sie nicht sagen, Herr Sydow!«, höhnte der 43-jährige Verwaltungsfachmann, im Schöneberger Rathaus als graue Eminenz bekannt, während er sich alle Zeit der Welt ließ, um das Whiskyglas auf dem Gartentisch aus italienischem Marmor abzustellen. »Darauf wäre ich nun wirklich nicht gekommen.«

»*Von* Sydow, falls es keine Mühe bereitet. Und was den von Ihnen erwähnten Beamten betrifft, so etwas kann jedem mal …«

»Ein Kommissar aus märkischem Geblüt, was für eine Ehre. Willkommen in meinem bescheidenen Refugium. Ich nehme an, Sie können Ihren Stammbaum bis zu Adam und Eva zurückverfolgen.«

»Leider nicht.«

»Sie enttäuschen mich, Herr Kriminalhauptkommissar.«

»Einer meiner Vorfahren in direkter Linie hat als Generalleutnant unter Friedrich dem Großen bei Leuthen gedient. Falls Ihnen der Name etwas sagt, Herr Lahnstein.«

»Ja, wenn das so ist, muss ich Abbitte leisten. Wahrscheinlich ist das auch der Grund, weshalb die Preußen den Sieg davongetragen haben, oder?«

»Ich fürchte nein. Wahrscheinlich hat der Alte Fritz einfach nur Glück gehabt. Wie so oft.«

»Das Gleiche wünsche ich Ihnen bei Ihren Ermittlungen, Herr Kommissar«, erwiderte Lahnstein, der es nicht für nötig hielt, sich zu Sydow und Krokowski umzudrehen. »So, wenn es Ihnen nichts ausmacht, würde ich jetzt gern meinen Geschäften nachgehen. Guten Tag, Herr Hauptkommissar. Ich nehme an, Sie finden allein hinaus.«

»Auf die Gefahr, dass mir eine Abmahnung auf den Tisch flattert: Ich werde dann gehen, wenn meine Fragen in zufriedenstellender Weise beantwortet worden sind.« Ohne den Rippenstoß, den Krokowski ihm verpasste, zu registrieren, bewegte sich Sydow auf das versenkbare Panoramafenster zu, wo er mit unbewegter Miene verharrte. »So viel Zeit muss sein, finden Sie nicht auch, Herr Fraktionsvorsitzender?«

»Wann, wo und wie lange ich der Polizei zur Verfügung stehe, entscheide immer noch ich. Haben wir uns verstanden, Herr von Sydow? So, und jetzt tun Sie mir den Gefallen und verlassen mein Haus. Sonst bleibt mir nichts übrig, als mich höheren Orts über Sie zu …«

»Einen feuchten Schmutz werde ich tun.«

»Wie bitte?« Zum ersten Mal während des Gesprächs drehte sich Hans-Dietrich Lahnstein, aussichtsreichster Kandidat für den Posten des Regierenden Bürgermeisters, zu dem in seinen Augen subalternen Beamten um. »Ich muss doch sehr bitten, Herr von Sydow. Wo ist bloß Ihre adelige Kinderstube geblieben?«

»Falls Sie mir Manieren beibringen wollen, sparen Sie sich die Mühe. Meine Mutter hat es schon vor 40 Jahren aufgegeben.«

»Wie bedauerlich«, gab Lahnstein zurück, schnellte in die Höhe und trat auf Sydow zu. Der Wortführer im Abgeordnetenhaus sah älter aus, als er war, verwandte jedoch viel Mühe darauf, die Spuren des Alterungsprozesses zu kaschieren. Seine Anzug, selbstverständlich nicht von der Stange, wirkte salopp und jugendlich, ein Eindruck, der durch das Poloshirt aus dem Hause Yves Saint Laurent unterstrichen wurde. Ein Halstuch mit Karo-Muster durfte natürlich nicht fehlen, und sei es nur, um dem gebräunten Sonnyboy die gewünschte Note zu verleihen. Nicht recht ins Bild passen wollte dagegen der Geruch, den der Spitzenpolitiker verströmte. Hans-Dietrich Lahnstein roch nicht nur nach Alkohol, er stank danach, worüber die Tatsache, dass er sich wie ein Salonlöwe gebärdete, nicht hinwegtäuschen konnte. Hinzu kam sein grobschlächtiges Gesicht, was ihn vulgär, um nicht zu sagen abstoßend erscheinen ließ. Die Wähler seiner Partei, zu denen Sydow nicht gehörte, schienen dies jedoch anders zu sehen als er, war der 43-jährige Aufschneider doch so populär wie kaum ein anderer Politiker in Berlin. »Versuchen Sie es doch mal mit dem Knigge. Das hilft.«

»Es würde mir viel mehr helfen, wenn wir uns wie normale Menschen unterhalten könnten.«

»Und worüber?«, zischte der Fraktionsvorsitzende und bewegte sich wie ein beutegieriges Reptil auf Sydow zu. »Soweit ich weiß, bin ich Ihnen keine Rechenschaft schuldig.«

»Kommt Ihnen das bekannt vor, Herr Lahnstein?«, gab Sydow zurück, der das Imponiergehabe des Hausherrn mit einem müden Lächeln quittierte. »Ist zwar schon länger her, aber wie ich Sie kenne, lässt Sie das Gedächtnis nicht im Stich.«

»Was ist das?«

»Um Ihre kostbare Zeit nicht zu vergeuden, werfen Sie doch bitte einen kurzen Blick auf die Rubrik *Als Zeugen.*

Das erspart ihnen langatmige Erklärungen.« Um seiner Aufforderung Nachdruck zu verleihen, deutete Sydow auf die Unterkante der Schwarz-Weiß-Vergrößerung, die er Lahnstein in die Hand gedrückt hatte. »Na, was sagen Sie dazu?«

»Wo haben Sie das her?«

»Von einem Mann, der es sich zur Aufgabe gemacht hat, dass die Opfer der Nazi-Diktatur nicht in Vergessenheit geraten«, warf Krokowski ein, im Gegensatz zu Sydow in gemäßigtem Ton. »Genauer gesagt: Er ist seit über zehn Jahren damit beschäftigt, sämtliche Details über die Exekutionen zusammenzutragen, die in Plötzensee vollzogen wurden, speziell über diejenigen im Gefolge des 20. Juli 1944.«

»Tja, so viel Zeit müsste man haben.«

»Mit Verlaub, sein Sohn befand sich unter den Opfern.«

Lahnstein verzog keine Miene. »Hat dieser Er auch einen Namen?«

»Herr Abgeordneter«, erwiderte Krokowski im Stil eines Oberlehrers, der einem begriffsstutzigen Schüler grundlegende Sachverhalte einzubläuen versucht, »Sie wissen ebenso gut wie ich, dass wir nicht befugt sind, Details über laufende Ermittlungen preiszugeben.«

»Falls Sie es noch nicht gemerkt haben, Herr …«

»Krokowski. Selbstverständlich ist dem Kollegen Sydow und mir bekannt, dass Sie über gewisse Grundkenntnisse betreffend die Arbeit der Berliner Kripo verfügen.«

Grundkenntnisse. Um nicht laut loszubrüllen, musste Sydow seine ganze Selbstbeherrschung aufbieten. Kroko war wirklich eine Wucht. Das musste ihm der Neid lassen.

»Wie bitte? Grund…?«

»Und da dem so ist, kommen wir nicht umhin, uns an die Vorschriften zu halten. Das sehen Sie doch ein, Herr Abgeordneter, oder?« Krokowski setzte ein Lächeln auf, das zurückhaltende Beobachter als heuchlerisch eingestuft hätten. »So, und jetzt darf ich Sie bitten, uns ein paar Auskünfte zu erteilen. Keine Scheu, es ist nur zu Ihrem Besten.«

»Bedaure, Herr Kommissar. Ich wüsste nicht, was ich zur Klärung des Sachverhaltes beitragen könnte.«

»Herr Abgeordneter«, wiederholte Krokowski, trat neben Sydow und setzte einen Blick auf, um den ihn Humphrey Bogart alias Philip Marlowe beneidet hätte. »Innerhalb kürzester Zeit sind zwei von vier Personen auf mysteriöse Weise umgekommen, die auf der Ablichtung des Urteils vom 15. August 1944 als Beisitzer des Volksgerichtshofes aufgeführt werden. Der Vorsitzende Richter Freisler selbstverständlich nicht mitgerechnet. Wie unsere Recherchen ergaben, ist eine weitere Person, nämlich der an vorletzter Stelle genannte Ingenieur Matuschek, vor fünf Tagen eines natürlichen Todes gestorben. Bleiben also nur noch Sie, Diplom-Verwaltungsrat Lahnstein. Darf man erfahren, wie alt Sie zum damaligen Zeitpunkt waren?«

»21.«

»Erstaunlich.«

»Was denn?«

»Dass man es in jungen Jahren schon so weit bringen kann. Bitte verstehen Sie das nicht falsch. Ich meine es als Kompliment.«

Kurz vor einem Lachanfall, rang Sydow um Fassung. Von Kroko konnte selbst er noch etwas lernen.

Ein Kompliment, das zur Abwechslung ernst gemeint war. »Damit wir uns nicht falsch verstehen, Herr Abgeordneter. Ihre damalige Tätigkeit, so verwerflich sie auch erscheinen mag, steht hier nicht zur Diskussion. Uns beide interessiert allein die Frage, wer sich zum Ziel gesetzt haben könnte, die überlebenden Mitglieder des Tribunals zu töten.«

»Na, wer denn wohl!«, raunzte Lahnstein und funkelte Krokowski wütend an. »Diese Göre, die mit dem Streifenwagen verduftet ist.«

»Ihren und den Angaben unserer beiden Kollegen zufolge scheint es sich um eine vergleichsweise junge Frau gehandelt zu haben. Das wiederum legt den Verdacht nahe, es drehe sich um eine Person, die zu den Todeskandidaten auf der Liste in enger Beziehung steht, will sagen: um ein Kind oder eine enge Verwandte.«

»Na und? Was habe ich denn damit zu tun?«

Krokowskis Blick verengte sich. »Bei allem Respekt, Herr Abgeordneter«, antwortete er, kurz davor, seine Zurückhaltung abzulegen und Lahnstein wider jegliche Vernunft zusammenzustauchen. »Sind Sie tatsächlich so oberflächlich oder tun Sie nur so?«

»Ich verbitte mir diesen Ton, Herr Kriminalkommissar. Noch ein Wort, und ich werde mich mit dem Innensenator in Verbindung setzen. Was das für Folgen haben wird, überlasse ich Ihrer Fantasie.«

»Ich fürchte, Sie verkennen die Situation«, schaltete sich Sydow ein, im Vergleich zu vorhin zurückhaltender, dafür aber mit überbordender Verachtung im Ton. »Noch ein Wort Ihrerseits, und ich sehe mich gezwungen, die Presse zu informieren. Was glauben Sie, Herr Fraktionsvorsitzender, wie sich die Redakteure unserer Revolverblätter freuen werden. Und nicht nur die. Ich sehe schon die Schlagzeilen vor mir: ›Kandidat gnadenlos‹. Oder, moderater ausgedrückt: ›Polit-Skandal erschüttert Berlin‹. Ich will ja nicht in Pessimismus machen. Aber wenn das rauskommt, können Sie den Regierenden abschreiben. Halb Berlin wird Jagd auf Sie machen, Parteifreunde, bei denen Sie mit Ihrer Art anecken, nicht zu vergessen. Was das für Folgen haben wird, Herr Lahnstein, überlasse ich Ihrer Fantasie. Apropos Fantasie. Wo haben Sie eigentlich die hübschen Bilder her?« Obwohl es nicht seine Art war, genoss Sydow den Triumph in vollen Zügen, ließ den Blick an den Wänden des Wohnzimmers entlangwandern und sah Lahnstein, der aus allen Wolken fiel, direkt ins Gesicht. »Ich bin zwar kein Kunstexperte, aber was Sie hier rumhängen haben, würde jedem Museum Ehre machen. Ich meine es als Kompliment, nicht etwa anklagend.«

Kreidebleich im Gesicht, ließ sich Lahnstein auf den nächstbesten Sessel sinken. »Was wollen Sie von mir?«

»Wie gesagt: Ihre Tätigkeit als Richter des Volksgerichtshofes steht hier nicht zur Diskussion. Noch nicht.« Sydow und Krokowski tauschten einen kurzen Blick. »Uns beide interessiert nur eines, nämlich die Frage, ob Sie sachdienliche Hinweise machen können.«

Lahnstein schüttelte den Kopf.

»Hinweise, die zur Ergreifung der Täterin führen könnten.«

»Ich fürchte, damit kann ich nicht dienen, Herr Hauptkommissar.«

Sydow ließ nicht locker. »Denken Sie nach, Lahnstein«, drängte er. »Gibt es jemanden, der eine Rechnung mit Ihnen offen hat?«

»Wie Sie schon sagten, Herr von Sydow: Von der Sorte gibt es viele.«

»Na schön, dann eben ›hatte‹: Ist Ihnen während der damaligen Gerichtsverhandlung jemand aufgefallen, der …«

Sydow kam nicht dazu, den Satz zu vollenden. »Herr Hauptkommissar, Herr Hauptkommissar, wir haben ihn gefunden!«, rief der Streifenpolizist, der auf die Flüchtende geschossen hatte. »Verzeihung, dass ich einfach so rein platze, aber ...«

»Was haben Sie gefunden, Berthold?«

»Den Streifenwagen, Herr Sydow«, keuchte der Blondschopf, der eine verblüffende Ähnlichkeit mit dem jungen Hardy Krüger besaß, rang nach Luft und ergänzte: »Nicht weit von hier, höchstens 500 Meter!«

BLUTRICHTER (II)

»Mein Führer! Ihnen, mein Führer, bitte ich melden zu dürfen: Das Amt, das Sie mir verliehen haben, habe ich angetreten und mich inzwischen eingearbeitet. (...) Der Volksgerichtshof wird sich stets bemühen, so zu urteilen, wie er glaubt, dass Sie, mein Führer, den Fall selbst beurteilen würden. Heil, mein Führer! In Treue, Ihr politischer Soldat Roland Freisler.«

(Roland Freisler am 15.10.1942)

DRITTES KAPITEL

»Die Männer des 20. Juli waren Patrioten, und sie liebten Deutschland.«

(Philipp von Boeselager, Angehöriger des Widerstandes vom 20. Juli 1944, im Jahre 2003)

16

Ost-Berlin, Bezirk Lichtenberg | 12:20h

»Du hättest auf mich hören sollen. Dann wäre das alles nicht passiert.« Im Kollegenkreis galt Heinz Gutberleit, 43 Jahre alt, hager und früh ergraut, als zurückhaltend und scheu. Dass nicht er, sondern seine Frau die Hosen anhatte, war allgemein bekannt, aber das schien den Angestellten der Deutschen Reichsbahn nicht zu stören. Er ließ die Leute reden, ging treu und brav seiner Arbeit nach und kümmerte sich weder um Politik, noch um Parolen, noch um das, was die Parteileitung als gesellschaftspolitisches Engagement bezeichnete.

Marlies, seine zwei Jahre jüngere Ehefrau, war dagegen aus einem anderen Holz geschnitzt. Die gelernte Näherin und Parteiaktivistin der ersten Stunde hatte sich im Lauf der Jahre bis zur Position der Personalleiterin im VEB Funkwerk Köpenick hochgearbeitet und strebte einen Posten in der Bezirksleitung der SED an. Entsprechend skeptisch war die 41-Jährige, was die politische Zuverlässigkeit ihres Mannes betraf. Der Grund, weshalb es immer häufiger zu Auseinandersetzungen kam.

Wie heute, kurz vor Schichtbeginn bei der Instandhaltung, wo Gutberleit als Mechaniker tätig war. Gegen den Willen seiner Frau hatte Heinz den Fernsehapparat eingeschaltet und die Mittagsnachrichten im SFB angeschaut. Das allein war schon schlimm genug und für Marlies, die auch hier die Parteilinie vertrat, gleichbedeutend mit Landesverrat und Kollaboration mit dem Klassenfeind. Aber es sollte noch schlimmer kommen. Der Ehekrach näherte sich gerade seinem Höhepunkt, als die Streitenden auf einen Schlag verstummten, die Hände vor dem Mund und den Blick auf der Mattscheibe, wo soeben ein Fahndungsaufruf der Kripo Berlin verlesen wurde. Für Marlies und Heinz brach eine Welt zusammen, und es dauerte mehrere Minuten, bis sie ihre Sprache wiederfanden.

Im Gegensatz zu sonst, wo Marlies das große Wort führte, war es Heinz, der die Initiative ergriff. Dabei nahm er kein Blatt vor den Mund, und was er zu sagen hatte, ließ an Deutlichkeit nichts zu wünschen übrig. »Hab ich dir nicht immer wieder gesagt, du sollst keine schlafenden Hunde wecken? Aber nein! Du musstest ja unbedingt deinen Dickschädel durchsetzen. Das ist deine Schuld, Marlies, den Vorwurf kann ich dir nicht ersparen.«

»Irgendwann hätte sie es erfahren, Heinz. Ich musste es ihr sagen.«

»Gar nichts musstest du!«, gab der ansonsten so introvertierte Betriebsmechaniker zurück, schaltete den Fernsehapparat aus und trat ans offene Fenster. »Ihren Vater haben sie heute vor 22 Jahren aufgehängt, und ihre Mutter ist kurz nach ihrer Geburt gestorben. Verstehst du, was ich damit sagen will? Wir waren ihre Eltern, du und ich. Und jetzt kommst du daher und machst alles kaputt.«

»Sie hatte ein Recht darauf, es zu …«

»Bitte nicht schon wieder, Marlies. Ich kann's wirklich nicht mehr hören.«

»Ob du es wahrhaben willst oder nicht, Heinz: Irgendwann wäre es rausgekommen.« Der Körper der Frau straffte sich. »Und was dann, kannst du mir das sagen? Dann wären wir als Lügner dagestanden.«

»Ich weiß nicht, wie oft wir das schon durchgekaut haben. Aber meinetwegen.« Gutberleit seufzte aus tiefster Seele. »Angenommen, ihre Eltern würden noch leben. Dann sähe die Sache ganz anders aus. Dann könnte ich es verstehen, wenn dich dein Gewissen drückt. Aber das ist nun mal nicht so. Und deshalb war es idiotisch, ihr reinen Wein einzuschenken. Hab ich dir prophezeit, dass nichts Gutes dabei rauskommt, ja oder nein? Na also.«

»Ist dir eigentlich klar, was du für einen Stuss daherredest?«, rief die mittelgroße, sorgfältig frisierte und mit einem knielangen grauen Rock sowie bis oben zugeknöpfter Bluse bekleidete SED-Anhängerin aus und schoss wie ein Pfeil in die Höhe. »Wer hat sich denn um sie gekümmert, als ihre Mutter auf der Strecke geblieben ist – du oder ich? Wer wurde denn ins KZ gesteckt, weil ein Genosse V-Mann der Gestapo war, du oder ich? Und wer hat dafür gesorgt, dass wir nach dem Krieg über die Runden gekommen sind, der Herr Obergefreite oder ich? Kann es sein, dass dich dein Gedächtnis hin und wieder im Stich lässt, Heinz?«

»Lenk nicht ab, Marlies. Was heute passiert ist, musst du auf deine Kappe nehmen, nicht ich.«

»Ja, ja, ich weiß: Wenn's gegen mich ging, wart ihr beide euch immer einig. Melissa war immer Papas Mädchen, Mama kam unter ferner liefen. Dabei hab ich alles getan, um die Kleine über die Runden zu bringen. Und was war der Dank? Sie hat mir immer nur Ärger gemacht. In den Westen aufs Gymnasium, tolle Idee! Ich konnte von Glück sagen, dass sie mich nicht vor die Tür gesetzt haben. Mensch, Heinz: Du weißt doch selbst, wie das bei uns ist. Wenn deine Tochter nur aneckt und du sie dann auch noch nach Reinickendorf aufs Gymnasium schickst, kannst du einpacken. Für alle Zeiten. Ich konnte von Glück sagen, dass ich während der Nazi-Zeit im Untergrund tätig war. Sonst wäre ich hochkant rausgeflogen. Und dann wär's bergab mit uns gegangen, das weiß ich gewiss.«

»Und ich weiß, dass Melissa keine Mörderin ist.« Gepeinigt von der Hitze, die seit Tagen über der Stadt lag, schloss der Betriebsmechaniker das Fenster, zog die Vorhänge zu und rüstete zum Aufbruch. »Da bin ich mir 100-prozentig sicher.«

»Wo willst du hin?«

»Zur Arbeit, wohin denn sonst«, gab Heinz Gutberleit zurück, blickte auf die Uhr und trottete in die Küche, um seine Aktentasche zu packen. »Ich muss als Kontrolleur einspringen, und das an meinem freien Tag. Der Sozialismus, er lebe hoch! Vorwärts zum Wohl der Arbeiterklasse, ihrer Partei und der Deutschen Demokratischen Republik. Kampf dem Klassenfeind, Kampf den Fronstadt-Aktivisten, Boykotteuren und Diversanten!«

»Wenn du so weitermachst, buchten sie dich ein.«

»Ach weißt du: Mich kann nichts mehr erschüttern.«

»Du verheimlichst mir etwas, ich seh's dir an.« Ohne den Seitenhieb zu parieren, den sie an anderer Stelle nicht auf sich sitzen gelassen hätte, folgte Marlies Gutberleit ihrem Mann zur Tür. »Jetzt sag schon, Heinz. Was hast du vor?«

»Abwarten«, lautete die einsilbige Antwort, als Gutberleit die für DDR-Verhältnisse geräumige Dreizimmerwohnung verließ, an den Schirm seiner Mütze tippte und ohne sich umzudrehen im Treppenhaus verschwand. »Abwarten und Muckefuck trinken!«

17

Berlin-Schöneberg, Polizeipräsidium in der Gothaer Straße | 12:45 h

»Schussverletzung und daraus resultierender Blutverlust, feststellbar an der Polsterung des Fahrersitzes. Benutzung des Verbandskastens. Flucht zu Fuß, vermutlich in Richtung U-Bahn-Station Theodor-Heuß-Platz. Von dort aus Fahrt Richtung Bahnhof Zoo. Oder Kurs West, je nachdem.« Sydow nippte an seiner Kaffeetasse, stellte sie auf den Schreibtisch und heftete den Blick auf den Stadtplan, der nahezu die gesamte Schmalseite seines Büros bedeckte. »Oder wohin auch immer.«

Anders als bei den Kollegen, die sich mit der Teilung Berlins abgefunden hatten, stammte die Karte aus der Zeit vor dem Mauerbau, und solange er hier das Sagen hatte, würde sie auch hängen bleiben. In den vergangenen fünf Jahren war viel passiert, zu viel, um zu vergessen und zur Tagesordnung überzugehen. An der Mauer hatte es mehrere Tote gegeben, wobei das Schicksal von Peter Fechter besonders hohe Wellen geschlagen hatte. Es gehörte einiges dazu, einen Schwerverletzten volle 50 Minuten im Todesstreifen liegen zu lassen, und nicht nur er war vor knapp vier Jahren hellauf empört gewesen. Ganz West-Berlin war damals kopfgestanden, genauso wie im März, als ein 13- und ein 11-Jähriger bei der Flucht von Treptow nach Neukölln wie die Hasen abgeknallt worden waren. Sydow atmete tief durch. Tote hatte es wahrlich genug gegeben, auf beiden Seiten. Und es würde sie vermutlich weiterhin geben. Das bedeutete aber nicht, dass man sich vor vollendete Tatsachen stellen lassen und die Mauer als etwas Unabänderliches hinnehmen musste. Zumindest er brachte das nicht fertig – und würde es wohl auch in Zukunft nicht fertigbringen. »Ich weiß nicht, weit kann die junge Dame nicht gekommen sein. Oder was meinst du, Kroko?«

Krokowski wiegte das sorgfältig frisierte Haupt. »Eigentlich nicht. Wer so viel Blut verliert, braucht einen Arzt. Sonst macht er es nicht lange.«

»Und was, wenn sie sich in den Westen abgesetzt hat?«

»Unwahrscheinlich.« Krokowski schüttelte entschieden den Kopf. »Wenn überhaupt, ginge das nur per Flugzeug. Weit würde sie auf die Tour aber nicht kommen, wenn sie Pech hat, nicht mal bis zum Abfertigungsschalter. In Tempelhof treiben sich mittlerweile so viele Kollegen rum, dass sie sich gegenseitig auf die Füße treten. Außerdem wurden jede Menge Fahndungsplakate gedruckt, mehr als 5000, soweit ich weiß. Wenn du meine Meinung hören willst, Tom: Diese Frau überlässt nichts dem Zufall. Die weiß genau, was sie tut. So dumm, uns in die Arme zu laufen, wird sie nicht sein. Darauf brauchen wir nicht zu hoffen. Das Beste ist, wir warten auf neue Hinweise. Anders, fürchte ich, wird ihr nicht beizukommen sein.«

»Apropos Hinweise«, richtete Sydow das Wort an Waldenmaier, der es kaum erwarten konnte, in Aktion zu treten. »Wie ist der derzeitige Stand, Waldi?«

»Recht ermutigend, würde ich sagen«, warf der Kriminalassistent ein, überflog seine Notizen und sagte: »Vor etwa zehn Minuten hat eine gewisse Frau Schwiers angerufen, Verkäuferin im KaDeWe. Schenkt man ihrer Aussage

Glauben, hat sich die Gesuchte kurz nach Ladenöffnung mit neuen Klamotten eingedeckt, die der Beschreibung des Kollegen Berthold vom Streifendienst entsprechen. Jeans, Allerweltsbluse und Strickweste für zwölfneunzig, stimmt alles überein. Aber das Beste kommt noch.«

»Machs nicht so spannend, Waldi. Sonst stehen wir noch heute Abend hier rum.«

Waldenmaier grinste breit. »Wer weiß, vielleicht ist sie gar nicht so gewieft, wie wir annehmen.«

»Heißt?«

»Laut Aussage der Kassiererin soll die Tatverdächtige unmittelbar nach dem Kauf ihrer Nullachtfünfzehn-Klamotten in die Umkleidekabine gegangen sein. Weshalb, brauche ich wohl nicht zu sagen.«

Sydow schnitt eine unwirsche Grimasse. »Und was soll daran so ungewöhnlich sein? Kommt bei flüchtigen Ganoven öfter vor, oder?«

»Das Ungewöhnliche, Herr Sydow, besteht darin, dass sie ihren Dior-Fummel in die Einkaufstüte gesteckt und vergessen hat, sie mitzunehmen. Das zum Thema Professionalität.«

»Hm.« Sydow dachte angestrengt nach. »Übermäßig routiniert sieht das nicht aus, da gebe ich dir recht, Waldi. Dein Fazit?«

»Früher oder später werden wir ihr auf die Spur kommen, da bin ich mir sicher.« Waldenmaier klappte seinen Notizblock zu, schenkte sich Kaffee nach und schloss mit der Bemerkung: »Die Frage ist nur, wann.«

»Dein Optimismus in allen Ehren, Waldi«, entgegnete Sydow, nickte dem jungen Mann aufmunternd zu und konzentrierte sich erneut auf den Stadtplan. »Aber da wäre ich mir nicht so sicher.«

»Plakate in rauen Mengen, Fahndungsaufrufe im SFB und im RIAS, Fotos in den Zeitungen. Ich wüsste nicht, was es noch zu tun gäbe.«

»Sieht so aus, als hättest du recht, Kroko«, murmelte Sydow, während sein Zeigefinger dem Streckenverlauf der Linie 2 zwischen Bahnhof Zoo und Theodor-Heuß-Platz folgte. »Ich rekapituliere, meine Herren: Etwa zehn nach acht, eine Dreiviertelstunde früher als gewöhnlich, betritt die Sprechstundenhilfe Edeltraut Hamm das Haus Nummer 54 in der Koenigsallee in Berlin-Grunewald und wird von der Tatverdächtigen angerempelt. Der Beschreibung von Fräulein Hamm zufolge handelt es sich dabei um die gleiche Person wie auf dem Bild, das eine gewisse Frau Mergel von ihrem ungeliebten Brötchengeber Schultze-Eckardt geschossen hat. Um jene Frau also, die – vorsichtig ausgedrückt – dringend verdächtigt wird, mit dem Tod von Volksgerichtsrat a.D. Schultze-Eckardt sowie dem Dahinscheiden von SS-Hauptsturmführer Gisevius, seines Zeichens Arzt ohne Promotion, in Verbindung zu stehen. Soweit korrekt?«

Krokowski und Waldenmaier nickten.

»Nachdem sie das Haus in Grunewald verlassen hat, begibt sich die genannte Person ins KaDeWe, höchstwahrscheinlich per U-Bahn. Dort tauscht sie ihre exquisite Garderobe gegen unauffällige Freizeitbekleidung aus, in der Hoffnung, weniger Aufmerksamkeit zu erregen. Pech für sie, dass die Verkäuferin, eine gewisse ...«

»Schwiers. Erna Schwiers.«

»Danke, Waldi, wenn wir dich nicht hätten.« Sydow stürzte seinen Kaffee hinunter, schenkte nach und sagte: »Kurzum: Anders als geplant wird die Tatverdächtige erkannt und verlässt gegen ... äh ... wann genau hat sie das KaDeWe verlassen?«

»Um halb zehn«, triumphierte Waldenmaier, klug genug, seine Gedanken für sich zu behalten. »Wobei die Frage auftaucht, wo sie sich die nächsten eineinhalb Stunden rumgetrieben hat. Was ich damit sagen will, ist: Um vom KaDeWe zu Lahnsteins Villa im Westend zu kommen, braucht man eine Dreiviertelstunde, aber nur, wenn man sich Zeit lässt. Die Herren verstehen, was ich meine?«

Sydow nickte. »Wir sind nicht so doof, wie wir aus der Wäsche gucken«, lästerte Sydow, insgeheim froh, jemanden wie Waldenmaier unter seinen Fittichen zu haben. »Aber du hast recht. Die Frage ist, wo sie sich in der Zwischenzeit … Mensch, Molli, muss das sein? Wir sind mitten in einer Besprechung!«

»Ja, muss es.« Anneliese Mollig, seit knapp 20 Jahren Sydows Sekretärin und gewohnt, den rauen Umgangston zu ignorieren, ließ sich nicht beirren. »Langsam geht mir die Frau auf die Nerven.«

»Welche Frau denn, ver…«

»Sie heißt Pommeranke oder so ähnlich. Und hat schon fünf Mal angerufen.« Die resolute Mittfünfzigerin, die außer Sydow keine weiteren Götter neben sich duldete, rückte ihre Hornbrille zurecht und sagte: »Ich wollte sie abwimmeln, aber es war nicht möglich.«

»Und um was handelt es sich?«

»Um die Küsterin der Sankt Johanniskirche in Alt-Moabit. Sie war völlig aufgelöst, der Verzweiflung nah.« Sydows Sekretärin runzelte die Stirn. »Sie sagt, der Pfarrer der Gemeinde habe eine für zwölf Uhr angesetzte Hochzeit vergessen. Und sei nirgendwo auffindbar.«

»Was weiß ich, vielleicht ist er mit der Brautjungfer durchgebrannt.«

»Ich finde das nicht witzig, Herr Hauptkommissar.«

»Und ich finde, die gute Frau sollte sich an den örtlichen Polizeiposten wenden«, hielt Sydow höflich, aber bestimmt dagegen, setzte sein Sonntagslächeln auf und eskortierte seine Mitarbeiterin zur Tür. »Sie sehen doch, wir haben zu tun. Und außerdem sind wir hier bei der Kripo – und nicht bei der Inneren Mission.«

Sydows Wunsch, die Besprechung fortzusetzen, erfüllte sich jedoch nicht. »Sind wir hier im Irrenhaus, oder was?«, schimpfte er, die Türklinke in der Hand, während das Telefon auf seinem Schreibtisch zu klingeln begann. »Verdammt noch mal, was ist denn jetzt schon wieder … Ach, du bist's, Lea, was gibt's?«

Es dauerte nur Bruchteile von Sekunden, bis Sydows Zorn abgeflaut war. Um zu begreifen, was Lea ihm mitgeteilt hatte, dauerte es jedoch erheblich länger.

»Wer?«, wiederholte er, immer noch fassungslos über den Bericht, den seine Frau am Telefon gab. »Hast du dich da auch wirklich nicht …?«

Der Rest von Sydows Frage ging in Leas harscher Antwort unter. »Zu deiner Information, Tom: Ich bin nicht schwerhörig!«, tönte aus dem Hörer, was bei Kroko und Waldenmaier für unterdrückte Heiterkeit sorgte. »Um halb zwei im Kranzler, hat er gesagt.«

»Und dann?«

»Na, was wohl? Dann ist er wieder gegangen.« Leas Unmut war nicht zu überhören. »Bis später Tom, ich muss mich um den Kleinen kümmern!«

»Bis später.«

»Ärger?«, witzelte Krokowski, was ihm angesichts der Miene, die Sydow machte, jedoch verging. »Irgendwas nicht in Ordnung?«

»Das kannst du aber laut sagen!«, versetzte Sydow,

winkte Waldenmaier heran und sagte: »Tu mir den Gefallen und frage bei Peters nach, wie weit er mit der Obduktion ist. Quatsch! Am besten, du fährst hin.«

»Und ich?«

»Du hältst solange die Stellung, Kroko. In ein, zwei Stunden bin ich wieder da.«

»Willst du mir nicht sagen, worum es geht?«

»Später!«, lautete die gleichermaßen einsilbige wie auch harsche Antwort, während Sydow sein Jackett überstreifte und Waldenmaier anwies, ihm zu folgen. »Eines kann ich dir jetzt schon garantieren: Du wirst auf deine Kosten kommen!«

18

Berlin-Moabit, Pfarrhaus der Sankt Johanniskirche in Alt-Moabit 23-25 | 13:05 h

»Nehmen Sie endlich die Pistole runter. Ich will Ihnen doch nur helfen.« Harald Janowitz, protestantischer Seelsorger in Alt-Moabit, galt als nüchtern, sachlich und unsentimental. Eigenschaften, die er dringender denn je benötigte. »Keine Sorge, vor mir brauchen Sie keine Angst zu haben.«

Die Hand auf der bandagierten Schulter, lachte Melissa Gutberleit auf. »Und wer garantiert mir, dass ich Ihnen trauen kann?«

»Ich.« Pastor Janowitz, dem man seine 62 Jahre nicht ansah, lächelte sein Gegenüber wohlmeinend an. Das Auffälligste an ihm waren seine hellblauen Augen, ergänzt durch die sonore Stimme, welche sich auf Anhieb einprägte. Ansonsten unterschied sich der ehemalige Gefängnispfarrer kaum von seinen Kollegen, weder durch die hohe Stirn, noch durch die fein geschnittenen Züge, das sorgsam gescheitelte Haar oder die diskrete Krawatte und die dunklen Anzüge, die er in der Öffentlichkeit trug. Ein Auftreten im Stil amerikanischer Fernsehprediger war dem promovierten Theologen ohnehin fremd. Um überzeugend zu wirken, so Janowitz, müsse man keine große Show abziehen, erst recht nicht, wenn man den Leuten die Leviten las. Der gebürtige Potsdamer war ein Mann der leisen Töne, nicht ohne Humor, aber auch nicht ohne Autorität. Janowitz sprach aus, was er dachte, und genau das war es, was seine Mitmenschen an ihm schätzten. »So, und jetzt tun Sie mir den Gefallen und legen den Schießprügel weg.«

Die Aufforderung stieß auf taube Ohren. »Nicht bevor Sie mir alles erzählt haben, was Sie wissen.«

»Wie soll ich das bewerkstelligen, wenn ich nicht weiß, wie Ihr Vater hieß?« Janowitz sah sein Gegenüber fragend an. »Ein wenig Vertrauen, junge Dame, würde ganz bestimmt nicht schaden.«

»Maximilian von Hardenberg«, presste Melissa nach kurzem Überlegen hervor, kaum fähig, die Smith & Wesson ruhig in der Hand zu halten. »Major im Generalstab, 36 Jahre alt und geboren in Berlin. Beteiligt am Attentat auf Adolf Hitler, abgeurteilt vom Volksgerichtshof, hingerichtet in Plötzensee.«

»Sie erlauben, dass ich eine qualme?«

Melissa nickte.

»Wie heißt es doch gleich: Ein Laster sollte der Mensch haben. Ich hoffe, der Herrgott wird es mir verzeihen.« Janowitz kratzte sich am Scheitel, stand auf und strich die Strähnen glatt, die von seiner Stirn bis hinter die Ohren reichten. Dann trat er ans Kaminsims und öffnete eine Schatulle, in der er seine Rauchutensilien aufbewahrte, unter anderem eine Bruyère-Pfeife samt Tabaksbeutel. »Und wieso ausgerechnet ich?«

»Es heißt, Sie seien dabei gewesen.«

»So, heißt es das.« Janowitz stopfte seine Pfeife, sog daran, wartete, bis der Rauch an die Decke des Arbeitszimmers emporstieg und flüsterte: »Erst der Richter, dann der Pfarrer, dann der Henker. So war das damals.«

»Kannten Sie ihn?«

»Gute Frage.« Janowitz nahm einen langen Zug. »Nun ja: Kennen wäre vielleicht zu viel gesagt, aber ...«

»Aber?«

»Verglichen mit anderen, mit denen ich am Abend vor der Hinrichtung gesprochen habe, hat er viel von sich erzählt. Von sich, seinen Motiven – und natürlich auch von seiner Frau.« Ohne auf das Klingeln an der Tür zu reagieren, fuhr der 62-Jährige fort: »Darf ich Sie etwas fragen, Fräulein …?«

»Melissa.«

Ein Schmunzeln im Gesicht, bewegte sich Janowitz auf den Ohrenbackensessel zu, räumte einen Stapel Bücher beiseite und nahm Platz. »Wie alt sind Sie eigentlich, Melissa?«

»Warum fragen Sie?«

»Nur so, aus Interesse.« Janowitz lehnte sich zurück und ergänzte: »Wenn mich meine Beobachtungsgabe nicht täuscht, sind Sie Anfang 20.«

»Stimmt.«

»Das heißt, Sie haben Ihren Vater nicht gekannt.«

»Genau das heißt es.« Kalkweiß im Gesicht, nahm Melissa die Hand von der rechten Schulter, legte die Pistole auf den Tisch und ließ sich auf den nächstbesten Stuhl fallen. Dann sagte sie: »Ich bin am 12. April 1945 geboren, falls Sie es genau wissen wollen.«

»Verstehe. Das bedeutet, weder Ihr …«

»Vater hatte keine Ahnung, dass Mutter schwanger war. Das ist richtig.«

»Wissen Sie, wann sich die beiden zum letzten Mal gesehen haben?«

»Am Tag des Attentats.«

»Und woher wissen Sie davon?«

»Eine lange Geschichte.«

»Ich kann zuhören, lassen Sie sich Zeit.«

Melissa lächelte matt. »Wirklich?«

»Wirklich. Wenn ich das nicht fertigbrächte, hätte ich meinen Beruf verfehlt.« Janowitz erwiderte das Lächeln, deponierte seine Pfeife in einem Aschenbecher und begab sich zu der Jugendstil-Kommode, die sich unmittelbar neben der Tür befand. »Vorschlag: Während Sie erzählen, sehe ich mir Ihre Schulter an. Wozu hat man vier Semester Medizin studiert, wenn man erworbene Fachkenntnisse nicht anwenden kann.«

»Warum tun Sie das, Herr Pfarrer?«, fragte Melissa, immer noch ein wenig skeptisch, als der Seelsorger eine Schublade öffnete, um die Hausapotheke hervorzukramen. Dann rappelte sie sich unter großen Mühen auf. »Ich glaube, es ist besser, wenn ich …«

»Kommt nicht infrage«, antwortete Janowitz, den Verbandkasten in der Hand, um ihn auf dem Tisch in der Raummitte abzustellen. Dann wandte er sich um, bedeutete Melissa, wieder Platz zu nehmen, und sah die Frau, die seine Enkelin hätte sein können, mit gerunzelten Brauen an. »So, und jetzt lassen Sie mal sehen. Tut verdammt weh, was?«

»Ich … Aua! … Ich fürchte, da kann ich Ihnen nicht widersprechen.« Das Gesicht vor Anstrengung gerötet, krempelte Melissa den Ärmel ihrer Bluse hoch. »Am besten, Sie setzen mich vor die Tür. Auf die Art bekommen Sie wenigstens keinen Ärger.«

»Keine Sorge, Melissa: Mich haut so schnell nichts mehr um.« Janowitz öffnete die Hausapotheke und förderte einen Wattebausch zutage, den er behutsam mit Jodlösung beträufelte. »Wer das Dritte Reich heil überstanden hat, den kann nichts mehr erschüttern. Fahndungsaufrufe im Radio inklusive.«

Melissa fuhr erschrocken auf. »Wollen Sie damit sagen, Sie …?«, stieß sie hervor, während der Pastor sie behutsam auf den Stuhl drückte. »Soll das heißen, Sie wissen Bescheid?«

»Sagen wir mal so: Ich kann eins und eins zusammenzählen.«

»Ich stehe unter Mordverdacht, Herr Pastor. Das ist Ihnen hoffentlich klar.«

»Natürlich. Zähne zusammenbeißen, jetzt tut's ein bisschen weh.« Ohne auf den Einwand einzugehen, begutachtete Janowitz die Wunde, betupfte sie mit dem Wattebausch und murmelte: »Gott sei Dank nur ein Streifschuss, Glück für Sie. Wäre es ein Volltreffer gewesen, hätten wir ein Problem.«

»Warum tun Sie das, Herr Pastor?«

»Nichts für ungut, Melissa, aber Sie wiederholen sich.« Die Andeutung eines Lächelns im Gesicht, nahm Janowitz die Mullbinde in die Hand, die griffbereit auf dem Tisch lag, löste den Verschluss und umrundete den Stuhl, um mehr Bewegungsfreiheit zu haben. »Sie werden es nicht glauben, aber selbst einer wie ich geht mit offenen Augen durch die Welt. Oder meinen Sie, nur weil ich Geistlicher bin, kriege ich nicht mit, was da draußen vor sich geht? Ich weiß zwar nicht mehr genau, wie viele Gefangene ich auf ihrem letzten Weg begleitet habe. Aber an die Namen, die während meiner Gespräche mit Ihrem Vater gefallen sind, kann ich mich noch gut erinnern. Von daher, Melissa, waren mir die Henker von einst ein Begriff. Und sind es immer noch.« Der Geistliche stieß einen gequälten Seufzer aus. »Mein Schöpfer möge es mir verzeihen, aber als ich die Nachrichten gehört habe, hat sich meine Bestürzung in Grenzen gehalten. Eins möchte ich jetzt trotzdem wissen, junge Dame. Waren Sie es oder waren Sie es nicht? Ich kann es mir zwar nicht vorstellen, aber ...«

»Ich auch nicht, Herr Pfarrer. Zu Ihrer Information: Ich habe die beiden nicht angerührt.«

»Dann ist es ja gut. Mehr wollte ich nicht wissen.« Janowitz war spürbar erleichtert. »So, jetzt tun Sie mir den Gefallen und halten das Ende der Mullbinde fest. Genau so, gut gemacht.« Dann nahm er einen Klebestreifen zur Hand und vollendete sein Werk. »Ich denke, das müsste fürs Erste reichen. Ohne jemanden vom Fach, fürchte ich, wird es auf Dauer trotzdem nicht gehen.«

»Danke. Das werde ich Ihnen nicht vergessen.«

»Gern geschehen.« Als habe er sein Lebtag nichts anderes getan, sammelte der Seelsorger seine Utensilien ein, verstaute sie in der Hausapotheke und wandte sich aufs Neue seiner Patientin zu. »Irre ich mich, oder wollten Sie mir nicht noch etwas erzählen?«

»Wie gesagt: eine lange Geschichte.«

»Sie wissen doch: Wer A sagt, muss auch B sagen.« Die Pfeife in der Hand, ließ sich Janowitz in seinen Ohrenbackensessel sinken. »Also: Wo waren wir stehen geblieben?«

»Bei der Frage, wie ich vom Schicksal meiner Eltern erfahren habe«, antwortete Melissa, zog den Ärmel wieder herunter und dachte nach. »Nichts leichter, als sie zu beantworten.«

»Und nichts schwerer, als darüber zu sprechen?«

Melissa deutete ein Nicken an. »Sei's drum: Wie bereits erwähnt, bin ich am 12. April 1945 geboren.«

»Und wo?«

»Im KZ Ravensbrück, kurz vor dem Einmarsch der Russen. Meine Mutter hat die Geburt nur um wenige Tage überlebt.«

»Sie hatten mehr Glück als Verstand, wissen Sie das?«
»Ich weiß. Wäre Marlies nicht gewesen, hätte ich keine Chance gehabt.«
Janowitz antwortete mit einem fragenden Blick.
»Meine Adoptivmutter«, erläuterte Melissa, knöpfte den Ärmel ihrer Bluse zu und erläuterte: »Mutter und sie waren Stubengenossinnen. Beschönigend ausgedrückt. In Wahrheit war Ravensbrück die Hölle.«
»Und nicht nur Ravensbrück, wie man mittlerweile weiß.« Der Blick des 62-Jährigen trübte sich. »Wie haben sich die beiden denn kennengelernt?«
»Mutter und Marlies? Im Polizeipräsidium am Alexanderplatz, soweit ich weiß.« Melissa runzelte die Stirn. »Größer hätten die Unterschiede nicht sein können, nach allem, was ich über meine leibliche Mutter weiß.«
»Aber sie haben sich zusammengerauft.«
»Das mussten sie auch, ob sie wollten oder nicht. Anscheinend war die Zelle ziemlich eng, in die man sie gesperrt hatte. Und ein Tummelplatz für Wanzen.« Melissa stöhnte kaum hörbar auf. »Meine Güte, tut das vielleicht weh. Wie dem auch sei. Die beiden waren aufeinander angewiesen. Da meine Mutter ein Kind erwartete, gab es einen Schwangerschaftsbonus in Form zusätzlicher Butterrationen. Und Zigaretten, wer hätte das gedacht. Aber die hat sie Marlies überlassen, weil sie mit dem Rauchen aufgehört hatte. Ansonsten müssen die Haftbedingungen unbeschreiblich gewesen sein. Von den Verhören, die Tag und Nacht stattfanden, gar nicht zu reden. So war das eben, bei Sippenhäftlingen kannte die Gestapo kein Pardon.«
»Und nicht nur bei ihnen.«
»Das stimmt. Wissen Sie, wie die beiden sich die Zeit vertrieben haben? Mit dem Basteln von Patiencekarten aus

Zigarettenschachteln. Eine Packung ergibt vier Karten, frei nach der Devise: Not macht erfinderisch.«

Der evangelische Geistliche nickte. »Wem sagen Sie das!«, bekräftigte er, sog an seiner Pfeife und wartete, bis sich der süßliche Qualm verzogen hatte. »Als Gefängnispfarrer kann ich Ihnen da nur zustimmen. Und wie lange blieb sie in der Roten Burg?«

»Nicht lange genug, wenn ich das so sagen darf. Das Schlimmste sollte ja noch kommen.« Sichtlich gezeichnet, ließ Melissa die Handfläche auf der rechten Schulter ruhen. »Tja, irgendwann scheint die Gestapo zu der Erkenntnis gekommen zu sein, dass aus Marlies und Mutter nichts mehr herauszuholen war. Deshalb wurden sie zusammen mit anderen Häftlingen von Berlin nach Ravensbrück überführt.«

»Wann genau?«

»An der Jahreswende 1944/45. Drei, vier Monate, und der Krieg wäre vorbei gewesen. Schlimmer konnte es wirklich nicht kommen.«

»Aber Ihre Mutter war doch …«

»Glauben Sie, es hat irgendjemanden interessiert, ob Mutter schwanger war?« Melissa lachte verächtlich auf. »Mit weit über 10.000 Häftlingen war das Lager hoffnungslos überfüllt, wobei man froh sein konnte, wenn man sich keine Krankheit geholt hat. Davon abgesehen war Mutter bestimmt nicht die einzige Insassin, die schwanger war. Sippenhäftlinge, Jüdinnen, Zigeunerfrauen, Prostituierte, Kriminelle, Lesben, Nonnen, Bibelforscherinnen, Zeugen Jehovas, Jenische. Ein falsches Wort, rassische Minderwertigkeit oder was auch immer: Gründe, um im größten Frauen-KZ des Reiches zu landen, gab es genug. Kaum verwunderlich, dass es unter solchen Bedingungen zu Epidemien kam.«

»Die Tausenden von Häftlingen und nicht zuletzt Ihrer Mutter das Leben kosteten.«

»Sie sagen es, Herr Pfarrer.« Melissas Blick irrte ins Leere. »Wissen Sie, was Marlies mir erzählt hat? Sobald klar war, dass eine der Frauen Typhus, Cholera oder Fleckfieber hatte, wurde sie auf schnellstem Weg in die Gaskammer transportiert. Fleckfieber in einem deutschen KZ – undenkbar. Zwangsarbeit schon eher. Oder Handlangerdienste beim Bau von V-2-Raketen. Oder Verwendung von Häftlingen für medizinische Experimente. Tut mir leid, wenn ich so zynisch bin. Aber leichter konnten es diese Verbrecher gar nicht haben.«

»Und Ihre Mutter? Was war mit ihr?«

»Als klar war, dass sie Typhus hatte, hat sie Marlies gebeten, sich um mich zu kümmern.« Aschfahl im Gesicht, kämpfte Melissa mit den Tränen. »Kurz darauf wurde sie abgeholt.«

»Wissen Sie, wo …?«

»Ob ich weiß, wo Sie beerdigt wurde?«

Janowitz nickte.

»Laut Marlies in einem Massengrab. Wo genau, ließ sich im Nachhinein nicht feststellen.«

»Wie bei so vielen.« Bevor er fortfuhr, ließ der Geistliche geraume Zeit verstreichen. Dann sagte er: »Hören Sie, Melissa, ich kann verstehen, wenn Sie einen Groll in sich tragen, aber …«

Kaum hatte Janowitz gesprochen, rappelte sich Melissa auch schon auf, suchte Halt an der Tischplatte und machte Anstalten, das Arbeitszimmer ihres Wohltäters zu verlassen. »Falls das eine Predigt werden soll, vergessen Sie's!«, stieß sie schwer atmend hervor. »Danke für alles, ich muss jetzt gehen.«

Weit kam die junge Frau, die sich mit zusammengebissenen Zähnen am Tisch entlang hangelte, jedoch nicht.

»Wenn es Sie nicht gäbe, Herr Pastor, dann hätte ich schon lange ein...« Die Klinke in der Hand, drehte sich Melissa Gutberleit um.

»...packen können.«

Dann geriet sie ins Taumeln und brach zusammen.

19

Berlin-Charlottenburg, Café Kranzler am Kurfürstendamm | 14:40 h

»Nicht wiederzuerkennen? Ich? Wie kommst du denn auf die Idee?«

»Einfach so, keine Ahnung.« Sydow wusste genau, dass das nur die halbe Wahrheit war. Wäre ihm Justus auf dem Ku'damm begegnet, hätte er ihn wohl nicht wiedererkannt. So deutlich, um nicht zu sagen krass, war der Unterschied gegenüber dem Schulkameraden von einst. Klar, es war lange her, seit er das Enfant terrible aus gemeinsamen Pennälertagen zum letzten Mal gesehen hatte, vor ziemlich genau 25 Jahren, falls seine Erinnerung nicht trog. Damals, wenige Tage vor dem Russland-Feldzug, waren sie sich zufällig über den Weg gelaufen, hatten sich zwei, drei Mal getroffen und anschließend wieder aus den Augen verloren. Wider Erwarten war der gelernte Konservator und Experte für altorientalische Sprachen am Pergamonmuseum im Herbst 1941 eingezogen worden, anders als Sydow, der sich in seiner Eigenschaft als Kripo-Beamter an der Heimatfront abrackerte.

Ein Vierteljahrhundert ließ sich nicht so einfach unter den Tisch kehren. Trotzdem hatte Sydow ziemlich lange gebraucht, um seinen Banknachbarn unter den Gästen im Obergeschoss des Kranzler ausfindig zu machen. Justus von Hardenberg, jüngerer Bruder eines Majors im Generalstab der deutschen Wehrmacht, war für zweifelhafte Scherze, groben Unfug, eine Rekordzahl an Verweisen und ein gestörtes Verhältnis zu so gut wie allen Lehrern am Gymnasium zum Grauen Kloster bekannt gewesen. In Schülerkreisen war er dadurch zu zweifelhaftem Ruhm gelangt, und es grenzte an ein Wunder, dass er nicht durchs Abitur geflogen war. Im Schatten seines Bruders, aus dem er sich nie befreien konnte, hatte er im Anschluss Griechisch und Latein studiert, ein noch größeres Wunder, wenn man berücksichtigte, dass er außer in Musik und Zeichnen keine Leuchte gewesen war. Allen Unkenrufen zum Trotz hatte er sich dennoch zu einem anerkannten Experten gemausert, was Sydow, mit dem er durch dick und dünn gegangen war, immer noch ein Rätsel war.

Justus von Hardenberg war in der Tat ein Mysterium, umso mehr, wenn man Vergleiche zwischen heute und gemeinsam durchlebten Schülertagen zog. Heute, auf den Tag genau 22 Jahre nach der Hinrichtung seines Bruders, war von dem Paukerschreck von einst so gut wie nichts übrig geblieben. Der rotblonde, vorlaute, zuweilen sprunghafte und stets zu Scherzen aufgelegte Exzentriker existierte nicht mehr. So hatte es zumindest den Anschein. Jussie, wie er damals gerufen wurde, hatte sich verändert, und zwar gehörig. Die zerzauste Mähne war einem modischen Kurzhaarschnitt gewichen, der rotblonde Farbton einem dezenten Grau. Alles an ihm, angefangen beim grauen Anzug über die randlose Brille bis hin zur dunklen Krawatte, die er über seinem gestreiften Freizeithemd trug, wirkte eher durchschnittlich und hatte mit dem Unruhestifter früherer Zeiten nichts zu tun. Das schwarze Schaf der Familie gab es nicht mehr, und Sydow fragte sich, wo der Hansdampf in allen Gassen geblieben war. »Wir sind älter geworden, was soll's.«

»Weißt du noch, wie sie uns damals genannt haben?«,

fragte der distinguierte Herr, in den sich der Leidensgefährte aus dem Grauen Kloster verwandelt hatte. »Wenn ich mich nicht irre, war es unser Direx, der uns beide so getauft hat.«

»Castor und Pollux, klar.«

»Lange her, was?«

»Verdammt lange sogar.« Um das Gespräch in andere Bahnen zu lenken, wechselte Sydow abrupt das Thema. »Du warst dabei, mir von deinem Bruder zu erzählen. Tut mir leid, dass ich dich unterbrochen habe.«

»Stimmt.« Justus von Hardenberg, der wie Sydow keinen Wert darauf legte, mit von angeredet zu werden, blickte gedankenverloren vor sich hin. »Aber nur, wenn ich dich nicht langweile.«

»Ihr seid fünf Jahre auseinander, hab ich recht?«, bohrte Sydow, der das Gefühl nicht loswurde, dass sein Schulkamerad mit verdeckten Karten spielte. »Wundert mich heute noch, wie verschieden ihr beide wart.«

»Wem sagst du das, Tom.«

»Und, wie ist es ihm ergangen?«, fragte Sydow, im Bewusstsein, wie merkwürdig die Frage war. Dank Krokos Recherchen wusste er hinlänglich Bescheid, und er war kurz davor, Justus einzuweihen. Dass er es dann doch nicht tat, gab ihm zu denken, war der Altersgenosse, der ihm gegenübersaß, doch sein bester Freund gewesen. »Er war Major, hab ich recht?«

»›War‹ ist das richtige Wort, Tom.« Die graubraunen Augen unter schweren Lidern verborgen, starrte Hardenberg gedankenverloren vor sich hin. »Auf den Tag genau vor 22 Jahren ist Max in Plötzensee hingerichtet worden.«

»Das tut mir leid.« Sydow hasste es, so zu tun, als habe er von alldem keine Ahnung, aber da er nicht wusste, was

Justus im Schilde führte, hielt er sich bedeckt. »Für deine Eltern muss das ein großer Schock gewesen sein.«

»Das war es. Dank seiner Verbindungen durfte Vater ihn noch besuchen. Ein schwacher Trost, aber immerhin.« Hardenberg nippte an dem Tee, den er sich bestellt hatte, schnaubte und blickte hinunter auf den Ku'damm, wo die übliche Hektik und Betriebsamkeit herrschte. »Hätte ich dem alten Kommisskopf nicht zugetraut.«

»Was denn?«

»Dass er sich dazu aufraffen würde, etwas gegen Hitler zu unternehmen. Wie dem auch sei: Anscheinend war es wirklich so. Wenn es stimmt, was man ihm vorwarf, war er in sämtliche Pläne eingeweiht. Stauffenberg jedenfalls hat große Stücke auf ihn gehalten.«

»Ändert nichts daran, dass er dran glauben musste.«

»Stimmt.« Es war auffällig, wenngleich völlig überflüssig, wie häufig Justus seine Umgebung musterte. Um diese Zeit war die Rotunde, von der aus man einen ungehinderten Blick auf den Ku'damm genoss, nur spärlich besucht, die Wahrscheinlichkeit, belauscht zu werden, mehr als gering. Dieser Tatsache zum Trotz hatte sich Hardenberg seit seinem Eintreffen bereits ein halbes Dutzend Mal umgeschaut, genau wie jetzt, wo sein Blick in dem mit Seidentapeten verkleideten Gastraum umherirrte. Jemand Verdächtiges, um es im Polizeijargon auszudrücken, war jedoch nicht zu entdecken, weder an den übrigen Tischen noch auf der Marmortreppe, über die man ins Mekka der Berliner Kaffeehäuser gelangte. »Was das betrifft, verstanden die Nazis keinen Spaß.«

»Schade. Hätte mich gefreut, wenn es dem einen oder anderen an den Kragen gegangen wäre.«

»Da bist du nicht der Einzige, Tom.« Hardenberg fuhr

über den Rand seiner Tasse, überlegte kurz und sagte: »Was meinen Bruder betrifft, er wurde am 21. verhaftet.«

»Wie hieß das Code-Wort doch gleich?«

»Walküre.«

»Genau, jetzt fällt's mir wieder ein.«

»Die Aufgabe von Max bestand darin, Alarm zu schlagen. Stauffenberg gibt das Okay, Mertz den Befehl zum Losschlagen, mein großer Bruder erledigt den Rest. Heißt: Er gibt den Befehl an die jeweiligen Wehrkreise weiter.« Hardenberg nippte an seinem Tee. »Keine üble Idee, dem Ganzen einen legalen Anstrich zu geben. Dieser Stauffenberg war nicht auf den Kopf gefallen, das muss ihm der Neid lassen.«

»Dumm nur, dass er einem Irrtum aufgesessen ist.«

»Ich verstehe nicht, wie man so viel Dusel haben kann. Eineinhalb Kilo Plastiksprengstoff, um den Gröfaz ins Jenseits zu befördern, und was passiert? Dieser Verbrecher überlebt.« Hardenberg schüttelte den Kopf. »Das verstehe, wer will.«

»Kam halt alles ein bisschen spät, findest du nicht?«

»Kann sein, dass du recht hast, Tom. Aber lassen wir das.« Hardenberg schob seine Teetasse auf die Seite, stützte die Ellbogen auf den Tisch und verschränkte die sorgsam manikürten Hände. »Anderes Thema, altes Haus. Wie ist es dir ergangen?«

»Komisch. Ich wollte dich gerade das Gleiche fragen.«

Hardenberg lächelte dünn. »Über mich gibt's nicht viel zu sagen!«, wich er aus und winkte scheinbar gelangweilt ab. »Reden wir lieber über dich. Wie man hört, hast du viel zu tun.«

Sydow erwiderte das gezierte Lächeln, trank seinen Mokka aus und erwiderte: »Du hast mir ausrichten lassen, es sei dringend. Also: Was liegt an, Jussie?«

»Ich wollte euch mitteilen, dass ihr hinter der Falschen her seid.«

»Wie bitte?« Sydow horchte entgeistert auf. »Sag das noch mal, Justus!«

Hardenberg verzog keine Miene, die Daumenkuppen fest aneinandergepresst. »Du hast richtig gehört, Tom. Die Frau, nach der ihr fahndet, war es nicht.«

»Wer dann?«

»Ich.«

»Willst du mich auf den Arm nehmen, oder was?«

»Nichts läge mir ferner, lieber Tom.«

Wenn er und Hardenberg unter vier Augen gewesen wären, hätte Sydow sein Temperament nicht zügeln können. »Sehe ich das richtig, Justus: Du behauptest, an der Ermordung von Harro Schultze-Eckardt beteiligt gewesen zu sein?«

»Ich behaupte es nicht nur, Tom. Es ist die Wahrheit.«

»Und warum hast du das getan?«

»Tu nicht so naiv, Tom. Das weißt du ebenso gut wie ich.« Die Ruhe in Person, zündete sich Hardenberg eine John Player an, klemmte sie zwischen Mittel- und Zeigefinger und legte eine geradezu aufreizende Lässigkeit an den Tag. »Schultze-Eckardt hat meinen Bruder auf dem Gewissen, ist das etwa nichts?«

»Und die Frau? Welche Rolle spielt sie?«

Hardenberg antwortete ohne Zögern. »Die des Lockvogels, Herr Kriminalhauptkommissar«, versetzte er, so entspannt, dass Sydow sich dadurch provoziert fühlte. »Im Grunde hat sie nichts damit zu tun.«

»Wer Behauptungen aufstellt, muss sie beweisen.« Sydow war wie vor den Kopf geschlagen. An einen Vorfall wie diesen konnte selbst er sich nicht erinnern, und das wollte in Anbetracht von über 30 Dienstjahren etwas heißen. »Apropos Beweis: Gibt es jemanden, der deine Aussage bestätigen kann?«

»Denkst du vielleicht, ich lüge?«

»Du warst dabei, ein Geständnis abzulegen. Lass dich nicht abhalten, Justus.«

»Dein Wunsch ist mir Befehl, Tom.« Hardenberg nahm einen kurzen Zug, beugte sich nach vorn und suchte Sydows Blick. »Da wir wussten, was für ein Zeitgenosse Schultze-Eckardt war, hatten wir verhältnismäßig leichtes Spiel.«

»Und was, bitte schön, bedeutet ›wir‹? Hat deine Komplizin einen Namen?«

»Du erwartest doch nicht, dass ich dir eine Antwort gebe, oder?«

»Doch.«

Hardenberg runzelte die Stirn. »So leid es mir tut, Tom. Das geht nicht. Was ich gesagt habe, muss genügen.«

»Tut es aber nicht.« Sydows Miene verhärtete sich. »Und warum erst jetzt, Justus – 22 Jahre später?«

»Du erlaubst, dass ich etwas weiter aushole?«

»Ich bitte darum.«

»Na schön.« Längst nicht mehr souverän wie zuvor, drückte Hardenberg seine John Player aus. »Weißt du noch, wann wir uns zum letzten Mal gesehen haben?«

Sydow nickte.

»Du kannst dir vorstellen, dass ich aus allen Wolken fiel, als mir der Einberufungsbescheid ins Haus geflattert ist. Aber was sollte ich machen. Hätte ich mich geweigert, wären sie mir auf die Pelle gerückt. Was blieb mir also übrig.« Hardenberg verzog das Gesicht. »Ab nach Russland, lautete folglich die Devise. Du kannst dir vorstellen, wie begeistert ich war.«

»Kann ich. Wäre mir nicht anders gegangen.«

»Na ja, wie dir bekannt ist, lief anfangs alles glatt. Die haben wir im Sack!, dachte ich. Pustekuchen. Ich weiß, es klingt merkwürdig, aber du machst dir keinen Begriff, wie groß dieses Land ist.« Hardenberg atmete tief durch. »Latsch, latsch, die Heide blüht, tagelang, wochenlang. Und vom Iwan keine Spur. Wir haben uns totgelaufen, im wahrsten Sinn des Wortes. Aber dann kam der Herbst. Und mit ihm der vermaledeite Regen. Rien ne va plus, mein Führer. Damit hatten wir nicht gerechnet. Schlamm, Dreck und Morast, so weit das Auge reichte. Panzervorstöße? Vergiss es, die sind allesamt im Schlamm stecken geblieben. Und was nun? Anschieben, damit es wieder vorwärts geht. Stundenlang, tagelang, bis zum Umfallen. Adolf, wir danken dir! Von wegen Blitzfeldzug. Die haben uns gezeigt, wo es langgeht, allen voran die Partisanen.«

»Tja, selbst schuld, wenn man denkt, Napoleon sei ein Dilettant gewesen.«

»Wie recht du doch hast, altes Haus.« Hardenberg winkte kopfschüttelnd ab. »Kurz darauf ging es dann erst richtig los. Ein Partisanenangriff nach dem anderen. Immer dann, wenn wir nicht damit gerechnet haben. Denen war nicht beizukommen, selbst wenn wir uns auf den Kopf gestellt hätten. Kurzum, es war die Hölle, die reine Hölle. Das Schlimmste sollte jedoch noch kommen.«

»Der Winter, ich weiß.«

Hardenberg verneinte. »Noch schlimmer.«

»Gibt's das?«

»Und ob es das gibt.« Sydows Schulfreund legte eine kurze Pause ein. Dann fuhr er fort: »Eines Tages – Anfang Oktober, soweit ich weiß – ist unsere Kompanie in einen Hinterhalt geraten. Viel hätte nicht gefehlt, und wir wären aufgerieben worden. Mehr als die Hälfte hat nicht überlebt.«

»Und was hat das alles mit Schultze-Eckardt zu …«

»Unter den Verwundeten, die es bis zum Lazarett geschafft haben, befand sich ein Oberleutnant aus Berlin, von Haus aus Jurist. Dreimal darfst du raten, wer ihn rausgehauen hat. Aber nur drei Mal.«

Sydow pfiff überrascht durch die Zähne. »Der Beginn einer langen Freundschaft, nehme ich an?«

»Schön wär's. Aber eines nach dem anderen. Ein paar Tage später sind wir dann wieder in Marsch gesetzt worden, gefolgt von der SS. Du ahnst, was jetzt gleich kommt?«

»Ich kann's mir denken.«

»Damit wir uns richtig verstehen: Vom Massaker bei Borissow haben wir nur gerüchteweise gehört, wenngleich aus verlässlicher Quelle. Was mich betrifft, hat es mir den Rest gegeben. Ich weiß, dass es unklug war, aber ich konnte einfach nicht die Klappe halten. Mein Pech, dass ich mich ausgerechnet Schultze-Eckardt anvertraut habe. So viel Menschenkenntnis, um ihn zu durchschauen, hätte ich eigentlich haben müssen.«

»Und dann?«

»Bereits am nächsten Tag wurde ich zum Kompaniechef bestellt. Strammer Nazi. Hat nicht lange gefackelt.« Hardenbergs Blick schweifte ins Leere, und es dauerte geraume Zeit, bis er mit seiner Erzählung fortfuhr. »Dank der Aussage von Schultze-Eckardt, der nichts Besseres zu tun hatte, als mich zu denunzieren, wurde ich wegen Wehrkraftzersetzung und Verrat an Führer, Volk und Vaterland zum Tod durch Erschießen verurteilt.«

»Heißt das, du bist getürmt?«

»Schön wär's.« Hardenberg schmunzelte. »Laut Urteil des Standgerichtes sollte ich noch am gleichen Tag erschossen werden. Zusammen mit einem Trupp Partisanen, der in der Nähe aufgegriffen worden war. Was tun, lautete die bange Frage.«

»Sich tot stellen und abwarten, was passiert?«

»So ungefähr. Mein Glück, dass ich unter den Ersten war, die an die Reihe kamen. Wenn ich mich recht entsinne, waren wir zu sechst.« Die Miene des Sprechenden wurde ernst. »Das Wichtige ist, den richtigen Moment abzupassen. Dann hat man eine minimale Chance.«

»Hinknien, Hände hinter den Kopf und warten, bis der Feuerbefehl kommt.«

»Und sich Sekundenbruchteile später in die Grube fallen lassen. Du hast es erfasst.« Hardenberg rieb sich die Augen, blickte auf und ergänzte: »Ein Wunder, dass sie nichts gemerkt haben. Hätte auch anders ausgehen können.«

»Glück muss der Mensch haben.«

»Sagen wir mal so: Glück im Unglück. Ich lag noch nicht richtig in der Grube, da kamen bereits die Nächsten dran. Und kurz darauf wieder die Nächsten. Schon mal unter einem Berg Leichen begraben gewesen, Tom? Nein? Dann kannst du auch nicht mitreden. Nun gut, machen wir's kurz: Wie ich so daliege und mir die Luft wegbleibt, denke ich, das ist es gewesen. War es aber nicht. Und weißt du auch, warum? Die Kameraden von der SS haben vorzeitig Feierabend gemacht.«

»Wie bitte?«

»Ich weiß gar nicht, was du willst! Kann doch mal passieren, oder?« Hardenberg schnitt eine schiefe Grimasse. »Im Ernst. Ich war schon so gut wie weggetreten, da spürte ich, wie sich über mir was bewegt.«

»Noch einer, der Glück gehabt hat?«

»Du sagst es. Frag bitte nicht, wie wir es geschafft haben, aus der Grube zu klettern. Ich weiß es beim besten Willen nicht. Alles, was ich weiß, ist, dass es dunkel war, als wir an die Oberfläche kamen. Egal wie, Viktor hat mir das Leben gerettet. Hinterher fragt sowieso niemand mehr danach.« Hardenberg winkte den Ober herbei, um sich einen Cognac zu bestellen. »Du hast doch nichts dagegen, wenn ich mir einen genehmige, oder?«

»Nur zu, Justus, tu dir keinen Zwang an.«

»Wo waren wir gerade stehen... genau! Was dann geschah, ist schnell erzählt. Um in Viktors Heimatdorf zu gelangen, mussten wir mehrere Tage zu Fuß gehen. Nicht so einfach, wie man denkt, vor allem wenn gerade der Winter hereinbricht. Mit vereinten Kräften haben wir es dann aber geschafft. Das Erstaunliche war, wie rührend sich die Leute dort um mich gekümmert haben. Schade, dass sich unsere Wege bald wieder trennten. Viktor musste zum Einsatz, und ich wurde auf Betreiben des NKWD im Frühjahr 1942 nach Moskau transportiert. Wo kämen wir da auch hin, wenn sich ein feindlicher Soldat frei bewegen könnte. Deutscher war nun einmal Deutscher, und es machte keinen Unterschied, dass ich dem Tod gerade noch von der Schippe gesprungen war. Das bedeutet, ich wurde wochenlang verhört und im Anschluss in ein Internierungslager gesteckt. Jenseits des Ural, in der Nähe von Swerdlowsk. Von dort aus ging es zwei Jahre später nach Moskau, mit der Auflage, die Stadt nicht zu verlassen. Logisch, dass ich mich daran gehalten habe, man hängt ja schließlich an seinem bisschen Leben. Einen Vorteil hat das Ganze jedoch gehabt. In Moskau gab es damals jede Menge Emigranten, darunter auch viele Deutsche, zumeist

Kommunisten. An die hab ich mich dann gehalten.« Hardenberg hielt unvermittelt inne. »Tja, und dann hieß es auf einmal, der Krieg ist vorbei. Ich also nichts wie ab in die Heimat. Konnte es kaum erwarten, wenn ich ehrlich bin. Die Freude ist mir allerdings bald vergangen. Berlin war nicht wiederzuerkennen, eine Trümmerwüste, wie sie deprimierender nicht hätte aussehen können. Klar, dass ich versucht habe, wieder Fuß zu fassen. Ganz so leicht, wie ich es mir vorgestellt hatte, ging das Ganze jedoch nicht vonstatten. Nicht nur die Stadt lag in Trümmern, sondern auch das Pergamonmuseum. Hinzu kam, dass die Russen alles weggeschleppt hatten, was nicht niet- und nagelfest war. Kurzum: Die Rückkehr in meinen erlernten Beruf konnte ich abschreiben. Um zu überleben, war ich gezwungen, Handlangerdienste anzunehmen, wobei ich froh sein konnte, mir ein paar lumpige Kröten zu verdienen. Ich als Handlanger auf dem Bau, kannst du dir das vorstellen? Oder als Arbeiter bei der Stadtreinigung? Du glaubst gar nicht, was man alles tut, um zu überleben. Nicht gelogen, Tom: Zeitweise ging es mir so dreckig, dass ich mir am liebsten eine Kugel durch den Kopf gejagt hätte. Das kannst du mir getrost glauben.«

»Dafür geht es dir jetzt umso besser, oder?«

»Danke der Nachfrage, Tom, ich kann nicht klagen.« Hardenberg tat so, als habe er den ironischen Unterton nicht bemerkt. »Sagen wir mal so: Ich hatte Glück. Wie damals, als Viktor mir das Leben gerettet hat.«

Sydow zog fragend die Augenbrauen hoch.

»Wie sagtest du doch gleich? Glück muss der Mensch haben. Na ja, was heißt hier Glück. Hätte ich es noch mal zu tun, würde ich mich vermutlich anders entscheiden.«

»Sag bloß, du bist zur …?«

»Bevor du über mich herfällst, lass es dir erklären.« Hardenberg hob abwehrend die Hand. »Im Frühjahr '51, als es mir besonders dreckig ging, stand auf einmal Viktor vor der Tür. Zuerst dachte ich, ich sehe nicht richtig, so sehr hat mich sein Besuch überrascht. Zehn Jahre waren vergangen, seit wir uns zum letzten Mal gesehen hatten, und dann so etwas. Ich konnte es einfach nicht fassen. Dann aber, nachdem wir alte Erinnerungen ausgetauscht hatten, wurde mir klar, dass der Besuch des Genossen Komarowski kein Zufall war. Viktor hatte Karriere gemacht, wo, kannst du dir sicher denken.«

»Auf gut Deutsch: Er hat versucht, dich für den NKWD anzuwerben.«

»Er hat mir das Leben gerettet, Tom. Ich war es ihm schuldig.«

»Was warst du ihm schuldig, Justus?« Sydow glaubte, er habe sich verhört. »Willst du damit sagen, du …?«

»Versteh doch, Tom. Ich hatte keine Wahl.« Hardenberg schlug einen beschwörenden Tonfall an. »Wärst du an meiner Stelle gewesen, hättest du das Gleiche getan.«

»Tut mir leid, Justus, da komme ich nicht mehr mit.«

»Ob du es glauben willst oder nicht: Ich habe niemanden ans Messer geliefert.«

»Sondern?«

»Meine Aufgabe bestand darin, als eine Art V-Mann für den NKWD zu fungieren. Und weißt du auch, wo? Beim Ministerium für Staatssicherheit der DDR.«

»Bei der Stasi? Das wird ja immer toller.«

»Du glaubst gar nicht, wie einfach es war. Ein paar Dokumente, gefälschte Papiere, eine neue Identität – und schon war ich mit von der Partie.«

»Ich hoffe, du hattest wenigstens Erfolg.«

»Das ist momentan nicht der Punkt, Tom.« Die Ellbogen auf dem Tisch, kniff Hardenberg die Augen zusammen und flüsterte: »Kapierst du nicht, was ich sagen will, oder willst du es nicht kapieren? Egal, was für ein Verein die Stasi war, beziehungsweise ist. Auf die Art saß ich wenigstens an der Quelle.«

»Um dich an den Leuten, die deinen Bruder auf dem Gewissen hatten, zu rächen?«

»Nein, sondern um herauszubekommen, was aus seiner Frau und seiner Tochter ...«

»Moment mal! Sagtest du gerade ›Tochter‹?« Sydow horchte überrascht auf. »Danke für den Hinweis, Justus. Jetzt wird mir einiges klar.«

Hardenbergs Miene verfinsterte sich. Die Verärgerung über seine Unbedachtheit war ihm deutlich anzumerken, wenngleich er sich Mühe gab, dies zu kaschieren. »Macht nichts, irgendwann hättest du es ja doch erfahren.«

»Kurz und gut, du hast dir deine Position zunutze gemacht, um Nachforschungen über das Schicksal deiner Schwägerin anzustellen.«

»Genau.« Hardenberg nickte knapp. »Nicht übermäßig schwierig, bedenkt man, dass ich an der Quelle saß.«

»Du machst mich neugierig, Justus. Lass hören.«

»Ich fürchte, da gibt es nicht viel zu erzählen. Du weißt ja, wie das damals war: Wenn einer aus der Familie Mist gebaut hatte, wurden sämtliche Angehörigen in Sippenhaft genommen. Bei Helene war es nicht anders. Was genau passiert ist, weiß ich zwar nicht, aber es sieht so aus, als ob sie den Braten gerochen und versuchte hätte, sich abzusetzen. Endstation Anhalter Bahnhof, im wahrsten Sinne des Wortes.«

»Und dann?«

»Soweit ich informiert bin, wurde sie von dort aus auf direktem Weg in die Prinz-Albrecht-Straße gebracht. Du weißt ja, dort haben sie noch jeden kleingekriegt. Was dann passiert ist, darüber kann man nur spekulieren. Ich vermute mal, sie kam in die Rote Burg. Wie lange, kann ich beim besten Willen nicht sagen. Sicher ist, dass sie geraume Zeit im KZ Ravensbrück verbracht hat, wo sie kurz vor der Befreiung an Typhus starb.«

»Darf man fragen, woher du das so genau weißt?«

»Eine berechtigte Frage.« Hardenbergs Mundwinkel kräuselten sich. »Ich muss zugeben, dass es nicht einfach war, allen möglichen Spuren nachzugehen. So was dauert, das kannst du dir vorstellen. Ich weiß zwar nicht, wie viele Überlebende ich ausgequetscht habe, um zu erfahren, was aus Helene wurde. Aber ich weiß, dass ich kurz davor war, den Bettel hinzuschmeißen. Per Zufall, das heißt von einer Mitgefangenen, habe ich dann erfahren, dass meine Schwägerin kurz vor ihrem Tod ein Kind zur Welt gebracht hat. Maximilians Kind.«

»Verstehe.«

»Der Rest war einfacher als gedacht. Laut Aussage der Stubengenossin aus Ravensbrück hatte sich eine weitere Mitgefangene bereit erklärt, für meine Nichte zu sorgen. Und weißt du, was das Beste war? Ihr fiel sogar der Name ein.« Hardenberg lächelte verschmitzt. »Gib dir keine Mühe, Tom. Von mir erfährst du nichts. Nur so viel: Die Adoptiveltern meiner Nichte kommen aus Ost-Berlin. Von daher kannst du es dir abschminken, Kontakt mit ihnen aufzunehmen.«

»Und du, was wurde aus dir? Keine Lust mehr auf DDR, wie?«

»Damit wir uns richtig verstehen, Tom. Ich war felsenfest überzeugt, wir wären imstande, euch Paroli zu bieten. Guck nicht so, ich meine es ernst.«

»Aber dann ist dir ein Licht aufgegangen.«

»Du sagst es.«

»Na, immerhin.«

»Falls du es genau wissen willst, Tom: Als die Mauer gebaut wurde, war bei mir der Ofen aus.«

»Profan formuliert, du hast dich abgesetzt.« Sydow lächelte süffisant. »Ich denke, du weißt, dass die Genossen bei so was keinen Spaß verstehen. Nerven hast du ja, das muss man dir lassen.«

»Nenn es meinetwegen, wie du willst. Hauptsache, ich habe nichts mehr mit ihnen zu tun.«

»Eine Frage noch, Justus.«

»Kommt drauf an, was du wissen willst.«

»Wie kommt es, dass deine Nichte …«

»Stimmt, das hatte ich vergessen.« Hardenberg atmete tief durch. »Ihre Eltern hielten es für besser, wenn sie eine Schule im Westen besucht. Dort wurde sie vom Mauerbau überrascht.«

»Woher weißt du das?«

»Meine Sache, Tom. Ich weiß es, und das muss dir genügen.«

»Meine Hochachtung, Justus. Du beherrschst dein Handwerk aus dem Effeff.«

»Immer noch der Alte, was, Sydow? Ironie war ja schon immer deine Spezialität.« Hardenbergs Züge verhärteten sich. »Bevor du mich fragst, Herr Kriminalhauptkommissar – für mich war es eine Selbstverständlichkeit, meine Nichte zu unterstützen. Schließlich war sie auf sich allein gestellt. Ach ja, da wir gerade dabei sind: Dir ist hoffentlich klar, dass sie den Namen ihrer Adoptiveltern trägt.

Nur so am Rande, um deinen kriminalistischen Spürsinn zu zügeln.«

»Weiß sie Bescheid?«

»Ich verstehe nicht, was du ...«

»Mach keine Fisimatenten, Justus. Du weißt genau, was ich meine.« Hochrot vor Wut, schoss Sydows Kopf nach vorn. »Ist deine Nichte im Bilde, wer ihre leiblichen Eltern sind, ja oder nein? Und wenn ja, wann und von wem hat sie davon erfahren?«

»Zum Mitschreiben, Sydow. Sie hat nichts mit der Sache zu tun.«

»Das kannst du deiner Großmutter erzählen, Justus. Soll ich dir sagen, was ich vermute?«

»Gegenfrage: Seit wann kannst du eigentlich hellsehen?«

»Warum, Justus. Warum habt ihr beide das getan?«

»Sag mal, bist du wirklich so naiv, wie du dich anhörst? Diese Mörder im roten Talar haben unser Leben zerstört, und du hast nichts Besseres zu tun, als mich nach unseren Motiven zu fragen. Alles, was recht ist, aber eigentlich hätte ich dir mehr Verstand zugetraut. Max hingerichtet, Helene in Sippenhaft genommen und postwendend im KZ vergast. Und dann kommst du und fragst mich nach meinen Motiven. Soll ich dir was verraten, Sydow? Nicht genug, dass Mutter völlig durchgedreht ist, bekam Vater auch noch die Rechnung für die Hinrichtung aufgebrummt. Kost und Logis in Tegel, Prozesskosten, Hinrichtung in Plötzensee. Macht zusammen 585 Reichsmark und 74 Pfennig. Ich weiß zwar nicht, wie er es zustande gebracht hat, aber hätte es Vater nicht gegeben, wäre der Leichnam von Maximilian verbrannt und in alle Winde verstreut worden. So wie es nach dem 20. Juli an der Tagesordnung war.«

»Und wo ...?«

»Damit du zufrieden bist, Sydow: Er liegt auf dem Friedhof Heerstraße. Seite an Seite mit meiner Mutter, die drei Wochen nach seiner Hinrichtung Selbstmord beging. Noch Fragen?«

»Wie heißt sie, Justus – und wo hält sich deine Nichte auf?«

»Ob du es glaubst oder nicht: Ich habe keine Ahnung.«

»Das kaufe ich dir nicht ab, Justus.« Kurz davor, die Beherrschung zu verlieren, gab Sydow jegliche Rücksicht auf. »Ich kann auch anders, Justus, ist dir das klar?«

»Ich auch.« Ohne eine Miene zu verziehen, ließ Hardenberg die Hand in sein Jackett gleiten, erwiderte den Blick des ehemaligen Freundes und zog einen Dienstausweis hervor, auf dem sich ein Adler samt Windrose mit 16 Spitzen und dem Schriftzug *United States of America* befand. »So, bist du jetzt zufrieden?«

Sydow gab keine Antwort. Wären die Gäste nicht gewesen, die sich nach ihnen umdrehten, hätte er Hardenberg die Meinung gesagt. So aber riss er sich am Riemen.

Wieder mal.

»Sprich dich aus, Sydow. Oder hat es dir die Sprache verschlagen?«

Nein, danke. Kein Bedarf. Und auch keine weiteren Fragen.

»Du verstehst, worauf ich hinauswill? Oder soll ich es dir noch mal erklären?«

Sydows Wut kannte keine Grenzen. Wie oft er sich mit Angehörigen diverser Geheimdienste herumgeschlagen hatte, konnte er beim besten Willen nicht sagen. Er wusste nur eins: Diese Typen hingen ihm zum Hals heraus. Dabei war es völlig gleich, welcher Schnüffelbande sie angehörten. Ob CIA, BND oder KGB, er hatte die Agenten an

der unsichtbaren Front gefressen. Leute wie Hardenberg dachten, sie könnten sich alles erlauben, und das, im Verein mit seinem hochfahrenden Getue, hatte ihn seit jeher auf die Palme getrieben. »Nicht nötig. Ich weiß Bescheid.«
»Sicher?«
»Und wenn nicht, was kümmert's dich?«
»Jetzt spiel hier nicht die beleidigte Leberwurst. Das passt nicht zu dir, Sydow.«
»Aha, nennt man das jetzt so.«
»Na schön, dann muss ich eben deutlicher werden.« Hardenberg entblößte seine makellos weißen Zähne. »Als Realist, der du ja wohl bist, muss ich dir nicht sagen, dass ich am längeren Hebel sitze. Ein Anruf von unserem Residenten in Berlin, und du ziehst den Kürzeren, will heißen: Der Innensenator wird dich zurückpfeifen, bevor du piep sagen kannst. Mal ehrlich, Sydow. Willst du das riskieren? Denkst du vielleicht, irgendjemand hat ein Interesse, dass der Mord an Schultze-Eckardt aufgeklärt wird? Nur ein toter Nazi ist ein guter Nazi, hab ich recht?«
»Darum geht es nicht, Justus. Und das weißt du auch.«
»So, um was denn sonst?«
»Es geht darum, dass du deine Position missbrauchst, um einen privaten Rachefeldzug zu führen. Oder sehe ich das etwa falsch?«
»Du verlangst doch nicht, dass ich darauf …«
»Nein, Justus, das verlange ich nicht. Mich interessiert nur eins: Wie fühlt man sich, wenn man bedenkenlos die Fronten wechselt?«
Hardenberg lachte höhnisch auf. »Der gute alte Tom Sydow, Ritter ohne Furcht und Tadel. Damit du Bescheid weißt, alter Knabe: Meine Illusionen habe ich längst verloren. Zuerst dieser verdammte Krieg, dann das Massaker

an unschuldigen Zivilisten, im Anschluss daran unter der Fuchtel des NKWD, der jeden deiner Schritte verfolgt. Als Abschluss dann die Krönung, das Gewäsch vom Wohl der Werktätigen und des sozialistischen Vaterlandes. Große Töne spucken, und dann eine Mauer bauen und reihenweise Leute abknallen. Wenn man da nicht zum Opportunisten wird, wann dann? Um ehrlich zu sein, Sydow: Mir ist scheißegal, in wessen Sold ich stehe. Hauptsache, die Kohle stimmt.«

»Und deine Nichte, Justus?«

»Jetzt komm mir nicht so, Sydow. Das ist etwas anderes.«

»Weißt du, was ich dir wirklich übel nehme?«

»Dass ich versuche, sie zu schützen?«

»Ich nehme dir übel, dass du dich in der Gesellschaft von Schnüfflern, Spitzeln und Betrügern übelster Art bewegst.« Die Augen auf sein Gegenüber gerichtet, ließ Sydow seinem Groll freien Lauf. »Du und deinesgleichen, ihr seid alle gleich. Ihr denkt, ihr könnt euch alles erlauben. Aber nicht mit mir. Wenn du dich nie geirrt hast, Justus, dann jetzt. In diesem Land gibt es nur ein Gesetz, und das gilt für alle. Schreib es dir hinter die Ohren, damit du es nicht vergisst.«

»Zum Mitschreiben, Sydow. Was du auch tust, du hast nicht die geringste Chance. Zwing mich nicht, Methoden anzuwenden, die ich verabscheue.«

»Hört, hört, der Herr hat Skrupel. Das ist ja was ganz Neues.«

»Ich weiß nicht, wie oft ich es dir noch sagen soll, Sydow. Ich war es, der Schultze-Eckardt auf die Spur gekommen ist. Ich war es, der den Plan zu seiner Ermordung ausgetüftelt hat. Und ich war es auch, der ihm den Rest gegeben hat. Etwas anderes hatte er auch nicht verdient. Ich hatte mir vorgenommen, ihn genau dort aufzuknüpfen, wo Maximilian ermordet wurde. Und das habe ich erreicht.«

»Hier gibt es Gesetze, Hardenberg. Und an die muss man sich halten. Man kann nicht einfach hergehen und jemanden aufhängen, egal, was der Betreffende auf dem Kerbholz hat. Das Gesetz steht über dir, nicht du stehst über dem Gesetz. Jemandem wie dir muss ich das hoffentlich nicht sagen.« Sydow atmete tief durch. »Ich weiß, was Schultze-Eckardt verbrochen und wie viele Menschen er auf dem Gewissen hat. Und ich weiß, dass deiner Familie großes Leid zugefügt wurde. Aber das entschuldigt nichts. In meinen Augen gehören Leute wie er vor Gericht, nicht an den Galgen. Sonst sind wir wieder da, wo wir vor 21 Jahren waren.«

Hardenberg unterdrückte ein Lachen. »Dein Vertrauen in die Justiz in allen Ehren, aber ist dir eigentlich klar, wie viele Nazi-Richter sich in unseren Gerichten tummeln? Für jeden einen Tausender, und wir beide hätten ausgesorgt. Stell dir doch mal vor, man würde den Versuch machen, die ganze Bande vor Gericht zu stellen. Ich garantiere dir, dass kein Einziger von ihnen verknackt werden würde. Träum weiter, Sydow. So etwas brauchst du gar nicht erst zu versuchen. Jedes Erstsemester an der Uni lernt, dass Recht und Gerechtigkeit komplett verschiedene Stiefel sind. Was also tun, lautet die Frage. Den Kopf in den Sand stecken und diesen Halunken erneut das Feld überlassen? Damit sie dort weitermachen können, wo sie aufgehört haben? Wer so denkt, mein Lieber, hat schon verloren. Wenn du etwas erreichen willst, musst du dein Schicksal in die eigenen Hände nehmen. Sonst bist du der Gelackmeierte.«

»Du bist auf dem Holzweg, Hardenberg. Und das weißt du auch.« Sydow dachte nicht daran, einzulenken. »Selbstjustiz oder nicht, wer garantiert mir, dass du die Wahrheit sagst? Angenommen, du willst deine Nichte aus der Schusslinie nehmen, was dann? Weiß ich, woran ich mit dir bin? Antwort: nein. Alles, was recht ist, Justus. Dir zu vertrauen wäre ein bisschen viel verlangt.«

»Herrje, Sydow, wie oft soll ich es eigentlich noch sagen, bevor du es kapierst! Meine Nichte hat nichts damit zu tun, hörst du, aber auch rein gar nichts! Blas die Suche nach ihr ab, oder du bekommst eine Lektion erteilt, die sich ge…«

»Wenn hier jemand eine Lektion erteilt bekommt, dann du, Hardenberg!« Außer sich vor Wut, sprang Sydow auf. »Merk dir eins: Solange nicht geklärt ist, wer von euch beiden Schultze-Eckardt auf dem Gewissen hat, kannst du dir deine Drohungen sonst wohin stecken. Schreib es dir hinter die Ohren, Justus: Ich werde sämtliche Hebel in Bewegung setzen, um deine Nichte zu finden. Glaub ja nicht, ihr beide seid aus dem Schneider. So haben wir nicht gewettet, Herr von Hardenberg!«

BLUTRICHTER (III)

Hans-Joachim Rehse – Richter am Volksgerichtshof

1902: Geburt in Prenden, Landkreis Niederbarnim
1927/1930: juristische Staatsexamina
1931: Gerichtsassessor
1933: Eintritt in die NSDAP
1934 – 1937: *Hilfsarbeiter des Untersuchungsrichters am Volksgerichtshof*
1939 – 1941: Ermittlungsrichter
1942 (10.11.): Ernennung zum Ermittlungsrichter am Volksgerichtshof
1942: Kammergerichtsrat
1969: Tod in Schleswig

Hans-Joachim Rehse, mitverantwortlich für mindestens 231 Todesurteile, wurde am 6.12.1968 vom Landgericht Berlin freigesprochen. Die Anklage lautete auf Vorwurf der Beihilfe zum Mord und Beihilfe zum versuchten Mord.

VIERTES KAPITEL

»Der Bundestag stellt fest, dass die als Volksgerichtshof bezeichnete Institution kein Gericht im rechtsstaatlichen Sinne, sondern ein Terrorinstrument zur Durchsetzung der nationalsozialistischen Willkürherrschaft war. Den Entscheidungen des Volksgerichtshofes kommt deshalb nach Überzeugung des Deutschen Bundestages keine Rechtswirkung zu.«
(25. Januar 1985)

20

Berlin-Schöneberg, Polizeipräsidium in der Gothaer Straße | 15:50h

»Nichts für schwache Nerven, was?«, feixte Krokowski, nachdem Waldenmaier ihn telefonisch auf dem Laufenden gehalten hatte. Irgendwie tat ihm der arme Kerl leid, wenngleich er überzeugt war, dass Obduktionen zum Pflichtprogramm eines Kriminalassistenten gehörten. »Ich fürchte, da müssen Sie durch, junger Mann.«

Das Schweigen am anderen Ende der Leitung sagte alles.

»Sind Sie noch da, Waldenmaier?«

»Natürlich.«

»Kopf hoch, wird schon wieder.« Krokowski hatte Mühe, die üblichen Frotzeleien zu unterdrücken. »Was gibt es Neues?«

»Einiges«, begann der Kriminalassistent, dessen Diensteifer einen spürbaren Dämpfer erlitten hatte. »Jedoch nicht, was Schultze-Eckardt angeht.«

»Ich höre?«

»Alles wie gehabt, meint Professor Peters. Keinerlei Spuren, die auf externe Gewaltanwendung schließen lassen. Die Abschürfungen an Hand- und Fußgelenken ausgenommen. Weder innere Blutungen, noch Spuren von Hieb- oder Stichwaffen, noch Hinweise darauf, dass eine gewalttätige Auseinandersetzung stattgefunden hat.« Waldenmaier geriet ins Stocken. »Merkwürdig.«

»Was denn?«

»Dass er sich widerstandslos in sein Schicksal ergeben hat. Ich meine, wenn er nicht völlig weggetreten ...« Waldenmaier brach unvermittelt ab. »Bevor ich es vergesse: Zum Zeitpunkt seines Todes, den Professor Peters auf ungefähr halb sechs datiert, muss Schultze-Eckardt merklich angeheitert gewesen sein. Vornehm ausgedrückt, er hatte 1,4 Promille Alkohol im Blut.«

»Na also, immerhin etwas.«

»Was haben Sie gerade gesagt, Herr Kro...«

»Tut mir leid, Waldenmaier. Ich wollte Sie nicht unterbrechen.« Krokowski ließ den Hörer in die linke Hand wandern. »Und Kandidat Nummer zwei?«

»Das Gleiche in Grün. Zumindest teilweise.«

»Befund?«

»Wie gehabt. Keinerlei Hinweise auf Gewaltanwendung, weder durch Waffen noch durch Körperkraft. Exitus per Injektion circa acht Uhr. Todesursache: Überdosis Evipan.«

»Sicher?«

Waldenmaier bejahte. »Sie bekommen es ja noch schriftlich.«

»Und wann?«

»Der Herr Professor lässt ausrichten, dass es noch ein bisschen dauern kann.« Waldenmaier gab ein Verlegenheitsräuspern von sich. »Ein bis zwei Stunden, falls nichts dazwischenkommt.«

»Was? So lange?«

»Falls es Ihnen nicht passt, sagt Peters, sollen Sie Ihren Mist gefälligst selbst machen.« Auf dem besten Weg, den erlittenen Schock zu überwinden, konnte sich Waldenmaier einen Seitenhieb nicht verkneifen: »Schlimm, wenn man sich nicht im Griff hat, oder?«

»Wem sagen Sie das, Sven«, versetzte Krokowski, wohl wissend, wie schwer es war, mit einem Hitzkopf wie Sydow zusammenzuarbeiten. »Was das betrifft, kann ich ganze Opernarien singen.« Krokowski setzte eine leidgeprüfte Miene auf. »Aber Spaß beiseite. Ich denke, es ist das Beste, Sie bringen den Bericht gleich mit.«

»Das können Sie mir doch nicht antun, Herr Kommissar. Noch fünf Minuten in diesem Gruselkabinett, und ich …«

»Kopf hoch, Waldi. Sie werden das Kind schon schaukeln.« Ein wenig Schadenfreude auf Kosten der Kollegen musste hin und wieder sein. Wenn es etwas gab, das auf Krokowski abgefärbt hatte, dann dies. »Also: Sobald Peters mit dem Bericht fertig ist, kommen Sie auf dem schnellsten Weg hierher. Dann sehen wir weiter. Wiederhören.« Ein Schmunzeln im Gesicht, legte Krokowski auf. »So, und jetzt zu uns, Herr …?«

»Gutberleit, Heinz Gutberleit.« Der Mittvierziger, dem die Worte galten, nahm instinktiv Haltung an. »Ich muss Sie unbedingt sprechen, Herr Kommissar.«

»Und worum dreht es sich?«, fragte Krokowski, wandte sich dem Wartenden zu und lud ihn ein, auf dem Stuhl vor seinem Schreibtisch Platz zu nehmen. »Nehmen Sie Platz, Herr Gutberleit, so viel Zeit muss sein.«

*

Eduard Krokowski war redegewandt, schlagfertig und selten um eine Antwort verlegen. Angesichts dessen, was Gutberleit zu berichten wusste, fehlten ihm jedoch die Worte.

Bislang hatte die Frau, nach der mit allen verfügbaren Mitteln gefahndet wurde, nur ein Gesicht gehabt. Jetzt aber, nachdem der unerwartete Besucher aufgekreuzt und seine Aussage gemacht hatte, hatte sie auch einen Namen. Auf einmal fügte sich alles zusammen, gänzlich unerwartet, ohne eigenes Zutun.

Blieb zu klären, wo die Stieftochter Gutberleits untergetaucht war. Darin bestand momentan das Problem. Ansonsten herrschte weitgehend Klarheit, sowohl in Bezug auf das Tatmotiv als auch im Hinblick auf die Hintergründe, die ihm etliche Rätsel aufgegeben hatten. Vieles, wenn nicht gar alles deutete darauf hin, dass die Tatverdächtige ein handfestes Motiv gehabt hatte, nämlich den Wunsch, diejenigen zur Verantwortung zu ziehen, die ihre leiblichen Eltern auf dem Gewissen hatten. Ein Motiv, das Krokowski durchaus nachvollziehen konnte. Was er dagegen nicht nachvollziehen und auch nicht billigen konnte, war die Art und Weise, wie die junge Frau vorgegangen war. Dass sie einen tiefen Groll hegte, war verständlich, aber nicht, dass sie sich entschieden hatte, Selbstjustiz zu üben. So etwas konnten und durften die Behörden nicht dulden, egal, wie schwerwiegend die Vergehen von Schultze-Eckardt und Gisevius gewesen waren.

Welche Folgen die Blutjustiz des Volksgerichtshofes gehabt hatte, stand Krokowski klar vor Augen. Der Vater der Flüchtigen, Major im Generalstab, war am Tag der Urteilsverkündigung hingerichtet, die Mutter als Sippenhäftling eingestuft und an der Jahreswende 1944/45 ins KZ Ravensbrück überführt worden. In jenen Tagen war dies weiß Gott keine Seltenheit gewesen, aber was den Fall so bedrückend machte, waren die Folgen, die das Schicksal ihrer Eltern nach sich gezogen hatte. Bis zu ihrem 21. Geburtstag, dem 12. April 1966, war Melissa Gutberleit über ihre Herkunft im Unklaren belassen worden. Danach war nichts mehr so gewesen, wie es war, die Verbindung zu ihren Adoptiveltern abgerissen.

»Sie wissen gar nicht, wie oft ich Marlies gesagt habe, sie soll es lassen.«

Um einiges schlauer, aber auch um einiges ratloser, rang Krokowski nach Worten. Vor ihm, das war nicht zu übersehen, saß ein gebrochener Mann, ein DDR-Bürger Anfang 40, der die Brücken hinter sich abgebrochen und den Entschluss gefasst hatte, im Westen zu bleiben. Die Umstände, unter denen dies geschah, waren deprimierend, und obwohl er ein mitfühlender Mensch war, tat sich Krokowski schwer, die richtigen Worte zu finden. Trotz aller Meinungsverschiedenheiten, so schien es, war Gutberleit der Entschluss zur Flucht in den Westen nicht leichtgefallen, vom Entschluss, die Polizei einzuschalten, nicht zu reden. Was auch geschah, das Leben dieses Mannes war ruiniert, ein Grund mehr, überflüssige Kommentare zu vermeiden. »Ich weiß, es klingt merkwürdig. Aber Sie haben uns sehr geholfen.«

»Und was nun?«

»Um ganz ehrlich zu sein, Herr Gutberleit: Das frage ich mich auch.«

»Was wird aus ihr, wenn ...« Die Hände ineinander verschränkt, schlug Gutberleit die Augen nieder. »Ich meine: Was passiert ist, geschah doch nicht ohne Grund.«

»So leid es mir tut, dies sagen zu müssen. Aber für Mord gibt es keinerlei Rechtfertigung.«

»Sagen Sie das mal den Ex-Nazis, die sich überall im Westen breitgemacht haben.« Gutberleit blickte zornig auf. »Bin gespannt, was die Halunken dazu sagen würden.«

Krokowski gab keine Antwort. Genau das war das Problem, und zwar in doppelter Hinsicht. Was tun, wenn es gelingen würde, Melissa Gutberleit aufzuspüren? War es vertretbar, sie in vollem Umfang für die begangenen Taten büßen zu lassen? Und was das leidige Thema der zu braven Demokraten mutierten Nazis betraf: Wäre es nicht besser gewesen, beizeiten reinen Tisch zu machen? Und sei es nur, um Vorkommnisse wie den Fall Gutberleit zu vermeiden?

»Ich auch, Herr Gutberleit, ich auch.« Spürbar in Verlegenheit, wechselte Krokowski das Thema. »Eine Frage noch, Herr Gutberleit.«

Der verhärmte Mittvierziger deutete ein Nicken an.

»Der Verwandte, den sie vorhin erwähnt haben, dieser …«

»Hardenberg. Justus Hardenberg.«

»Wann genau hat er Kontakt mit Ihnen aufgenommen?«

»Kurz vor dem Mauerbau. Wieso fragen Sie?«

»Mich interessiert, ob Sie etwas über seinen Verbleib erfahren haben.«

Gutberleit schüttelte den Kopf. »Marlies und ich haben ihn nur ein einziges Mal getroffen. Im Café Warschau. Bei der Gelegenheit hat er uns mitgeteilt, dass er Melissas Onkel sei. Logisch, dass wir zunächst baff waren. Erlebt man schließlich nicht alle Tage, oder?«

Krokowski pflichtete seinem Gegenüber bei. »Können Sie ihn näher beschreiben?«

»Hm.« Gutberleit dachte angestrengt nach. »Wenn ich ehrlich bin – nein. Liegt vielleicht daran, dass ich ihn nur ein einziges Mal getroffen habe. Wir haben ihn gebeten, Stillschweigen zu bewahren. Und das war's dann auch gewesen.«

»Das heißt, der Kontakt ist abgerissen.«

»Genau.«

»Denken Sie nach, Herr Gutberleit. An irgendetwas werden Sie sich doch erinnern können.«

»Mir fiel auf, dass er gut gekleidet war. Und dass er gute Manieren besaß.«

»Sonst nichts?«

»Mal überlegen.« Gutberleit versank in tiefes Brüten. »Klar! Jetzt, wo Sie mich fragen, fällt's mir wieder ein.«

»Was denn?«

»Er hat sich andauernd umgeschaut. Mit der Zeit ging einem das auf die Nerven.«

»Besondere Kennzeichen?«

»Keine. Er hat ausgesehen wie jeder andere auch. Wenn ich ihn träfe, würde ich an ihm vorbeilaufen.« Gutberleit suchte Krokowskis Blick. »Wieso fragen Sie?«

»Nur so, hat nichts mit Ihnen zu tun.«

»Und was jetzt?«

»Gute Frage.«

»Melissa ist keine Mörderin, Herr Kommissar. Meine Tochter tut so etwas nicht.«

Einmal mehr in Verlegenheit, stand Krokowski auf und trat ans offene Fenster. Angesichts der Hitze, unter der Berlin ächzte, hätte ihm eine Abwechslung gutgetan, aber daran war momentan nicht zu denken. »Eines kann ich Ihnen versprechen, Herr Gutberleit. Wir werden alles tun, um den Fall aufzuklären.«

»Davon kann ich mir nichts kaufen, Herr Kommissar.«

»Ich weiß. Aber vielleicht ist es ein Trost für Sie, dass ich das, was Ihre Tochter getan hat, absolut nach…«

»Melissa ist keine Mörderin, Herr Krokowski. Dafür lege ich meine Hand ins Feuer.«

»Nehmen Sie es mir nicht übel, Herr Gutberleit. Aber diesen Satz habe ich schon oft gehört. Sehr oft sogar.«

»Und was werden Sie jetzt …«, begann der Angesprochene, dem anzusehen war, wie sehr ihn die Ereignisse der letzten Stunden in Mitleidenschaft gezogen hatten.

»Was wir unternehmen werden, möchten Sie wissen? Das hängt davon ab, was mein Kollege … Sieh an, wenn man vom Teufel redet, dann kommt er!«, vollendete Krokowski mit Blick auf den reparaturbedürftigen Aston Martin, der auf der gegenüberliegenden Straßenseite vorgefahren war. »Wollen sehen, was der Herr Kriminalhauptkommissar in Erfahrung gebracht hat. Dann sehen wir weiter.«

»Und was wird aus mir?«

Krokowskis Blick trübte sich. »Gute Frage«, wiederholte er, umrundete den Schreibtisch und ließ die Hand auf der Schulter des vor der Zeit Gealterten ruhen. »Ich wäre froh, wenn ich es wüsste, Herr Gutberleit.«

*

»Wie immer kommen Sie wie gerufen, Molli«, foppte Sydow seine Sekretärin, deutete auf seinen Nebenmann und erklärte in wenigen Sätzen, worum es ging. Dann setzte er sein Sonntagslächeln auf und sagte: »Sind Sie so gut und nehmen die Personalien von Herrn Gutberleit auf?« An die Adresse des Betroffenen gerichtet, fügte er hinzu: »Vor Ihnen ziehe ich meinen Hut.«

»Und weswegen?«

»Weil Sie den Mut gehabt haben, über Ihren Schatten zu springen. Es gehört viel dazu, so einen Schritt zu wagen.«

Gutberleit seufzte auf und schwieg.

»Wir werden alles tun, um …«

»Verzeihung, dass ich Sie unterbreche, Herr Hauptkommissar. Aber das Gleiche habe ich vor zehn Minuten schon einmal gehört.«

»Umso besser. Dann wissen Sie wenigstens, dass wir es ernst meinen.« Sydow gab Gutberleit die Hand und eskortierte ihn ins Nebenzimmer, wo er ihn bat, kurz Platz zu nehmen. »Bis demnächst, Herr Gutberleit. Wir hören voneinander. Meine Sekretärin braucht noch ein paar persönliche An... Was ist denn los, Molli, irgendwas nicht in Ordnung?«

»Und ob«, antwortete Anneliese Mollig und verharrte wie in Erz gegossen auf der Stelle. »Ich muss schon sagen, allmählich geht mir die gute Frau auf die Nerven.«

Hellhörig geworden, bat Sydow den sichtlich verwirrten Mechaniker um Geduld, kehrte in sein Büro zurück und schloss die Tür. »Welche Frau denn, Herrgott noch mal?«

»Die Küsterin. Sie möchte Sie sprechen.«

In Gedanken noch bei Gutberleit, machte Sydow ein verständnisloses Gesicht. »Geht's vielleicht ein bisschen präziser?«

»Sie brauchen mich nicht so anzuschnauzen, Herr Hauptkommissar. Mein Gehör funktioniert bestens.«

Sydow scharrte verlegen mit dem Fuß. Wenn Molli ihn mit seiner Dienstbezeichnung anredete, war Vorsicht geboten, und da er nicht erpicht auf Streitereien war, schlug er einen versöhnlichen Tonfall an. »Jetzt seien Sie doch nicht gleich eingeschnappt, Molli. Es ... es war nicht so gemeint.«

»Du hast's gerade nötig.«

»Wieso? Was soll denn das jetzt schon wieder hei...«

»Du verstehst genau, was ich meine, Tom.« Krokowski warf Sydow einen jener Blicke zu, die dafür sorgten, dass sein Freund und Kollege Vernunft annahm. »Sie hat genauso viel zu tun wie du, alter Junge – nur mal so am

Rande. So, Fräulein Mollig, und jetzt tun Sie mir den Gefallen und erklären meinem Vorgesetzten, worum es geht.« Krokowski lächelte maliziös. »Aber langsam, damit er es auch kapiert.«

»Na schön, aber nur weil Sie es sind, Herr Krokowski.« Die Angesprochene warf Sydow einen strafenden Blick zu, schüttelte den Kopf und ließ es sich nicht nehmen, ihn mehrere Sekunden zappeln zu lassen. »Ach ja, bevor ich es vergesse: Vor circa fünf Minuten hat ein junger Mann angerufen, nach seiner Stimme zu urteilen, sollte ich hinzufügen.«

»Und?«

»Er behauptet, die Gesuchte studiere Jura an der FU.«

»Als ob wir das nicht schon längst wüssten, was, Kroko?« Krokowski und Sydow tauschten einen raschen Blick. »Und wie heißt der gute Mann?«

»Das wollte er mir nicht sagen.«

»Sonst noch was?«

»Wenn es stimmt, was er sagt, hat der Zeuge die Zielperson circa 20 vor zehn getroffen. Und ist mit ihr auf dem Ku'damm Kaffee trinken gegangen.«

»Und wie lange hat der Plausch unter Freunden gedauert?«, wollte Sydow wissen, trank einen Schluck Kaffee und trat an den Stadtplan, der an der Wand zu seiner Rechten hing. »Falls er sich dazu geäußert hat, meine ich.«

»Hat er.« Die Freude über die gelungene Parade war der Sekretärin deutlich anzumerken. »Angeblich waren es nicht mehr als 20 Minuten.«

»Na, wer sagt's denn, passt haargenau zusammen.« Die Kaffeetasse in der Hand, deutete Sydow mit der Rechten auf die Punkte, wo sich die Gesuchte aufgehalten hatte. »Kollege Krokowski, hochverehrte Frau Mollig, ich fasse zusammen. Nach Angaben der Abteilung für Leichenfledderei segnet Schultze-Eckardt um halb sechs das Zeitliche. Danach ist Gisevius an der Reihe. Zeitpunkt: kurz nach acht. Um 20 nach neun, also eineinviertel Stunden später, wird Gutberleits Tochter im KaDeWe beobachtet, wie sie ihre Nobelklamotten gegen Dutzendware tauscht. Ziemlich genau 20 Minuten später lädt sie der geheimnisvolle Unbekannte, womöglich Kommilitone, zu einer Tasse Kaffee ein. Kurz nach zehn dann Aufbruch Richtung Westend, um einem gewissen Herrn Lahnstein auf den Zahn zu fühlen. Wie wir wissen, kommt dabei einiges dazwischen, wobei die Kollegen von der Streife keine gute Figur abgeben. Zeitpunkt der Schießerei: etwa zehn Minuten nach elf. Melissa Gutberleit flüchtet im Dienstwagen der Kollegen, lässt ihn jedoch nur wenige Hundert Meter vom Tatort entfernt stehen. Ab da, ungefähr Viertel nach elf, verliert sich ihre ... Donnerwetter noch mal, was ist denn jetzt schon wieder los!«

Verglichen mit dem Klopfen, unter dem die Tür zum Korridor förmlich erbebte, hörte sich das Hämmern eines Schmiedehammers geradezu harmlos an. Sydow wirbelte auf dem Absatz herum, doch wie so oft, wenn es Schlimmeres zu verhüten galt, war Krokowski schneller. »Sie wünschen, gnädige Frau?«

Eine harmlose Untertreibung, wie Sydows Blick auf die Unbekannte bewies, die Krokowski wie ein lästiges Insekt abschüttelte, einen Blick in die Runde warf und sich drohend vor ihm aufbaute. »Und mit wem habe ich das Vergnügen?«

»Ob es ein Vergnügen wird, junger Mann, wird sich zeigen.« Lina Pommerenke, knapp 1,80 Meter groß, breitschultrig und zweieinhalb Zentner schwer, war völlig außer Atem, was Sydow Gelegenheit gab, das Mannweib mit den markanten Gesichtszügen unter die Lupe zu nehmen.

Wäre sie als Catcherin aufgetreten, hätte sie es weit bringen können, das stand fest, wobei Sydow sich hütete, seine Gedanken auszusprechen. »Was können wir für Sie tun, Frau …?«

»Pommerenke. Da fragen Sie noch, Herr Kommissar?«

»Kriminalhauptkommissar«, gab Sydow in einem Anflug von Todesverachtung zurück, nur um umgehend einen zuckersüßen Tonfall anzuschlagen. »Ich nehme an, es ist dringend?«

Ohne auf die Frage einzugehen, kam die Mittfünfzigerin sofort zum Thema. »Der Herr Pfarrer ist verschwunden«, antwortete die Küsterin, nachdem sie mehrere Male nach Luft geschnappt hatte. »Und das seit mittlerweile …«

»Ach, Sie sind das!«, rief Sydow aus und handelte sich prompt ein Augenrollen von Krokowski ein. »Jetzt verstehe ich. Und warum wenden Sie sich nicht an die Kollegen in Moabit?«

Wieder halbwegs bei Puste, begann Lina Pommerenke zu erzählen, eine wahre Geduldsprobe, da sie vom Hundertsten ins Tausendste kam. Dann aber, nach einem zehnminütigen Redeschwall, wurde die Geduld von Krokowski und Sydow belohnt. »Wissen Sie«, schwadronierte die Küsterin, »unser Pfarrer ist nämlich was ganz Besonderes. Der hält nicht nur Sonntagsreden, sondern kümmert sich auch. Ach, was sag ich! Pastor Janowitz ist ein Held. War mal Gefängnispfarrer, müssen Sie wissen. Damals, als die Kacke so richtig am Dampfen war.«

»Und wo?«, fragte Sydow, eine Ahnung im Hinterkopf, die sich in Sekundenschnelle bewahrheiten würde. »Wissen Sie darüber Bescheid?«

»Na klar«, bekräftigte Lina Pommerenke, sichtlich stolz, der Polizei von Nutzen sein können. »In Tegel und ab 1942 in Plötzensee!«

21

Berlin-Moabit, Pfarrhaus der Sankt Johanniskirche in Alt-Moabit 23-25 | 16:05 h

»Was für ein Mensch er war, wollen Sie wissen?« Die Hände in den Hosentaschen vergraben, stand Harald Janowitz am Fenster und kramte in seinen Erinnerungen. »Sagen wir mal so. Ich kann mich gut an ihn erinnern. Ihr Vater war niemand, den man schnell vergisst, selbst wenn man wie ich mit mehr als 200 Todeskandidaten zu tun hatte. Doch nun zu Ihrer Frage. Was ich an ihm bewundert habe, war die Gelassenheit, mit der er das Urteil aufgenommen hat. Das war nicht bei jedem so, wie Sie sich bestimmt vorstellen können.« Tief in Gedanken, betrachtete der Pfarrer sein Konterfei, das sich in der Fensterscheibe des Arbeitszimmers spiegelte. »Ihr Vater hat Mut bewiesen, Melissa, das steht außer Frage. Kein Schreien, kein sinnloses Aufbegehren, keine Verwünschungen, Beleidigungen oder unflätigen Bemerkungen. Im Gegenteil. Bei der Ankündigung der Vollstreckung verzog er keine Miene, bedankte sich und hat dem Staatsanwalt einen schönen Abend gewünscht. Das nenne ich Haltung, falls das Wort in diesem Zusammenhang angebracht ist. Danach ging alles seinen gewohnten Gang. Ich weiß, es klingt schrecklich, wenn ich das sage, aber Sie wissen selbst, wie viele Menschen die Nazis auf dem Gewissen hatten. Und eines musste man ihnen lassen: Alles, aber auch alles war bis ins letzte Detail geregelt. Zuerst die Mitteilung, dass die Hinrichtung innerhalb der nächsten 24 Stunden stattfinden würde. Dann, falls nötig, der Strafverteidiger. Und zu guter Letzt der Anstaltsgeistliche, also ich.«

»War mein Vater gläubig?«

»Um ehrlich zu sein, Melissa: Ich habe keine Ahnung. Wir sind einfach nur da gesessen und haben uns unterhalten. Ihr Vater war ein passionierter Segler, müssen Sie wissen. Genau wie ich. Kein Wunder, dass uns der Gesprächsstoff nicht ausgegangen ist.« Keineswegs so gelöst, wie es den Anschein hatte, hielt Janowitz mit gefurchter Stirn inne. »Wie dem auch sei, er war zutiefst überzeugt, das Richtige getan zu haben. Das konnte man deutlich spüren. Hätte er die Wahl, hat er versichert, würde er das Gleiche noch einmal tun. Er war ein aufrechter Mensch, pflichtbewusst, geradlinig und prinzipientreu. Überzeugt, seinem Land einen Dienst zu erweisen.«

»Und dann?«

»Irgendwann nach Mitternacht habe ich mich aufs Ohr gelegt. An Schlaf war natürlich nicht zu denken.« Übermannt von seinen Erinnerungen, schloss der Geistliche die hellblau schimmernden Augen. »Wie Sie vielleicht wissen, waren die Todeskandidaten in dem eigens für sie bestimmten Flügel des Hauses III untergebracht, unter Eingeweihten auch als Totenhaus bekannt. Streng bewacht, gefesselt und ohne Möglichkeit, mit Außenstehenden Kontakt aufzunehmen. Bei Tagesanbruch kamen dann zwei Wachtmeister in die Zelle, um die Verurteilten vom Todestrakt in den Hinrichtungsschuppen zu eskortieren. Gefesselt, in Holzpantinen und in Anstaltskleidung, einer nach dem anderen, an manchen Tagen bis zu acht Personen gleichzeitig. Anschließend wurde erneut das Urteil verlesen. Das macht uns so schnell keiner nach, was, Melissa? Es geht doch nichts über deutsche Gründlichkeit.« Janowitz lachte desillusioniert auf. »Bitte nehmen Sie es mir nicht übel, aber wer wie ich mit so viel Elend in Berührung kam, kann bisweilen nicht anders.«

»Hat er … ich meine: Hat er noch etwas gesagt, bevor …«

»Er bat mich, Ihre Mutter ausfindig zu machen. Und, falls möglich, Grüße von ihm zu bestellen.« Die Stirn in Falten, drehte sich der Geistliche um. »Wie wir beide wissen, wurde nichts daraus. Ich bekam zwar heraus, dass sie in der Roten Burg inhaftiert war, erhielt jedoch keine Besuchserlaubnis. Erheblich später habe ich dann erfahren, sie sei zusammen mit weiteren Sippenhäftlingen nach Ravensbrück überführt worden. Der Rest der Tragödie ist bekannt.«

»Danke, Herr Pastor. Was auch geschieht, das werde ich Ihnen nicht vergessen.« Die Hand auf der rechten Schulter, biss Melissa die Zähne zusammen, erhob sich und ging zur Tür. Dort angekommen, drehte sie sich noch einmal um. »Wie gesagt: danke für alles. Aber ich muss jetzt los. Ich will nicht, dass Sie meinetwegen Scherereien bekommen.«

»Und wenn schon. Mich kann nichts mehr erschüttern.« Der Seelsorger atmete geräuschvoll durch. »Und wo wollen Sie hin? Sie brauchen einen Arzt, Melissa, und das möglichst rasch.«

»Wissen Sie, was ich an Ihnen so bemerkenswert finde?«

»Sprechen Sie sich aus, mein Kind. Ich bin ganz Ohr.«

»Sie haben mich aufgenommen, mir zugehört, mich zusammengeflickt und dafür gesorgt, dass es mir an nichts fehlt. Aber Sie haben darauf verzichtet, mir ins Gewissen zu reden.« Melissa sah ihren Wohltäter fragend an. »Warum?«

Der Geistliche erwiderte ihren Blick und sagte: »So merkwürdig es klingen mag, Melissa. Über Recht oder

Unrecht zu entscheiden steht mir nicht zu. Das überlasse ich anderen. Ich bin Seelsorger, kein Richter.«

»Und was, wenn herauskommt, dass Sie mir geholfen haben?«

»Darüber, junge Dame, machen Sie sich mal keine Gedanken. Wer die Gestapo am Hals hatte, ist gegen Widrigkeiten jeglicher Art immun.« Durch ein Geräusch auf der Straße aufgeschreckt, drehte sich Janowitz um, zog die Gardine zur Seite und spähte hinaus. Nur um Sekundenbruchteile später hinzuzufügen: »Apropos Widrigkeiten – ich würde vorschlagen, Sie benutzen den Gartenausgang.«

*

»Ob Sie es glauben oder nicht, Herr Hauptkommissar: Ich habe keine Ahnung, wo sie sich befindet.«

Es gab Menschen, die wie gedruckt logen, solche, die es mit der Wahrheit nicht übermäßig genau nahmen und wiederum andere, die sie sich nach Bedarf zurechtbogen. Pastor Janowitz, der Sydow bereitwillig Auskunft erteilt hatte, gehörte keiner der drei Kategorien an. Ihm hatte er von Beginn an Glauben geschenkt, und das, obwohl Misstrauen durchaus angebracht gewesen wäre. »Schon gut, Herr Pastor. Anderes Thema.«

»Falls Sie wissen möchten, worüber wir gesprochen haben, muss ich Sie enttäuschen.«

Kein Zweifel, der Mann redete nicht nur so daher. Er stand dazu, was er sagte. Vor allem aber stand er auch dazu, was er tat. Das hatte die Schilderung seiner Begegnung mit Melissa Gutberleit bewiesen. »Und wie gehen Sie damit um, dass nach ihr gefahndet wird?«

»Darf ich Ihnen eine Gegenfrage stellen?«

»Nur zu, Herr Pastor.«

»Wie gehen *Sie* damit um, was den Eltern dieser Frau angetan wurde?«

»Ich bin Kriminalbeamter, kein Richter.«

»Und ich bin in erster Linie Geistlicher.«

»Das haben Sie schön gesagt, Herr Pastor«, antwortete Sydow, kam jedoch nicht dazu, seine Erwiderung fortzusetzen. Krokowskis Blick ließ an Deutlichkeit nichts zu wünschen übrig, weshalb er sich mit einem Stirnrunzeln begnügte. »Sie werden wissen, was Sie tun, nehme ich an. Sollte es zu einer Verhandlung kommen, wird man Sie vor Gericht zitieren. Ich nehme an, Sie sind sich dessen bewusst.«

Janowitz reagierte mit einem hintergründigen Lächeln. »Kennen Sie Pater Delp, Herr Hauptkommissar?«

»Natürlich.«

»Dann wissen Sie ja wohl auch, wie er Freisler gegenübergetreten ist.« Das Lächeln des Geistlichen verschwand. »Sie verstehen, was ich damit sagen will, Herr Kommissar?«

»Glauben Sie allen Ernstes, man kann heute mit damals ...«

»Natürlich kann man es nicht miteinander vergleichen, Herr Kommissar«, besänftigte Janowitz sein Gegenüber, bemüht, die Wogen wieder zu glätten. »Wobei Sie, ich und Ihr Kollege genau wissen, wie viele Richter von damals noch in Amt und Würden sind. Nehmen wir mal an, Frau Gutberleit gerät an so einen Mann. Denken Sie, in diesem Fall würde es mit rechten Dingen zugehen? Machen wir uns nichts vor, Herr Sydow. Diese gewendeten Nazis sind doch alle gleich. Einmal braun, immer braun. Daran können 17 Jahre Demokratie nichts ändern. Wer einmal mit diesem Virus infiziert wurde, kriegt ihn nicht mehr los. Da kann es noch so viele Brandts oder Ollenhauers oder meinetwegen auch Adenauers geben. Bis dieses Land mit der Vergangenheit gebrochen hat, wird noch viel Zeit vergehen, Herr Hauptkommissar. Oder sind Sie etwa anderer Meinung?«

*

»Satz mit X, was, Kroko?« Als sich die Tür des Pfarrhauses hinter ihm schloss, wurde Sydow von lähmender Müdigkeit übermannt. Die Nachmittagshitze tat ein Übriges, weshalb sich in ihm der Wunsch nach Ruhe regte. »Und was nun?«

Krokowskis Antwort kam prompt. »Wenn du mich so fragst, Tom: Momentan können wir nicht viel tun. Es sei denn, im Präsidium gäbe es Neuigkeiten.«

Sichtlich mitgenommen, warf Sydow einen Blick auf die Uhr. Kurz vor fünf. Wie die Dinge lagen, würde es eine lange Nacht werden, und da tat eine Verschnaufpause bestimmt gut. »Was dagegen, wenn ich kurz nach Hause fahre? Um acht stehe ich dann wieder auf der Matte.«

»Und was, wenn Lea ausgezogen ist?«

»Blödmann.« Sydow verpasste Krokowski einen Schubs, schloss die Tür seines ramponierten Aston Martin auf und trieb Krokowski zur Eile an. »Jetzt mach schon, ich hab Hunger.«

Pech, dass sein Wagen nicht ansprang. Weder beim ersten, noch beim zweiten, noch bei dem restlichen von einem halben Dutzend Versuchen, die Sydow unternahm, um sein in die Jahre gekommenes Gefährt zu starten. »Mist, verdammter.«

»Tja, Tom«, gab Krokowski achselzuckend zurück, den Arm auf der geöffneten Tür und pure Schadenfreude im Gesicht. »Sieht so aus, als hätten wir ein Problem. Wird nicht das letzte sein, fürchte ich.«

22

Berlin-Schöneberg, Sydows Wohnung in der Grunewaldstraße | 17:40h

Es war genauso gekommen wie befürchtet. Auf dem Nachhauseweg war Sydow noch kurz im Präsidium gewesen und hatte sich erkundigt, ob es Neuigkeiten im Fall Gutberleit gab. Da dem nicht so war, gab es auch keine heiße Spur, trotz zahlreicher Hinweise, die bei den Kollegen von der Mordkommission eingegangen waren. Folglich hatte er es riskieren können, einen Abstecher nach Hause zu machen, dringend notwendig angesichts der Müdigkeit, die sich in ihm breitgemacht hatte. Vom Präsidium bis in seine Wohnung waren es zwar nur zehn Minuten, dennoch waren sie ihm schier endlos vorgekommen. Als er dann auch noch in ein Gewitter kam, war seine Stimmung auf den Nullpunkt gesunken, alles andere als gute Voraussetzungen, um bei Lea Boden gutzumachen.

Wider Erwarten lief dann doch alles anders. Hajo und Vroni hatten ihren Sprössling bereits abgeholt. Somit stand einem Abendessen zu zweit nichts im Wege. Sydow wusste zwar nicht, wie er Lea beibringen sollte, dass er sich um acht wieder auf die Socken machen musste, war aber zuversichtlich, ihr den Wind aus den Segeln nehmen zu können.

Blieb die Frage, wo Melissa Gutberleit steckte. Obwohl Krokowski sein Vertrauen nicht teilte, war Sydow überzeugt, dass Janowitz die Wahrheit gesagt hatte. Und wenn nicht, konnte er auch nichts daran ändern. Aus dem Mund des Pastors würde er kein Sterbenswort erfahren, und je länger er darüber nachdachte, desto besser konnte er den sympathischen Geistlichen verstehen. An sich waren Sydow die Diener des Herrn suspekt, aber was Janowitz betraf, war er bereit, seine Meinung zu revidieren. Zeitgenossen wie er waren rar, und es war gut, dass es sie gab. An dieser Erkenntnis führte kein Weg vorbei.

»Na, schon wieder in Gedanken?« Manchmal war es beängstigend, wie gut Lea ihn kannte, weshalb es auch keinen Sinn machte, ihr etwas vorzulügen. »Greif zu, Tom, bevor du mir verhungerst.«

Logisch, dass Sydow sich das nicht zweimal sagen ließ. Riesenbouletten nach Art des Hauses, dazu Kartoffelsalat mit Speck, Zwiebeln, Gurken und scharfem Senf. Und zum Nachspülen ein Berliner Kind – oder zwei. Kriminalisten-Herz, was begehrst du mehr.

»Schon irgendwelche Hinweise?«

»Das schon«, antwortete Sydow, nahm einen Schluck aus seinem Deckelkrug und konnte der Versuchung nicht widerstehen, eine weitere Boulette auf den Teller zu laden. »Fragt sich nur, wo die Dame abgeblieben ist.«

»Laut RIAS ist sie ziemlich jung, oder?«

Sydow nickte, mehr mit sich und seinen Gaumenfreuden als mit einem Fall beschäftigt, bei dem er momentan auf der Stelle trat. »21.«

»Ich weiß, du darfst nichts sagen, aber …«

»Schon gut, ich habe verstanden.« Sätze, die so begannen, unvermittelt abbrachen und in ein aufmunterndes Lächeln mündeten, verlangten nach einer Antwort, speziell dann, wenn Sydow ein schlechtes Gewissen hatte. Und so erzählte er in groben Zügen, was er den Tag über erlebt hatte, nicht ohne hinzuzufügen, dass er kurz vor dem Verhungern war. Bei Lea, die es wie immer genau wissen wollte, stieß er jedoch auf taube Ohren. Der Fall Gutberleit hatte ihre Neugierde geweckt, und da Sydow aus Erfahrung wusste, dass er dagegen nicht ankam, zog sich der Bericht länger als erwartet hin. »Fazit: Sie ist wie vom Erdboden verschluckt.«

»Auf gut Deutsch: Ihr beide müsst eine Sonderschicht einlegen.«

»Ich fürchte, uns bleibt nichts anderes übrig.« Sydow seufzte resigniert. An dieser Frau war eine Kripo-Beamtin verloren gegangen, und wenn Lea nicht beim RIAS beschäftigt wäre, hätte er längst versucht, sie bei der Polizei unterzubringen. »Du bist doch nicht etwa sauer, oder?«

»I wo, das bin ich doch schon gewohnt.« Das Kinn auf den verschränkten Händen, machte Lea aus ihrer Enttäuschung keinen Hehl. Anders als befürchtet hielt sich diese jedoch in Grenzen, ein Umstand, der Sydow insgeheim aufatmen ließ. »Und wann musst du wieder ins Prä…«

»Um acht«, vollendete Sydow, in Versuchung, Kroko anzurufen und sich bis zum nächsten Morgen abzumelden. Zusammen mit Lea am Küchentisch zu sitzen und über Gott und die Welt zu plaudern war ein verlockender Gedanke, allemal reizvoller, als sich im Präsidium die Nacht um die Ohren zu schlagen. Wie lange die Suche dauern würde, stand ohnehin in den Sternen, und außerdem war dies sein freier Tag. Sollten sich doch die anderen mit dem Fall beschäftigen, bis morgen früh würde es auch ohne ihn gehen. *Musste* es ohne ihn gehen, um es harsch zu formulieren. »Ich kann Kroko jetzt nicht hängen lassen.«

»Tom Sydow, wie er leibt und lebt. Was wärst du bloß ohne deinen Beruf.«

»Frag lieber, was ich ohne dich wäre.« Die Antwort war ihm einfach so rausgerutscht. An ihrem Wahrheitsgehalt änderte das natürlich nichts, das war Sydow mehr denn je bewusst. »Das trifft den Kern schon eher.«

»Manchmal kannst du richtig lieb sein, weißt du das?«, antwortete Lea, beugte sich über den Tisch und drückte ihm einen innigen Kuss auf die Stirn. »Womit habe ich das bloß verdient?«

Errötend wie ein verliebter Teenager, schlug Sydow die Augen nieder.

Und wechselte rasch das Thema. »Lassen wir die Kripo einfach Kripo sein. Zumindest für zwei Stunden. Also: Was gibt's Neues?«

»Das Übliche«, antwortete Lea und ging zum Kühlschrank, um den Nachtisch zu holen. »Halt, bevor ich es vergesse: Die Beerdigung von Frau Schultze ist schon morgen. Um drei.«

Sydow gab ein zustimmendes Nicken von sich. Mutter Schultze, wie sie in der Nachbarschaft genannt wurde, war bis kurz vor ihrem Tod hinter der Theke ihres Tante-Emma-Ladens gestanden, eine reife Leistung, wenn man bedachte, dass sie 78 Jahre alt geworden war. Vor der Beerdigung, das wusste Sydow, konnte er sich unmöglich drücken, Kripo Berlin hin oder her. Es gab Dinge, die mussten einfach sein, und es bedurfte keiner Aufforderung, um ihn darauf hinzuweisen. »Und wo?«

»Auf dem Friedhof Heerstraße. Du weißt ja, wo das ist.«

Natürlich wusste er das. Und er wusste auch, dass just dieser Ort von Hardenberg während ihres Gespräches im Kranzler erwähnt worden war. Dumm von ihm, wirklich saudumm, dass er nicht früher darauf gekommen war. ›Damit du zufrieden bist, Sydow: Er liegt auf dem

Friedhof Heerstraße. Seite an Seite mit meiner Mutter, die drei Wochen nach seiner Hinrichtung Selbstmord beging. Noch Fragen?‹

Nein, keinerlei Fragen mehr.

Urplötzlich wie elektrisiert, sprang Sydow auf, vertröstete Lea auf später und rannte in den Gang, um sein Jackett überzustreifen.

Jetzt zählte nur eins: Schnelligkeit.

Alles andere konnte warten.

FÜNFTES KAPITEL

»In wenigen Augenblicken weiß ich mehr als Sie.«

(Pater Alfred Delp zum Gefängnispfarrer auf dem Weg zum Galgen in Berlin-Plötzensee)

23

Berlin-Westend, Friedhof Heerstraße | 19:05 h

Als er den Lageplan studierte, hätte Sydow sich glatt ohrfeigen können. Das Naheliegende wäre gewesen, so schnell wie möglich Alarm zu schlagen. Ein Anruf beim örtlichen Polizeiposten, und die Ausgänge des Friedhofes wären überwacht, die Besucher kontrolliert und das Gelände systematisch durchkämmt worden. Ein weiterer Anruf bei Kroko, und sie hätten sich gemeinsam auf die Suche machen können. Vier Augen sahen bekanntlich mehr als zwei, vor allem, wenn man einen langen Tag hinter sich hatte.

Und was tat er? Er verhielt sich wie ein Anfänger, stürzte Hals über Kopf aus dem Haus und hielt das erstbeste Taxi an, um in halsbrecherischem Tempo Richtung Westend zu rasen. Das war nicht nur unüberlegt, sondern dilettantisch, und wie die Dinge lagen, hatte er prompt die Quittung bekommen. Eine Parklandschaft, in der man sich verirren konnte, die knapp 150.000 Quadratmeter umfasste und zu allem Unglück mehrere Eingänge besaß. Und mittendrin er, Tom Sydow, der nicht wusste, wo beginnen. So konnte es gehen, wenn man seinen Denkapparat nicht einschaltete. Weiter so, Herr Kriminalhauptkommissar. Der Weg zur Suspendierung war nicht weit.

Das Schlimme war, dass er die Pleite auf die eigene Kappe nehmen musste. Um auf den Trichter zu kommen, hätte er nur genau hinhören, die richtigen Schlüsse ziehen und sich unmittelbar nach dem Gespräch mit Janowitz auf die Socken machen müssen. Mittlerweile waren gut eininhalb Stunden vergangen, und es war mehr als fraglich, ob seine Suche von Erfolg gekrönt sein würde. Hätte er schneller reagiert, wäre nicht so viel Zeit vergeudet worden. Diesen Vorwurf musste er sich machen.

Hätte, wäre, könnte. Sydow stieß eine Verwünschung aus, die er angesichts des Ambientes besser für sich behalten hätte. Hinterher war man immer schlauer, und es fruchtete nicht, wenn man vertanen Chancen nachtrauerte.

Und was, wenn er sich irrte? Wenn sich Melissa Gutberleit aus dem Staub gemacht und irgendwo Unterschlupf gefunden hatte, wo sie unerkannt blieb? Was dann, Herr Diplom-Kriminalist? Was würde passieren, wenn die Suche nach der Stecknadel im Heuhaufen ohne Ergebnis blieb?

Und überhaupt: Machte es wirklich Sinn, nach jemandem zu fahnden, der Leute wie Schultze-Eckardt und Gisevius auf dem Gewissen hatte?

Auf wessen Seite war er eigentlich, auf der der Täter oder der von Patrioten, die wie Schlachtvieh aufgehängt worden waren?

Auf sich allein gestellt, stieß Sydow einen weithin hörbaren Seufzer aus. Besser, er dachte nicht zu viel über diese Dinge nach und tat genau das, wozu er von Rechts wegen verpflichtet war. Sein Auftrag bestand darin, alles in seiner Macht Stehende zu tun, um Verbrechen von Menschen an Menschen aufzuklären. Nicht mehr, aber auch nicht weniger. Alles andere war Sache der Richter, selbst dann, wenn die Gefahr bestand, dass Justitia auf dem rechten Auge blind war.

»Kann ich Ihnen helfen, junger Mann?« Die Augen auf dem Lageplan, wo die Ehrengräber des Landes Berlin, Ruhestätten wie die von Ringelnatz und die Kapelle samt

Trauerhalle verzeichnet waren, fuhr Sydow erschrocken zusammen. »Ich kenne mich hier aus, wissen Sie.«

»Nett von Ihnen, aber …«

»Jetzt haben Sie sich mal nicht so. Kann jedem mal passieren, dass er auf der Leitung steht, oder?«

Wie recht die ältere Dame, die aus einem Märchen der Gebrüder Grimm zu stammen schien, doch hatte. Obwohl ihm nicht danach war, konnte sich Sydow ein Schmunzeln nicht verkneifen. Das mit der Leitung, auf der er stand, war wirklich treffend ausgedrückt, ein Grund mehr, das Angebot der Rentnerin anzunehmen. »Aber nur, wenn es keine Umstände macht.«

»Nur keine falsche Rücksichtnahme, junger Mann. Wenn ich unter der Erde bin, habe ich genug Zeit, meine Kräfte zu schonen.«

»Auch wieder wahr.« Sydow schaute so freundlich drein, wie es unter den gegebenen Umständen möglich war. Und ergänzte: »Ich bin auf der Suche nach dem Grab eines Bekannten, Frau …«

»Lehmann. Und wie lautete sein Name?«

»Hardenberg«, antwortete Sydow, in Gedanken bei der Frage, ob es ratsam war, sich jemand Wildfremdem anzuvertrauen. »Maximilian von Hardenberg.«

Die Antwort kam wie aus der Pistole geschossen, gefolgt von einem triumphierenden Lächeln, das seiner Skepsis Hohn zu sprechen schien. »Feld 16-A-20/21.«

»Wissen Sie auch, welchen Weg ich von hier aus nehmen …«

»Jetzt hören Sie mir mal gut zu, junger Mann.« Die Zurechtweisung der pensionierten Oberlehrerin ließ nicht lange auf sich warten. »Wenn ich sage, ich kenne mich aus, dann ist das auch so, verstanden?«

»Verstanden«, echote Sydow, kurz davor, die Hacken zusammenzuschlagen. »Soll nicht wieder vorkommen.«

»Das will ich hoffen, junger Mann.« Elfriede Lehmann, vor der ganze Schülergenerationen gezittert hatten, ließ den Stock mit voller Wucht auf den gepflasterten Gehweg niedersausen. »Sonst bekommen Sie es mit mir zu tun. Also: von hier aus die Treppen hinunter, dann nach rechts Richtung See und nach etwa 300 Metern wieder nach links. Und von dort aus immer den Schildern nach, dann können Sie es nicht verfehlen.«

»Vielen Dank, vor allem für den jungen Mann!«, rief Sydow, der es plötzlich eilig hatte, der Rentnerin vom Ende des nächsten Treppenabsatzes zu. »Sie haben mir sehr geholfen!«

»Nicht zu fassen, was für Manieren die jungen Leute heutzutage haben«, grummelte Elfriede Lehmann, schüttelte den Kopf und wandte sich dem Ausgang zu, der an der Olympischen Straße lag. »Ein Benehmen wie die Axt im Walde.«

*

Merkwürdig!, fuhr es Melissa durch den Sinn, während sie auf der Bank am Rande der Kiefernallee saß, wo sich ein Grabmonument an das nächste reihte. Kurios, wie gelassen ich auf einmal bin. Angesichts der Lage, in der sie sich befand, war dies wirklich ein Wunder, und sie fragte sich, welchem Umstand die Gelassenheit zuzuschreiben war.

Merkwürdig, in der Tat. Sogar ihre Verletzung schien weniger zu schmerzen als vor zwei Stunden, und während sie so dasaß, schlug ihre Gelassenheit in Zufriedenheit um. Was auch geschah oder geschehen würde, es war vollbracht. Nun ja, zumindest weitgehend. Irgendwann würde auch

Lahnstein die gerechte Strafe bekommen, ob heute oder in ein paar Wochen, spielte keine große Rolle. Es war ihr gelungen, ihre Pläne in die Tat umzusetzen, und das war momentan das Wichtigste.

Noch wichtiger war freilich die Tatsache, dass die Polizei das Nachsehen gehabt hatte. Nur knapp zwar, aber immerhin. Ob das Glück, das sie gepachtet zu haben schien, von Dauer sein würde, stand jedoch auf einem anderen Blatt. Ihr war klar, dass jeder verfügbare Polizist Jagd auf sie machen würde, und ihr war ebenso klar, dass sie denkbar schlechte Karten besaß. Ohne fremde Hilfe würde sie es nicht schaffen, darüber machte sie sich keinerlei Illusionen. Das fing bei ärztlicher Hilfe an und endete bei der Frage, wie ihre Zukunft aussehen würde. Wie dem auch sei, in ihre Studentenbude konnte sie jedenfalls nicht zurück, woran sich die Frage knüpfte, wohin oder an wen sie sich demnächst wenden sollte.

Aber was auch geschah: Die Tat, die sie mit ihrem Onkel begangen hatte, konnte nicht rückgängig gemacht werden. Sollten sie sie doch verhaften, vor Gericht stellen oder in den Knast stecken. Sympathie würden die Behörden dadurch ganz bestimmt nicht ernten. Spätestens bei ihrer Verhandlung würde alles, was Schultze-Eckardt & Co. auf dem Kerbholz hatten, ans Tageslicht gezerrt werden. Die Biedermänner im Talar, im Arztkittel und im Gewand des engagierten Lokalpolitikers würden enttarnt, ihr Leben und ihre Verbrechen an die Öffentlichkeit gezerrt werden. Etwas Besseres konnte ihr nicht passieren, wobei sie sicher war, bei wem die Sympathien der Bevölkerung lagen.

Was ihre Person betraf, blieb sie von Gewissensbissen verschont, war es doch Justus, der die Rechnung mit Schultze-Eckardt beglichen hatte. Und was Gisevius betraf, er war so feige gewesen, wie sie von vornherein angenommen hatte. Ein diskreter Hinweis an die Presse, und er wäre geliefert gewesen, ein Grund mehr, umgehend die Konsequenzen zu ziehen.

Wie friedlich es hier doch war. Die Luft gereinigt vom Gewitter, das sich vor einer Stunde entladen hatte, die Kiefernallee zu ihrer Linken menschenleer, die Bank, auf der sie saß, von einer Trauerweide, Eschen, einem Birkenwäldchen und einer übermannshohen Hainbuchenhecke umgeben, die sie vor neugierigen Blicken schützte. Hier, am Grab ihrer Großeltern, in der die sterblichen Überreste ihres Vaters ruhten, war sie seit Langem wieder zur Ruhe gekommen. Ob diese von Dauer sein würde, war ungewiss, aber das war momentan nicht der Punkt. Wichtig war allein, dem Mann nah zu sein, in dessen Namen sie zu handeln glaubte. Ein Mann, der eine Menge Mut besaß, weit mehr als seine Mitmenschen, die ihr Haupt unter das Joch der Knechtschaft gebeugt hatten.

Die Hand auf der Rückenlehne, wanderte Melissas Blick zu dem Grabstein aus Rosengranit, der von der Gestalt eines Engels aus verwittertem Marmor überragt wurde. Wie sie machte der Engel, der ein Kreuz in Händen hielt, gerade Rast, und wie bei ihr lag ein Ausdruck der Ermattung über dem Gesicht. Es war ein schlichtes Grab, auf dem der Blick der erschöpften Gestalt ruhte, überwuchert von Efeu, Farnkraut und verdorrten Grashalmen. Gerade in dieser Schlichtheit lag jedoch sein Reiz, ein Umstand, der durch den kurz gehaltenen Epitaph noch gesteigert wurde. *Familie von Hardenberg*, stand auf dem grob behauenen Granitblock zu lesen, ein Schriftzug, der mehr sagte als überflüssige Worte.

Wie friedlich es hier doch ist!, dachte Melissa, nur um

beim Anblick des Mannes, der die Kiefernallee entlangschlenderte, jäh aufgeschreckt zu werden.

Diese Begegnung war kein Zufall, das wurde ihr auf Anhieb klar.

*

Von Erleichterung konnte beim Anblick der Frau, nach der Sydow gesucht hatte, keine Rede sein. Eher von Ernüchterung, wenn nicht gar Erstaunen. Melissa Gutberleit war anders als die Kriminellen, mit denen er es im Verlauf seiner Karriere zu tun bekommen hatte, weniger im Hinblick auf ihr Aussehen, sondern vor allem, was ihr Tatmotiv betraf. Adrette junge Damen, die vor Mord nicht zurückscheuten, hatte er zur Genüge kennengelernt. Adrette junge Damen, die selbstlose Motive hatten, konnte man dagegen an einer Hand abzählen.

Dass sie keinerlei Anstalten machte, das Weite zu suchen, mochte mit der Wunde an der rechten Schulter zusammen hängen. Davon abgesehen schien sie jedoch auch kein Interesse an Flucht oder Vertuschung ihrer Identität zu haben. Die junge Frau, an der die Flucht vor der Polizei nicht spurlos vorübergegangen war, saß einfach nur da, wobei sich Sydow des Eindrucks nicht erwehren konnte, sie sei mit sich und der Welt im Reinen. Zugegeben, beim Nähertreten blieben ihm die auffallende Blässe, die Schatten unter ihren Augen und der durchdringende Blick nicht verborgen. An der Tatsache, dass sie keine Reue verspürte, schien dies jedoch nicht zu liegen. Die Hetzjagd durch Berlin hatte deutliche Spuren hinterlassen, die Morde, an denen sie beteiligt gewesen war, dagegen kaum. Das konnte man auf den ersten Blick erkennen.

Die Art und Weise, wie sie auf sein unerwartetes Auftauchen reagierte, schien Sydows Vermutung zu bestätigen. »Melissa Gutberleit, nehme ich an?«, sagte Sydow, und er sagte es so, als trete er einer Bekannten gegenüber, die er jahrzehntelang nicht mehr gesehen hatte. »Tom Sydow, Kripo Berlin. Haben Sie etwas dagegen, wenn ich mich setze?«

»Nicht im Geringsten«, antwortete die junge Frau, wies auf den Platz zu ihrer Linken und wirkte so entspannt, dass es fast schon provokativ wirkte. »So viel Einfallsreichtum, mich zu finden, muss einfach belohnt werden.«

*

»Nur noch eine Frage«, sagte Sydow nach einem kurzen Blick auf seine Armbanduhr, der deutlich machte, dass es an der Zeit war, eine Entscheidung zu fällen. Mittlerweile war es bereits Viertel nach acht, und wie er Krokowski kannte, hatte er längst angerufen und gefragt, wo er bliebe. Da Lea Bescheid wusste, war damit zu rechnen, dass er anschließend Himmel und Hölle in Bewegung setzen würde, das genaue Gegenteil von dem, was Sydow mit seinem Vorgehen bezweckte. »Wer von Ihnen beiden war es, der Schultze-Eckardt den Rest gegeben hat?«

»Ich!«, antwortete Sydows Gesprächspartnerin mit fester Stimme, den Engel im Blick, über dessen Gewand sich das Licht der Abenddämmerung ergoss. »Und ich war es auch, die den Plan ausgeheckt hat, ihn in die Falle zu locken. Mein Onkel hat nichts damit zu tun. Zumindest nicht im wortwörtlichen Sinn. Ob Sie es glauben oder nicht, er könnte keiner Fliege etwas zuleide tun.«

»Was das betrifft, junge Dame, habe ich da so meine Zweifel.«

»Nicht nötig, Herr Kommissar. Nehmen Sie es mir nicht übel, aber diesbezüglich machen Sie sich falsche Vorstellungen.«

»Und Gisevius?«, fügte Sydow an, der es vermied, seine Nachbarin anzuschauen. »Wie steht es mit ihm?«

»Ich fürchte, auch da muss ich Ihnen widersprechen. Bevor ich in die Praxis ging, hat Justus versucht, mir ins Gewissen zu reden.«

»Mit Erfolg?«

»Nein.«

»Und wie sind Sie vorgegangen?«

»Wie geplant.« Melissa Gutberleit ließ den Blick auf der aus Goldlettern bestehenden Grabinschrift ruhen. »Er hat getan, was er längst hätte tun sollen.«

»Und sich eine Überdosis Evipan gespritzt, verstehe.«

»Ich sehe, Sie sind bestens informiert.«

»Gehört zu meinem Job.«

»Und was nun?« Längst nicht so bedrückt, wie es unter den gegebenen Umständen zu erwarten war, wandte sich Melissa Gutberleit dem Kommissar zu. Und fügte, als sie keine Antwort erhielt, hinzu: »Finden Sie nicht, es ist an der Zeit, die Handschellen hervorzuholen?«

Was tun, genau das war die Frage. Tun, was die Vorschriften von ihm verlangten? Tun, was neun von zehn seiner Kollegen getan hätten? Darauf pochen, dass das, was die Frau neben ihm getan hatte, geahndet und gemäß Recht und Gesetz bestraft werden musste? Oder auf seine innere Stimme hören, die ihm riet, den Kriminalhauptkommissar in ihm beiseitezuschieben?

So und nicht anders lautete die Frage.

Eine Frage, deren Beantwortung er nicht auf die lange Bank schieben durfte.

»Was ist? Hat es Ihnen die Sprache verschlagen?«

Nein, mit Sicherheit nicht. Er kannte die Täter und ihre Motive. Er kannte die Hintergründe und die Umstände, die zum Tod von Schultze-Eckardt und Gisevius geführt hatten. Und er war im Bilde, was sich in Plötzensee und in der Koenigsallee abgespielt hatte. Eins aber wusste er nicht – und würde es vermutlich nie erfahren. Wer von beiden war die treibende Kraft, und vor allem: Wer war derjenige, der Schultze-Eckardt den Garaus gemacht hatte?

Wer war der Henker, Justus oder seine Nichte?

Eine Frage, deren Beantwortung mehr als ungewiss, wenn nicht gar unmöglich zu sein schien.

»Auf die Gefahr, dass ich Ihnen auf die Nerven gehe: Finden Sie nicht, dass es an der Zeit wäre, Nägel mit Köpfen zu machen?«

»Sagen wir mal so: Es ist an der Zeit, dass sich in diesem Land etwas ändert«, gab Sydow zurück, erhob sich und ließ den Blick zwischen den Grabsteinen hin und her wandern. »Damit sich das, was damals geschehen ist, nicht wiederholt.«

»Ganz meine Meinung, Herr Kommissar.«

»Kriminalhauptkommissar«, antwortete Sydow, nickte seiner Gesprächspartnerin zu und wandte sich zum Gehen. »Freut mich, Sie kennengelernt zu haben, Fräulein von Hardenberg.«

Die Augen weit aufgerissen, rang Sydows Gesprächspartnerin nach Worten. »Aber …«, stammelte sie, schon lange nicht mehr so verwirrt wie in diesem Moment. »Aber Sie können mich doch nicht einfach laufen lassen.«

»Und ob ich das kann!«, versetzte Sydow, wandte sich um und schlug einen harschen Tonfall an: »So, und jetzt sehen Sie zu, dass Sie sich aus dem Staub machen. Und damit das klar ist: Wir beide haben uns nie gesehen!«

200 TAGE SPÄTER

EPILOG

(Freitag, 3. März 1967)

24

Eckkneipe ›Zur Quelle‹ in Alt-Moabit | 22:05 h

»Wie Sie sehen, geht es mir gut«, rezitierte Pastor Janowitz, eine eng beschriebene Ansichtskarte in der Hand. »Nochmals vielen Dank für alles, Herr Pastor. Aufgrund Ihrer Hilfe habe ich es geschafft, wieder Boden unter die Füße zu bekommen. Anfangs war das nicht gerade leicht, aber ich bin zuversichtlich, mich durchbeißen zu können. Alles Gute für die Zukunft. Melissa.«

»Ich nehme an, Sie wollen mir den Poststempel nicht zeigen«, sagte Sydow, bestellte sich das dritte Berliner Kindl und blitzte den Nachbarn zur Rechten aus dem Augenwinkel an. »Oder sehe ich das falsch?«

»Keineswegs«, bestätigte der Seelsorger und steckte die Postkarte wieder ein, um es Sydow gleichzutun. »So gut müssten Sie mich mittlerweile kennen.«

»Wissen Sie was, Herr Pastor? An Sie könnte ich mich gewöhnen.«

»Freut mich zu hören, das Gleiche gilt für mich.« Das Bierglas in der Hand, prostete Janowitz seinem Zechkumpanen zu. »Jetzt kann ich es Ihnen ja sagen, Herr Kriminalhaupt...«

»Tom.«

»Freut mich«, erwiderte der Geistliche, der unter den Vertretern seiner Zunft seinesgleichen suchte. »Ich heiße Harald.«

»Na, dann mal prost.«

»Prost, Tom – auf dein Wohl.«

Sydow nahm einen kräftigen Zug, stellte das Glas auf den Tresen und fragte: »Und was wolltest du mir gerade sagen?«

»Du hast das Richtige getan, Tom. Und weißt du auch, warum?«

»Gott erhalte dir deine Zuversicht, Harald.«

»Ich weiß, wovon ich rede, Tom«, erwiderte Janowitz, vom einen auf den anderen Moment nachdenklich geworden. »Aber zuerst muss ich dir etwas beichten.«

»Ein Pastor, dem ich die Beichte abnehmen soll. Dass ich das noch erleben darf.«

»Ich meine es ernst, Tom.« Janowitz sog an seiner Bruyère-Pfeife, wartete ab, bis sich der Rauch verflüchtigt hatte und ergänzte: »Wie du weißt, stand ich Maximilian von Hardenberg zur Seite, bevor er hingerichtet wurde.«

Sydow deutete ein Nicken an.

»Und du weißt auch, dass er mir damals sein Herz ausgeschüttet hat.«

Sydow stutzte. »Sag mal, auf was willst du eigentlich hinaus?«

»Darauf, dass ich dir nicht die Wahrheit gesagt habe. Jedenfalls nicht die ganze Wahrheit, um es akkurat auszudrücken.«

»Ich muss schon sagen, Herr Pastor«, witzelte Sydow und wedelte vorwurfsvoll mit dem Zeigefinger. »Das hätte ich nun wirklich nicht erwartet.«

»Mir ist nicht zum Scherzen zumute, Tom.«

»Tut mir leid«, lenkte Sydow, mittlerweile nicht mehr ganz nüchtern, mit schuldbewusster Miene ein. »Und was ist so schlimm, dass du es vor mir verheimlicht hast?«

»Du versprichst, es niemandem zu erzählen?«

Hellhörig geworden, hob Sydow die rechte Hand zum Schwur. »So, und jetzt lass hören.«

»Hardenberg hat sich beklagt, er führe keine richtige Ehe mehr. Und das seit mehr als zweieinhalb Jahren.«

»Wie bitte?«

»Mit Betonung auf ›richtig‹, falls du verstehst, was ich meine. Er verdächtigte seine Frau, einen Liebhaber gehabt zu haben.«

»Und wen?«

»Einen Kollegen im Auswärtigen Amt, Genaueres weiß ich nicht.« Janowitz stöhnte leise auf. »Seinen Worten zufolge ging es zuletzt so weit, dass er mit dem Gedanken gespielt hat, einen Privatdetektiv anzuheuern. Wie dem auch sei: Zum fraglichen Zeitpunkt, also Mitte Oktober 1943, war Hardenberg als Verbindungsoffizier bei der Heeresgruppe Mitte tätig. Ein bisschen weit von Weißrussland nach Berlin, findest du nicht auch?«

»Heimaturlaub?«

Janowitz schüttelte den Kopf.

»Das darf doch wohl nicht wahr sein.« Sydow war wie vor den Kopf geschlagen. Da hatte er geglaubt, die Hintergründe des Falles zu kennen – und jetzt dies. Im Glauben, den leiblichen Vater rächen zu müssen, war Melissa Gutberleit einem Irrtum unterlegen, wobei das Wort ›tragisch‹ den Vorgang nur höchst unzureichend beschrieb. Eine junge Frau war zur Straftäterin geworden, und er, Sydow, hatte sie gedeckt. Allein das hatte ihm schwer zugesetzt, von den Enthüllungen, die Janowitz gemacht hatte, gar nicht zu reden. Daran würde er noch lange zu kauen haben, und es war fraglich, ob die Erinnerungen an diesen Fall je verblassen würden.

»Bitte sag, dass es nicht stimmt, Harald.«

»Doch, tut es.« Die Stimme des Geistlichen sank zu einem Flüstern herab. »Ich fürchte, damit müssen wir beide leben.«

»Und warum ...?«, begehrte Sydow auf, wohl wissend, dass Janowitz das einzig Richtige getan hatte.

»Warum ich sie angelogen habe, willst du wissen?«, fuhr der Geistliche dazwischen, die Augen auf den Spiegel hinter dem Tresen gerichtet. »Kannst du dir das nicht denken, Tom?«

Natürlich konnte er sich das denken. »Doch.« Auf dem Boden der Tatsachen angelangt, leerte der Angesprochene sein Glas bis zur Neige. Manchmal war es besser, die Wahrheit für sich zu behalten, und sei es nur, Schaden von sich selbst und anderen abzuwenden. »Mannomann!«, ächzte Sydow, der nicht wusste, wie ihm geschah. »Das darf doch wohl nicht ...«

»Ist es aber, fürchte ich«, fiel Janowitz seinem Nebenmann ins Wort. Und ergänzte: »Ein Gutes hat die Sache gehabt.«

»Und das wäre?«

»Wenn wir es für uns behalten, wird niemand davon erfahren.«

Anstatt zu antworten, winkte Sydow den Wirt herbei und bestellte einen Doppelkorn. »Tut mir leid, aber auf den Schock brauche ich erst mal einen Schnaps.«

»Es sei dir gegönnt, Tom.« Janowitz klopfte seine Pfeife aus, zog den Geldbeutel aus dem Jackett und legte einen Zehnmarkschein auf den Tresen. »Trau dich bloß nicht, zu zahlen«, drohte er im Scherz, trank aus und deutete mit dem Zeigefinger an die Decke, eine Mischung aus Schwermut und Schlitzohrigkeit im Gesicht. »Oder du kriegst es mit meinem Vorgesetzten zu tun!«

*

Es war bereits spät, als Sydow zum Aufbruch rüstete, und obwohl er nach dem Doppelkorn auf Sinalco ohne alles umgestiegen war, ließ er seinen Aston Martin vor der Kneipe stehen. Bis zur U-Bahn-Station waren es nur wenige Schritte, und das bedeutete, dass er spätestens um zwölf zu Hause sein würde.

An der Haltestelle Turmstraße angelangt, kaufte sich Sydow die Abendpost, nicht zuletzt, um auf andere Gedanken zu kommen. Dass daraus nichts wurde, lag nicht etwa an ihrem Inhalt, sondern daran, dass er bei seiner Lektüre auf eine Schlagzeile in den Lokalnachrichten stieß. ›Senatswahlen am 12. März so gut wie entschieden‹ war der Artikel auf Seite vier überschrieben, eine Prognose, die Sydow mit einem Achselzucken quittierte. Man musste nicht alles für bare Münze nehmen, was in der Zeitung stand, vor allem dann nicht, wenn die Hälfte der Ausgabe aus großformatigen Bildern bestand.

Es war eines dieser Bilder, die Sydows Aufmerksamkeit erregte, genauer gesagt eine Anzeige, die eine der beiden großen Parteien geschaltet hatte. Binnen Sekundenbruchteilen sollte sich diese Aufmerksamkeit in blanke Wut verwandeln, war ihm der Mann, der darauf abgebildet war, doch hinlänglich bekannt.

»Na warte, du Schnösel, dir werd ich's zeigen!«, murmelte Sydow, der sich von der Anzeige mit dem Slogan *Wählt Lahnstein!* lange Zeit nicht losreißen konnte.

»Wenn du denkst, dir kann keiner was anhaben, hast du dich geschnitten.«

Nicht lange, und der Entschluss des Kripo-Beamten stand fest. Ein Entschluss, der auf dem Weg zur Telefonzelle konkrete Gestalt annahm. »Bist du's, Qualle?«, rief Sydow in den Hörer, das Quietschen im Ohr, welches von den Bremsgeräuschen des einfahrenden Zuges herrührte. »Wie wär's, wenn wir beide morgen Abend einen heben gehen?«

E N DE

POSTSKRIPTUM

500 demonstrieren gegen Rehse-Urteil
Deutsche Presse-Agentur

Berlin, 16. Dezember 1968

Mit einem Demonstrationszug und einer Kundgebung, an der sich nach Schätzung der Polizei etwa 5000 Menschen beteiligten, haben mehrere Gruppen der Außerparlamentarischen Opposition am Wochenende in West-Berlin gegen den Freispruch des ehemaligen Beisitzers am Volksgerichtshof, Joachim Rehse, protestiert.

Während der einstündigen Kundgebung sprach auch die 29-jährige Deutsch-Französin Beate Klarsfeld. Sie hatte Bundeskanzler Kiesinger geohrfeigt und dafür eine einjährige Haftstrafe erhalten, gegen die sie Berufung eingelegt hat. Sie kritisierte, dass eine Ohrfeige ein Jahr Gefängnis einbringe, während ein ermordeter Jude nicht einmal zehn Minuten Haft koste.

Nach dem Ende der Kundgebung gab es ein Handgemenge, als etwa 150 Demonstranten sich weigerten, der Aufforderung der Polizei nachzukommen und ihre roten Fahnen einzurollen.

(Hamburger Abendblatt, 16. Dezember 1968, Seite 2, Jahrgang 21)

AUSWAHLBIBLIOGRAFIE

Willi Berthold, *Die 42 Attentate auf Adolf Hitler*, (Lizenzausgabe der Vma-Vertriebsgesellschaft o.J.)

Blutrache an den Kindern der Verschwörer. In: SPIEGEL ONLINE (www.spiegel.de/panorama/attentat-vom-20-juli-1944-blutrache-an-den-kindern-...)

Jost-Arend Bösenberg/Johann-Friedrich Huffmann (Hrsg.), *Mauerjahre. Leben im geteilten Berlin*, Hamburg 2011

Kai Dieckmann, *Die Mauer. Fakten-Bilder-Schicksale*, München 2011

Marion Gräfin Dönhoff, *Um der Ehre willen. Erinnerungen an die Freunde vom 20. Juli*, München 1994

Joachim Fest, *Staatsstreich. Der lange Weg zum 20. Juli*, Berlin 1994

Jörg Friedrich, *Die kalte Amnestie. NS-Täter in der Bundesrepublik*, Berlin 2007

Gedenkstätte Deutscher Widerstand, *Ausstellung Widerstand gegen den Nationalsozialismus*, 3. Auflage Berlin 2008

Gedenkstätte Deutscher Widerstand, *Klaus Schenk Graf von Stauffenberg und der Umsturzversuch vom 20. Juli 1944*, Berlin o.J.

Frauke Geyken, *Freya von Moltke. Ein Jahrhundertleben 1911 – 2010*, München 2011

Gedenkstätte Deutscher Widerstand/Brigitte Oleschinski (Hrsg.), *Gedenkstätte Plötzensee*, 4. Auflage 2002

Klaus Harpprecht, *Harald Poelchau. Ein Leben im Widerstand*, Reinbek bei Hamburg 2007

Peter Hoffmann, *Claus Schenk Graf von Stauffenberg. Die Biografie*, München 1992

Peter Hoffmann, *Stauffenberg und der 20. Juli 1944*, München 1998

Otto John, *›Falsch und zu spät‹. Der 20. Juli 1944*, Berlin 1989

Ernst Klee, *Auschwitz, die NS-Medizin und ihre Opfer*, Frankfurt am Main 2001

Thomas Kniebe, *Operation Walküre. Das Drama des 20. Juli*, Berlin 2009

Guido Knopp, *Sie wollten Hitler töten*, München 2004

Guido Knopp, *Stauffenberg. Die wahre Geschichte*, München 2008

Maik Kopleck, *Berlin 1945-1949*. Past Finder – Stadtführer zu den Spuren der Vergangenheit. Berlin 2006

Eva Madelung/Joachim Scholtyseck, *Heldenkinder, Verräterkinder. Wenn die Eltern im Widerstand waren*, München 2007

Bodo Scheurig, *Henning von Tresckow. Ein Preuße gegen Hitler*, Frankfurt/Main · Berlin 1987

Schülerinnen und Schüler des Abiturjahrganges 1961 der Bertha-von-Suttner-Schule in Berlin-Reinickendorf, *Immer auf der Hut. Ost-Schüler in West-Berlin – Als die Mauer dazwischenkam*, Berlin 2011

Frederick Taylor, *Die Mauer. 13. August 1961 bis 9. November 1989*, München 2009

Gerd R. Überschär, *Stauffenberg und das Attentat vom 20. Juli 1944. Darstellung, Biografien, Dokumente*, Frankfurt am Main 2004

Gerd R. Überschär, *Für ein anderes Deutschland: Der deutsche Widerstand gegen den NS-Staat*, Frankfurt 2006

Antje Vollmer/Lars-Broder Keil, *Stauffenbergs Gefährten. Das Schicksal der unbekannten Verschwörer*, München 2013

Antje Vollmer, *Doppelleben. Heinrich und Gottliebe von Lehndorff im Widerstand gegen Hitler und von Ribbentrop*, Frankfurt am Main 2010

Dorothee von Meding, *Mit dem Mut des Herzens. Die Frauen des 20. Juli*, Berlin 1992

Caspar von Moltke/Ulrike von Moltke (Hrsg.), *Helmuth James und Freya von Moltke, Abschiedsbriefe Gefängnis Tegel. September 1944-Januar 1945*, München 2011

Konstanze von Schulthess, *Nina Schenk Gräfin von Stauffenberg. Ein Porträt*, München 2008

»Wie ein Damoklesschwert«. In: DER SPIEGEL 29, 1994

ANHANG

Material 1: Der Walküre-Befehl vom 31. Juli 1943 in Auszügen

Quelle: Gerd R. Überschär, *Für ein anderes Deutschland*, S. 382 ff.

Der Chef der Heeresrüstung und Befehlshaber des Ersatzheeres
                         Berlin, den 31. Juli 1943

Allgemeines

Aus den Ersatz- und Ausbildungstruppenteilen, Schulen und Lehrgängen mit Lehrgruppen (...) sind die in den Bereichen der W.Kdo.* liegenden Teile durch die stell.Gen.Kdo.** zu Kampfgruppen zusammenzufassen. Die Vorbereitungen und Durchführung laufen unter dem Stichwort

»Walküre«

II. Hierzu ist (...) die Bildung von **einsatzfähigen Kampfgruppen** (...) kalendermäßig so vorzubereiten, dass auf

---
* Wehrkreiskommandos
** Stellvertretenden Generalkommandos

gegebenes Stichwort die Durchführung in zwei Stufen erfolgen kann.

1. Stufe: Herstellung von Einsatzbereitschaft von Einheiten (...) innerhalb von 6 Stunden.
Eine Alarmbereitschaft ist mit den vorbereitenden Maßnahmen nicht verbunden.

2. Stufe: Zusammenfassung von Einheiten der 1. Stufe zu einsatzfähigen Kampfgruppen
(...).

XI. Auslösung
Die Durchführung wird ausgelöst
aa) für das Gesamtvorhaben durch das Stichwort ›Walküre‹.
bb) für das Teilvorhaben (Beschränkung für bestimmte W.Kdo.) durch entsprechenden Zusatz, z.B. »Walküre für W.Kdo. V.

(...)

gez. Fromm
F. d. R.*
(Unterschrift)
Major d. G.**

---
* Für die Richtigkeit
** Major des Generalstabes

Material 2: Hitlers Rundfunkansprache am 21. Juli 1944 um 01.00 Uhr in Auszügen

Quelle: Deutsches Rundfunkarchiv Frankfurt, DRA. Nr. 2623118

Deutsche Volksgenossen und -genossinnen!

»Eine ganz kleine Clique ehrgeiziger, gewissenloser und zugleich unvernünftiger, verbrecherisch-dummer Offiziere hat ein Komplott geschmiedet, um mich zu beseitigen und zugleich mit mir den Stab praktisch der deutschen Wehrmachtführung auszurotten. Die Bombe, die von dem Obersten Graf von Stauffenberg gelegt wurde, krepierte zwei Meter an meiner rechten Seite. Sie hat eine Reihe mir treuer Mitarbeiter sehr schwer verletzt, einer ist gestorben. Ich selbst bin völlig unverletzt, bis auf kleine Hautabschürfungen, Prellungen oder Verbrennungen. Ich fasse das als eine Bestätigung des Auftrages der Vorsehung auf, mein Lebensziel weiter zu verfolgen, so wie ich es bisher getan habe. (...)

Es hat sich in einer Stunde, in der die deutschen Armeen in schwerstem Ringen stehen ähnlich wie in Italien, nun auch in Deutschland eine ganz kleine Gruppe gefunden, die nun glaubte, den Dolchstoß in den Rücken wie im Jahre 1918 führen zu können. Sie haben sich dieses Mal aber sehr getäuscht. Die Behauptung dieser Usurpatoren, dass ich nicht mehr lebte, wird jetzt in diesem Augenblick widerlegt, da ich zu euch, meine lieben Volksgenossen, spreche. Der Kreis, den diese Usurpatoren darstellen, ist ein denkbar kleiner. Er hat mit der deutschen Wehrmacht und vor allem auch mit dem deutschen Heer gar nichts zu tun. Es ist ein ganz kleiner Klüngel verbrecherischer Elemente, die jetzt unbarmherzig ausgerottet werden. (...)

Welches Schicksal Deutschland getroffen hätte, wenn der Anschlag heute gelungen sein würde, das vermögen die wenigsten sich vielleicht auszudenken. Ich selber danke der Vorsehung und meinem Schöpfer nicht deshalb, dass er mich erhalten hat – mein Leben ist nur Sorge und ist nur Arbeit für mein Volk – sondern, wenn ich danke, nur deshalb, dass er mir die Möglichkeit gab, diese Sorgen weiter tragen zu dürfen und in meiner Arbeit weiter fortzufahren, so gut ich das mit meinem Gewissen und vor meinem Gewissen verantworten kann. Es hat jeder Deutsche, ganz gleich, wer er sein mag, die Pflicht, diesen Elementen rücksichtslos entgegenzutreten, sie entweder sofort zu verhaften oder – wenn sie irgendwie Widerstand leisten sollten – ohne Weiteres niederzumachen. Die Befehle an sämtliche Truppen sind ergangen. Sie werden blind ausgeführt, entsprechend dem Gehorsam, den das deutsche Heer kennt.

Ich darf besonders Sie, meine alten Kampfgefährten, noch einmal freudig begrüßen, dass es mir wieder vergönnt war, einem Schicksal zu entgehen, das nicht für mich Schreckliches in sich barg, sondern das den Schrecken für das deutsche Volk gebracht hätte.

Ich ersehe daraus auch einen Fingerzeig der Vorsehung, dass ich mein Werk weiter fortführen muss und daher weiter fortführen werde!

Material 3: Das Todesurteil gegen Bernhard und Hans-Georg Klamroth, Egbert Hayessen, Wolf Heinrich Graf Helldorf, Adam von Trott zu Solz und Hans-Bernd von Haeften vom 15. August 1944 in Auszügen

Quelle: www.gedenkstaette-ploetzensee.de/zoom/12_3_dt.html

Im Namen des Deutschen Volkes!

In der Strafsache gegen (...)* hat der Volksgerichtshof, 1. Senat, auf die am 11. August 1944 eingegangene Anklageschrift des Herrn Oberreichsanwalts in der Hauptverhandlung vom 15. August 1944, welcher teilgenommen haben (...)** für Recht erkannt: eidbrüchig-ehrlose Ehrgeizlinge (...) verrieten – statt mannhaft wie das ganze Volk, dem Führer folgend, den Sieg zu erkämpfen – so wie noch niemand in unserer ganzen Geschichte das Opfer unserer Krieger, Volk, Führer und Reich, den Meuchelmord an unserem Führer setzten sie ins Werk. Feige dachten sie dem Feinde unser Volk auf Gnade und Ungnade auszuliefern; es selbst in dunkler Reaktion zu knechten. Verräter an allem,

---

* Angaben zur Person von Bernhard Klamroth, Hans-Georg Klamroth, Egbert Hayessen, Wolf Heinrich Graf Helldorf, Dr. Adam von Trott zu Solz und Hans-Bernd von Haeften)
** Es folgen die Namen des Vorsitzenden Richters Roland Freisler und diejenigen von vier weiteren Personen sowie diejenigen der Ersatzbeisitzer bzw. des Protokollführers (insgesamt neun)

wofür wir leben und kämpfen, werden sie alle mit dem T o d e bestraft.
Ihr Vermögen verfällt dem Reich.

Gründe:

Bernhard Klamroth, Hans-Georg Klamroth, Egbert Hayessen, Wolf Heinrich Graf Helldorf, Adam von Trott zu Solz und Hans-Bernd von Haeften sind alle voll schuldverstrickt in den furchtbaren Verrat, der uns unseres Führers berauben, unsere feste, stolze nationalsozialistische Lebensart rauben und unseren Kriegsfeinden restlos auf Gnade und Ungnade ausliefern sollte.

Dabei folgen wir bei der Feststellung der Schuld den eigenen Angaben jedes einzelnen Angeklagten. Sie haben nämlich alle – einige nach anfänglichem Leugnen – vor der Polizei gestanden und haben ihre Geständnisse vor uns wiederholt. Hans-Georg Klamroth wiederholte sie freiwillig erst, als er sah, dass seine Versuche, sie wegzudiskutieren, an inneren Widersprüchen scheiterten, und Adam von Trott zu Solz versuchte, seine Geständnisse mit vielen wenig sagenden Worten zu verschleiern. Wenn ihm dann aber der Inhalt und Kern seiner vielen Worte nackt vorgehalten wurde, musste er sich doch zu ihnen bekennen. Wir konnten also die Geständnisse aller sechs zur Grundlage der Feststellung ihrer Mindestschuld machen.

Dem Mordanschlag selbst stehen von diesen sechs unmittelbar am nächsten: Bernhard Klamroth und sein Vetter und Schwiegervater Georg Klamroth.

Die in unserer Geschichte einzigartige Gemeinheit der Verratsplanung aber trat in Gegenwart von Trott zu Solz in einer Verschwörerversammlung in Klaus (sic!) von Stauffenbergs Wohnung am 15. Juli 1944 zutage. An ihr nahmen auch Klaus von Stauffenbergs Bruder, Graf von der Schulenburg, Graf York (sic!) von Wartenburg, Graf Schwerin, von Hofacker und von Haeften teil. Von Hofacker machte – angeblich von Paris zu dieser Zusammenkunft hergeschickt – in Panikstimmung wegen der Invasionsfront. Und dann entwickelte Klaus Graf von Stauffenberg vier mögliche Wege, zum Verratsziel zu kommen.

(…)

Hat es einen teuflischeren Verrat am kämpfenden Volk und seinem Heer als die – man möchte fast sagen – eiskalt-akademische, zugleich aber verbissen-tatbereite Erörterung solcher Pläne überhaupt schon gegeben? Und ist nicht jeder, der so etwas anhört, ohne die Verräter sofort auszuliefern, selbst Mitverräter?

(…)

GLOSSAR

BND
Bundesnachrichtendienst

CIA
Central Intelligence Agency, Auslandsgeheimdienst der USA

Document Center
Sammelstelle für Unterlagen aus der Nazi-Zeit zur Vorbereitung von Prozessen nach dem Krieg

Erinnyen
Rachegöttinnen aus der griechischen Mythologie

Fromm, Friedrich (1888 – 1945)
Generaloberst und Befehlshaber der Ersatzheeres

Gestapo
Geheime Staatspolizei

Hayessen, Egbert (1913 – 1944)
Major und Widerstandskämpfer gegen Hitler

Helldorf, Wolf Heinrich Graf von (1896 – 1944)
Reichstagsabgeordneter der NSDAP, SA-Obergruppenführer und späterer Polizeipräsident von Berlin

KGB
Komitee für Staatssicherheit beim Ministerrat der UdSSR, In- und Auslandsgeheimdienst der ehemaligen Sowjetunion

Klamroth, Bernhard (1910 – 1944)
Oberstleutnant und Widerstandskämpfer gegen die Hitlerdiktatur, besorgte den Sprengstoff für das Attentat vom 20. Juli 1944

Klamroth, Hans-Georg (1889 – 1944)
Major der Reserve, Mitglied der NSDAP und der SS und Vetter zweiten Grades bzw. Schwiegervater von Bernhard Klamroth

Mengele, Josef (1911 – 1979)
Mediziner und berüchtigter KZ-Arzt von Auschwitz-Birkenau

NKWD
Volkskommissariat für Innere Angelegenheiten (1934 – 1946) der UdSSR

Prinz-Albrecht-Straße 8
Hauptquartier der Gestapo in Berlin

RIAS
Rundfunk im Amerikanischen Sektor von Berlin

SED
Sozialistische Einheitspartei Deutschlands, Staatspartei der ehemaligen DDR

SFB
Sender Freies Berlin

von Haeften, Hans Bernd von (1905 – 1944)
Bruder von Stauffenbergs Adjutant, Diplomat und Widerstandskämpfer

von Trott zu Solz, Dr. Adam (1909 – 1944)
Jurist, Diplomat und Widerstandskämpfer gegen die Nazi-Diktatur

*Weitere Krimis finden Sie auf den
folgenden Seiten und im Internet:
www.gmeiner-verlag.de*

Uwe Klausner
Stasi-Konzern
978-3-8392-1548-7

»Auf der Abschussliste der Stasi!«

West-Berlin, 9. Oktober 1964. Eigentlich will Kriminalhauptkommissar a. D. Tom Sydow nur ein paar Runden durch den Park drehen, als er plötzlich Schüsse hört. Ein Mann wurde ermordet. Sydow kann die Flucht des vermeintlichen Täters nicht verhindern. Es kommt noch schlimmer. Während er seine Exkollegen benachrichtigt, verschwindet der Leichnam. Da Sydow der einzige Zeuge ist, bittet ihn sein ehemaliger Partner um Hilfe. Er findet heraus, dass sich der Tote mit einem Stasi-Überläufer getroffen hat …

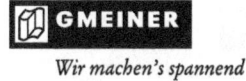

Wir machen's spannend

Unser Lesermagazin
2 x jährlich das Neueste aus der Gmeiner-Bibliothek

24 x 35 cm, 40 S., farbig; inkl. Büchermagazin »nicht nur« für Frauen und HistoJournal

Das KrimiJournal erhalten Sie in Ihrer Buchhandlung oder unter www.gmeiner-verlag.de

GmeinerNewsletter
Neues aus der Welt der Gmeiner-Romane

Haben Sie schon unsere GmeinerNewsletter abonniert?

Monatlich erhalten Sie per E-Mail aktuelle Informationen aus der Welt der Krimis, der historischen Romane und der Frauenromane: Buchtipps, Berichte über Autoren und ihre Arbeit, Veranstaltungshinweise, neue Literaturseiten im Internet und interessante Neuigkeiten.

Die Anmeldung zu den GmeinerNewslettern ist ganz einfach. Direkt auf der Homepage des Gmeiner-Verlags (www.gmeiner-verlag.de) finden Sie das entsprechende Anmeldeformular.

Ihre Meinung ist gefragt!
Mitmachen und gewinnen

Wir möchten Ihnen mit unseren Romanen immer beste Unterhaltung bieten. Sie können uns dabei unterstützen, indem Sie uns Ihre Meinung zu den Gmeiner-Romanen sagen! Senden Sie eine E-Mail an gewinnspiel@gmeiner-verlag.de und teilen Sie uns mit, welches Buch Sie gelesen haben und wie es Ihnen gefallen hat. Alle Einsendungen nehmen automatisch am großen Jahresgewinnspiel mit attraktiven Buchpreisen teil.

Wir machen's spannend